転生したら
悪役令嬢だったので
引きニートになります 4
～エリートな従僕子爵の執着が激しすぎる～

転生したら悪役令嬢だったので引きニートになります4

～エリートな従僕子爵の執着が激しすぎる～

藤森フクロウ

illustration 八美☆わん

ICHIJINSHA IRIS NEO

ICHIJINSHA IRIS NEO

CONTENTS

Characters

登場人物

アルベルティーナ・フォン・ラティッチェ

乙女ゲーム『君に恋して』の悪役令嬢――に転生した現代日本人。絶世の美少女で、王家の色といわれるサンディスグリーンをその瞳に宿す。重度のファザコンを患った世間知らずのヒキニート。

グレイル・フォン・ラティッチェ

アルベルティーナの父。亡き妻クリスティーナを深く愛しており、忘れ形見の愛娘を溺愛している。大貴族の公爵家当主であり、サンディス王国の元帥。アルベル以外には冷酷無比。娘を守り壮絶な最期を遂げる。

キシュタリア・フォン・ラティッチェ

膨大な魔力を秘めているため、公爵家に引き取られたアルベルの義弟。世間知らずな義姉の面倒を見ているうちにその気持ちが愛だと気づく。幼馴染トリオでは最も過激で、アルベルが一生ラティッチェ家に残ることを望む。

ジュリアス・フラン

なんでもそつなくこなす、眼鏡が標準装備のスーパー従僕。時折アルベルに慇懃無礼。護衛も兼ねているので、かなりの実力者。現代知識をぽろぽろ出すアルベルに協力的な、幼馴染トリオの参謀。紅茶を淹れるのが得意。

ミカエリス・フォン・ドミトリアス

ドミトリアス伯爵。実直で不器用な苦労人。
困窮していた幼少期を支えてくれたラティッチェ親子に恩義を感じており、初恋の相手アルベルを想い続ける。剣術は超一流、幼馴染トリオの良心。

ジブリール・フォン・ドミトリアス

ドミトリアス伯爵令嬢、ミカエリスの妹。アルベルを姉と慕う元気な美少女で若き社交界の華。お姉様大好き。お姉様は憧れ。お姉様は正義。その拳は男性陣こと幼馴染トリオを震えさせる程度に強烈。

ラティーヌ・フォン・ラティッチェ

グレイルの再婚相手、キシュタリアの実母。

クリスティーナ・フォン・ラティッチェ

フォルトゥナ公爵家出身のアルベルの実母。故人。

レナリア・ダチェス

『君に恋して』の本来の正ヒロイン。可憐で素朴な美少女だが、中身は転生者でありアルベルに敵意を抱く危険な存在。好感度アップアイテム『お菓子』に『愛の妙薬』を入れて、男達を弄ぶ。財力と権力がある美形の男が大好き。

ルーカス・オル・サンディス

正妃メザーリンの子、サンディス王国第一王子。
レナリアに入れあげた結果、グレイルに返り討ちにされ失脚。手に王印を持っている。

グレアム・ダレン

宰相子息。モノクルを掛けた知的な美形。
レナリアを脱獄させた後、共に姿をくらませる。

カイン・ドルイット

キシュタリアに匹敵する魔力を秘める魔法特待生。
レナリアを慕い行動を共にしていたが……。

クリフトフ・フォン・フォルトゥナ

フォルトゥナ伯爵。カイゼル髭がトレードマークのアルベルの伯父。極度のシスコンでありクリスティーナ激似のアルベルにメロメロ。

アンナ・ホワイト

アルベルの侍女。メイドの鑑のような女性で、影のようにお嬢様に付くアルベル過激派。『お嬢様が穏やかで健やかに幸せな日々を送れること』がモットー。

セバス・ティアン

公爵付きの執事。ジュリアスと同じく戦える使用人。
愛らしく健やかに育ったお嬢様が癒し。

レイヴン

アルベルの従僕である異国風の少年。
戦闘能力は抜群だが、感情の機微に疎い。

レオルド・ミル・サンディス

側妃オフィールの子、サンディス王国第二王子。
レナリアに攻略されルーカスに加担していた。

ガンダルフ・フォン・フォルトゥナ

フォルトゥナ公爵家当主、隻眼の王宮騎士団長。アルベルの母方の祖父で、グレイルと仲が悪い。王家の瞳を持つアルベルを強引に王宮に連れていったことで滅茶苦茶怖がられている。

サンディス王国

サンディス王家を頂点とし、下に四大公爵家のラティッチェ、フォルトゥナ、アルマンダイン、フリングスを従える、大国というよりやや小さめの中堅国。王族はサンディスグリーンと呼ばれる深い緑色をした『王家の瞳』を持っていることが多く、血族限定の非常に強力な結界魔法とそれの補助をする魔道具を用い過去多くの戦争を退け耐え抜いてきた。

そのため王位は『王家の瞳』、および結界魔法の使える王印の持ち主に限定されている。

この作品はフィクションです。
実際の人物・団体・事件などには関係ありません。

転生したら悪役令嬢だったので引きニートになります4～エリートな従僕子爵の執着が激しすぎる～

プロローグ　予期せぬ訃報

「グレイル様が死んだ……？」

薄汚れた黒いローブを深く被《かぶ》った仮面の人物は頷《うなず》く。老人とも老婆ともとれる、しわがれた声で紡がれる言葉は低く訥々《とつとつ》として聞き取りづらい。

この人物との出会いは繁華街の大通りから少し奥まった場所にある露店だ。

露店なので、時々場所が変わっていたり、店自体開いていなかったりする。

攻略対象へのプレゼントや、好感度アップアイテムを売っているのでレナリアは学園にいた頃から、足しげく通っていた。

この店の『愛の妙薬』があったからこそ、パラメータ不足はあっても好感度でゴリ押せた。

最初は数枚の銅貨で買えた薬だったが、最近は金貨を要求する。だが、他の店では手に入れられないため背に腹は代えられない。

しかも、この『愛の妙薬』は常習性というか、中毒性がある。これがないとグレアムは言うことを聞かないどころか最近では正気も怪しい。グレアム以外にも、これを使って従わせている者たちは多い。これがあるからこそ、貴族すらレナリアに傅《かしず》いている。

だが、最近は取り締まりも厳しく、レナリアも追われていることもあり入手が難しい。

それに、この商人はただの露店商ではない。雑貨屋のような商売だと思っていたが、何でも屋に近い。欲しいといえば惚《ほ》れ薬どころか奴隷から、国際的に禁止されている呪具、暗殺依頼までどんな後ろ暗いものまでも商売として扱っている。

「カイン・ドルイットと相打ちしたそうだ」

「信じらんない！　なにグレイル様を殺しているのよ、あの愚図！　アルベルティーナを殺してって言ったのに！」

カインに使わせた魔力増強のアイテムもそうだ。

大枚をはたいて購入したそれは、精神や肉体を変質させてしまうが、その代わりに莫大《ばくだい》な能力を得る。

いくらアルベルティーナが強くても、厳重に守られていてもこれなら殺せると聞いて、一番魔力の強いカインに使わせたというのに。

なのに結果はカインが死んで、レナリアの目当てのグレイルも道連れ。なのに殺害対象であったアルベルティーナは生きている。最悪だった。

折角、ドレスを我慢して王城に入れるよう手配したのに水の泡だ。薬を売りさばいて得た資金の大半をこの作戦で使ってしまった。

「ラティッチェ公爵はアルベルティーナ嬢を溺愛しているのは周知のこと。同じ場所に居合わせて、庇《かば》ったのだろう」

「なんでそんな場所で……っ」

「今までアルベルティーナ嬢は、厳重な警護と結界に守られていた。あれは一流の暗殺者の侵入も許さず、魔法使いを何人派遣しても解除できない強力なモノ。待ち続けてようやく出てきた。謁見の間に出てきたあの時以外は、狙いようがなかった。カインを差し向けたのはそちらの指示のはずだが？」

ぐ、とレナリアは黙る。

とにかく、アルベルティーナが出てくるのを教えろと催促していた。早くあの女を始末したかったのだ。

レナリアはどうしようもなくアルベルティーナが気に食わなかった。

どんなに調べても幼い頃に誘拐された悲劇の令嬢、病弱な深窓のご令嬢、領民のために善政を尽くす聖女のような令嬢、王族に理不尽に虐げられた哀れな令嬢であり、減刑を呼び掛けた慈悲深い令嬢と毒婦らしい評価がない。どれもこれも、レナリアの知っているアルベルティーナの姿ではない。

キミコイで初代悪女。シリーズで最もわかりやすく純粋な悪だった。淫蕩《いんとう》で奔放な『悪姫』。聖女だの、慈悲深いだのとは無縁の悪女。それがアルベルティーナなのだ。

その女が、最近王族に加わるなどというとんでもない噂《うわさ》まで出てきた。

レナリアが王妃になったあと、あんな女が近くにいるなんて目障りに程がある。

「あの女は死ぬべきなのよ！　そうじゃないと、私が公爵夫人にも王妃にもなれない！　なんで、なんであの女ばっかり！　許さない！　あんな女が生きているせいで！」

グレイルがレナリアの下に来なかった。レナリアに愛を囁《ささや》かず、あの美しさを堪能することもできなかった。どのように閨《ねや》で楽しませてくれるか、楽しみだったのに。

アルベルティーナは疫病神だ。あれがいるから上手《うま》くいかない。

当たり散らし甲高く叫ぶレナリアを、無言で見ている仮面の人物。

ちらり、と後ろに控えていた男を見る。彼はその視線の意図を汲《く》み取り、背中を壁から離して一歩前に出た。男は血錆《ちさび》のような赤毛に金にも銀にも見える底光りするような炯々《けいけい》とした瞳。目つきが悪いが、顔の造作自体は整っている。背が高く、しなやかな鋼のように鍛えられた褐色の巨躯《きょく》。百九十センチは優にありそうだ。麻のタンクトップに、黒くゆったりとしたズボン。腰のベルトに長さも形状も違う武器を数本ぶら下げている。足元は皮を鞣《なめ》した簡易な靴を履いていた。

「……なに、その男」

ずっといたのに、今更レナリアは気づいたらしい。ぶすくれた表情で、怪訝《けげん》そうに青い瞳を向ける。過ぎた不満を叫んでいた姿は醜悪だったが、大人しくしていれば愛らしい顔立ちがわかる。

レナリアにしてみれば、落とす気満々でいた、抜群の財力と権力を持つ絶世の美形がいなくなったのだ。不機嫌極まりない。代わりに出てきた男の顔立ちはなかなかだが、眼光が鋭く粗野さが目立つ。

レナリアの判断基準は顔と金だ。

男は顔立ちこそ悪くないが、ど真ん中ほど好みではない。だが、お菓子ばかり欲しがって会話の成り立たないグレアムの代わりに、侍らすにはちょうどいい。

最近は貴族ばかり相手にしていたので、この手の美形もたまには悪くない。

一番好みなのはグレイルだが、ちょっとしたつまみ食いにはよい。

グレアムは宰相子息なので金蔓《かねづる》にはもってこいの家柄と人脈を持っている。まだ捨てるには早い。

「これはなかなか使える男でな。あの魔王公爵さえいなければ、大抵の者は暗殺できる」

「……へえ、いいじゃない」

歪《いびつ》なチェシャ猫のように口角を上げるレナリア。狡猾《こうかつ》で厭《いや》らしい表情だ。

これ、と呼ばれた男は不躾《ぶしつけ》な視線にさらされながらも獰猛《どうもう》に嗤《わら》った。

一章　届かなかったもの

「ようこそいらっしゃいました、ドミトリアス伯爵。お嬢様もお喜びになることでしょう」

恭しくメイドが頭を下げる。金髪を左右に緩やかに編み込み、後ろでシニョンにしている。上げた顔には期待と羨望にキラキラしたピンクアイが煌《きら》めいている。

若く可愛《かわい》らしいメイドだが、この状況においては相応《ふさわ》しくない対応だ。

またかと内心ミカエリスはうんざりとしたがおくびにも出さずに「ラティッチェ嬢は？」と聞いた。

確かどこかの男爵家か子爵家の娘だったはずだ。王宮や上級貴族の使用人に、下級貴族の子息や息女がいることも珍しくない。

少なくとも、こんな浮ついたのはラティッチェの躾《しつけ》の行き届いた使用人ではない。その時点で信頼度はかなり低い。

アンナはアルベルティーナの世話を己だけでしたかっただろう。だが、現時点ではラティッチェ公爵家直系の令嬢であり次期王太女候補と名高いアルベルティーナ。彼女の宮殿の侍女が一人だけというのは本来あり得ない。結界という物理的な障害もなくなってしまった以上、受け入れるしかない。

「まだお目覚めには……午前中いらっしゃったクロイツ伯爵やヴァニア卿《きょう》の見立てでは、魔力はだいぶ回復してきているとのことです」

そう言いつつ、ミカエリスの顔と手に持った花へ交互にチラチラと目をやっている。

メイドは年の頃十五、六といったところだろう。本来メイドであれば粛々と仕事に従事するところであるが、デビュタントの令嬢のように浮かれている様子にため息を禁じ得ない。

別にミカエリスにとって秋波を女性から送られることは珍しくない。

自分が女性からモテるという自覚はあるが、時と場合を考えて欲しいものだ。

そもそも、この朝摘みのマーガレットは見舞いの品であって、間違ってもこのメイドへの贈り物ではない。手渡すなら、このようなメイドではなくアンナにしたい。彼女なら、間違いなくアルベルティーナの部屋に飾ってくれる。

この浮かれ舞い上がっているメイドは花をくすねそうだ。一輪くらい——と。すでにキシュタリアが被害にあったと先日聞いた。だが、みんなでやれば怖くないとばかりに数人同じことをした結果、妙にスカスカとしたバランスの悪い花に、アンナが不審がってお局メイドに相談したら即座に締め上げて回収してきてくれたそうだ。

もちろん、すぐに雷が落ちて解雇だ。他にくすねたものがないか厳重にチェックされた。彼女らは『キシュタリアから贈られた花』が欲しかっただけと許しを請うたが、当然そんなものあるわけない。なんでも、王都で流行《はや》っているラブロマンス小説の影響らしい。

そのお局格のメイドはかつてクリスティーナの乳母をやっていたという。ぴんと伸ばした背筋は教師を思わせる厳めしい背の高い女性だった。ややきつそうな顔立ちだが、厳格ではあるが面倒見がいいとアンナは言っていた。

（アルベルを見た途端、泣き崩れたと聞く……ご母堂であらせられるクリスティーナ様に似ているアルベルに思い出すものもあったのだろう）

彼女の名はベラといいフォルトゥナ公爵家から派遣されたメイドだ。本来なら引退していい年齢だが、クリスティーナの娘と聞いてその身一つですっ飛んできたという。

そんな時、ミカエリスの訪問に浮かれるメイドの後ろにすっと音もなく件《くだん》のベラがやってきた。ミカエリスに夢中でメイドは気づかない。

「フィルレイア・ノール。貴女《あなた》、庭の掃除が終わっていませんよ。今すぐ行きなさい」

「ひっ！　えっ！　ちゃんとやりましたし、そもそも庭師が――」

「隅の灌木《かんぼく》の下に集めた落ち葉を隠すのが掃除というのですね？　庭師は庭師で別の仕事を持っているのです。きちんと自分の仕事をしなさい。お客様をお取り次ぎする役目は、決められた者だけです。貴女は違うでしょう？」

「で、でも……」

「貴女はここでは令嬢でもなければ客人でもないのです。ただの使用人ですよ」

ベラとミカエリスを数度交互に見て、ミカエリスからもなんの手助けも来ないと分かると、しぶしぶフィルレイアと呼ばれたメイドは離れていった。

何度かこちらを振り返っていたがびしびし氷の礫《つぶて》のように飛ぶベラの視線に、のろのろと歩いていった。

くるりと向き直ったベラは鷲《わし》のような鋭い眼差《まなざ》しでミカエリスと手に持った花束を見る。

ミカエリスは多忙であったが、キチンと身なりは整えている。赤い髪は梳《くしけず》り、紺の貴族服は襟と胸元に細やかな刺繍《ししゅう》が施されている。黒い革靴もきちんとハウスメイドが磨いたので、曇りなくピカピカだ。手に持った淡い黄色とピンク、そしてオレンジのマーガレット。絢爛《けんらん》さはないが、可憐《かれん》で小さな花束。百合《ゆり》や薔薇《ばら》でもいいが、アルベルティーナは素朴な花束も好む。匂いも柔らかい花を選んだ。

査定されているような気分で、ベラの視線を甘んじて受ける。やがて、よろしいと言わんばかりに目が優しく細められる。

「お嬢様もお喜びになられるでしょう」

お眼鏡にかなったようだ。

少し背筋がひやりとした。

ミカエリスは思う。この人は間違いなくアンナと同じ属性だと。

通された部屋は女性らしい可愛らしい部屋だった。

元はそうでなかった。アンナが「お嬢様の好みでない」と伝えたら、クリフトフが大至急で職人を呼んで、宮殿を少しずつ改修したのだ。長らくこの宮殿を使える資格を有す高貴な女性がいなかったため、最低限しか維持されていなかった。もとは最高級の出来栄えではあるが、老朽化が進んでいた。主《あるじ》がいない宮殿は予算も少なく放置されていたのだ。

アルベルティーナが現れたことで宮殿を使うことになり、同時に改修しようとしていたが強固な結界に阻まれ断念。そして、アンナ一人しか通れず最低限アルベルティーナの生活に困らないことを最重要課題としていたため、少し奥まったところはすっかり放置されていた。

　結界がなくなったことにより、できるところから修繕の手が入っている。

　国王のラウゼスからも「アルベルティーナに配慮を」とあったので、ラティッチェ公爵家所縁の職人や使用人たちにも聞き込みをしてアルベルティーナの嗜好《しこう》に合わせたものにしてあるのだ。

　王宮は由緒と伝統の塊のような場所だが、ラウゼスはよほどアルベルティーナの立場に心を痛めているのだろう。随分と気に留めているのが窺《うかが》えて少々妃《きさき》たちが苛立《いらだ》っているらしい。だが、最近の彼女の身に降り注いだ悲劇を考えれば、少しでも慰めになればと思うのが人というものだろう。

　フォルトゥナ公爵が厳選した騎士を護衛に置き、公爵自身もギラギラと目を光らせている。もはや血走っていると言っていい。鼠《ねずみ》一匹許さんと言わんばかりに、その眼光の鋭さだけで滅多刺しのハリネズミにしそうな勢いだった。

　しかし、急ごしらえなのでどうしても穴が開く。

　王宮から派遣されたメイドの中には、社交界でも財力と家柄のある美男子といわれるキシュタリアやミカエリスが頻繁に足を運ぶと知るや否や、元いたメイドを押しのけてきた者もいる。アンナとベラが容赦なく叩《たた》き出しているが、補充した中にも浮ついたのがいる。使用人の質が悪いとミカエリスは思うが、魔性の公爵子息といわれるキシュタリアと薔薇の伯爵といわれるミカエリスを前に、年頃の女性でなくとも心を揺らがせるなという方が難しかった。

　アルベルティーナの美形ジャッジはシビアであったが、それ以上に美形耐性やフェロモン耐性が要塞だった。魔王の保護の下ですくすく聳《そび》え立った天然要塞は、並みの女性とは比較にならない。

「お嬢様、ミカエリス様がお越しになりました。お花をくださいましたよ。ほら、とても可愛らしいでしょう」

その声に我に返る。

アンナは天蓋の降ろされたベッドに行くと、目覚めていないアルベルティーナに優しく声をかける。

普段は冷淡なほどのアンナからは考えられない柔らかな声音。

「傍《そば》に置くとチャッピーたちに悪戯《いたずら》されてしまいますので、向こうのチェストへ飾りましょうか。ベッドからも見えますし、ちょっと高いから届かないでしょう」

さすがに未婚の女性の寝顔など、ミカエリスが窺うことはできなかった。

だが、ミカエリスはとても仲が良かった数少ない一人だから、寝室まで来ることができるのだ。

眠っていても、声は聞こえるかもしれないとクロイツ伯爵からの助言もあり、声をかけることは許されている。

天蓋の奥の寝台に、横たわるアルベルティーナらしき姿とアンナの影が見えた。

ベッドの傍で何かが動いている。恐らくチャッピーというアルベルティーナの珍妙なペットだろう。

動くぬいぐるみのようなそれに、何度か周囲をぐるぐる回られ、足をつつかれた記憶がある。アルベルティーナに言葉をかけている時、ティーセットからつまみ食いをしようとしたのをアンナに気づかれ、バルコニーに叩き出されているのも見たことがある。

そのたびに悲痛な鳴き声を上げてバルコニーのガラス戸に張り付き、ぺちぺちと叩いていた。

実に哀れである。

妖精や精霊といった存在は稀少《きしょう》である。場所によっては神のごとく崇拝されて敬われる。だが、ここではオツムゆるゆるの幼児扱いだった。

見かねたミカエリスが何度かそっと中に入れてあげた。二回だけは目こぼしされたが、三度目になると「甘やかさないでください。躾になりません」とぴしゃりと言い放たれた。

強い。

アンナはアルベルティーナ絡みだと凄《すさ》まじく強い。

伯爵だろうがペットだろうが容赦ない。

「ミカエリス様、どうぞこちらへ」

花を手に戻ってきたアンナが促す。示す先、天蓋の外に椅子がある。そこからであれば話しかけることも許可されている。

レース越しに薄っすらではあるが、アルベルティーナの輪郭と顔立ちが判《わか》る。

「……アルベル」

『——ミカエリス』

ふわりと咲き誇る薔薇すらも恥じらって蕾《つぼみ》に戻りそうな笑みと、鈴を転がしたような可憐な声が返ってくることはない。

それだけで、こんなにも苦しい。

令嬢にしては無邪気な、やや子供っぽい表情。優雅で洗練された所作とのアンバランスさが好きだった。

こみ上げる悔しさと苦々しさを飲み込みミカエリスは口を開く。

最近の出来事、キシュタリアやジュリアスの近況。領地のことやジブリールのこと。

ミカエリスもまた『あの』グレイルが死ぬとは思わなかったのだ。

確かに、あの魔物は強力だった。だが、明らかに消し炭になった状態でまだ息の根があるとは思わない。素体のカインも魔力を吸いつくされ、やせ細った案山子《かかし》のような有様だった。最後の執念で近くにいた兵を食い、その僅かな力で一矢報いた。

その標的が――アルベルティーナだった。

もし、狙いがグレイル自身だったらああはならなかっただろう。

あの場にアルベルティーナがいなければ、城が壊れようが死者が出ようが容赦なく灼熱《しゃくねつ》地獄でも雷鳴豪雨でも永久凍土でも作り上げて屠《ほふ》っただろう。

あまりに巡り合わせが悪すぎた。

だが、これはけしてアルベルティーナには言えないことだ。

自分を庇《かば》って死んだと余計に彼女に重責を負わせるだけだ。最愛の父親を喪《うしな》ったばかりのアルベルティーナには酷すぎる。あの二人は仲が良かった。仲が良すぎるほどに。

グレイルの重い愛を受け入れていたアルベルティーナ。

常日頃から溺愛し、私の天使と言ってはばからないほどだった。

まさか、魔物となったグレイルがあの姿になってまでアルベルティーナを庇うのは驚いた。頭を切り落とされれば、大抵の生き物にとって致命傷となりえるし、寄生されても知能は下がる。もしくは、元の宿主の意思など食われてしまうことが多い。

アンデッドやパラサイト系の魔物に操られた動物を見たことがあるが、傀儡《かいらい》だった。

グレイルは膨大な魔力と全身を奪われていたからこそ、意識も辛うじてあった。もはや残滓《ざんし》だったかもしれないが。

それにもかかわらず、アルベルティーナに迫る凶手に誰よりも早く気づいた。

誰もが口を揃《そろ》えて「執念だ」と言った。

愛情ではなく執念や妄執と言われるあたりグレイルらしいのだが、それほどの情を持っていたのだ。

己の命を躊躇《ためら》わず捨てるほど。

あまり顔には出さないが、キシュタリアも大きな喪失感を感じているのは間違いない。そして相応の覚悟を決めている。

アルベルティーナの唯一にして最も安らげる場所を荒らされてたまるかと、笑みの下で気を張り詰めている。

そして、その裏でジュリアスが暗躍して、十全に迎え撃てるようにサポートしていた。

だが、そんなキシュタリアから容赦なく血筋を武器に爵位を奪おうとする分家の厚顔さに呆《あき》れた。

血筋ではグレイルの弟、そしてアルベルティーナたちの叔父のゼファール・フォン・クロイツ伯爵が最も有力視される。だが、彼は訃報に対して弔意を述べはしたが、執務にかかりきりだという。

彼はキシュタリアが正統な後継者であるという意向の書簡をラティッチェ公爵家に送ってきている。

どうやら他の知り合いの貴族にも根回しをしているらしい。

ゼファールは人脈も広いこともあり、大体の実力ある家柄はキシュタリアと分家との対立を静観している。擁護まではできないが、日和見側はすべて分家に味方をしないように手を回しているそうだ。

彼も多忙を極めているはずなのに大したものだ。

ジュリアスはお陰でだいぶやりやすいと、食えない笑みを浮かべていた。

しかし、それほど評判のいいはずの人物をなぜグレイルがアルベルティーナに紹介しなかったのかというのは気になる。ほとんど会ったことのない義理の甥《おい》にこれだけのことをしてくれるのなら、アルベルティーナならばもっと親身になるのではないだろうか。現に、忙殺される勢いの合間を縫ってまでしてゼファールはアルベルティーナを見舞い、同時に体調を診ている。

謁見の間でゼファールかセバス以外には診せるなというほど信頼しているはずなのに。

ミカエリスは考えるがグレイルの胸の裡《うち》など、今更分からない。

「……子供の頃に」

ぽつりとこぼす。

「ラティッチェ公爵に、貴女の婚約者になりたいと願い出たことがある」

あの時の冷たい一瞥《いちべつ》は未《いま》だに記憶に残っている。

「素気なく断られたよ。そんな価値、考えるまでもなく私にはないと。もし、アルベルを振り向かせ、公爵から一本取れたら考えてやるとは言われた」

ミスリルの剣はガイアス――ミカエリスの実父が家宝として持っていた。

当時のミカエリスは知らなかったが、ガイアスは叔父らが去り危機がなくなっても我武者羅《がむしゃら》に剣を磨き、勉学にも社交にも打ち込むようになったミカエリスに、特例として成人前であるにもかかわらず爵位とともに引き継がせてくれたのだ。少しでも手に馴染《なじ》み、剣技を磨くことに専念できるようにと。

自分が妻にと希《こいねが》った相手があまりにも高嶺《たかね》の花だったことを知っても、苦笑してはいたが止められはしなかった。

「……ずっと叶《かな》わないまま終わってしまったな」

その声は酷《ひど》く寂しげだった。

父が病に倒れた時、後見人のようにミカエリスたちを保護してくれたのはラティッチェ公爵だった。母がイチかバチかで出した手紙。その中で、唯一動いてくれたのが隣の領地の大貴族である彼だけだった。

貴族として、軍人として、騎士として、領主としての必要な知識を叩き込まれた。彼の存在なくして今のミカエリスはいないだろう。伯爵としてあっても、ここまで領地を豊かに発展させることはできなかった。貴族としても名を上げることもできなかっただろう。

師であり、もう一人の父のような人であった。あまりに遠く恐ろしい存在だったが、確かにミカエリスは庇護《ひご》されている存在だったのだ。

グレイルは気にもしてないかもしれない。とるに足らないことだったかもしれない。だがミカエリスは恩をろくに返せぬまま、彼は帰らぬ人となってしまった。

ずっと背を追いかけているだけ。

叶わないのか、敵《かな》わないのか――どちらなのかはミカエリスだけの心の中に。


「ぴぃ？」

ひょこり、とベッドの下からぬいぐるみのような緑色のずんぐりむっくりとした生き物が出てきた。

周囲に誰もいないのを確認すると、ずりずりと腹ばいで出ていた。その拍子に、腹巻からぽろぽろとドングリや木の実、花などが落ちていく。

「ぎーぁ？　ぴぁ？」

だれもいない？

念入りに、周囲を見回す謎の怪獣もどきことチャッピー。

しっかり確認したあと、いつになく警戒した様子でせこせこと落とし物をかき集め、短い手足で一生懸命に腹巻の中に入れ直す。

そして、天蓋を伝ってベッドの上に上る。二、三度ほど、ぼとりと落ちたがめげずに上り切った。

その上には、チャッピーの目当ての人物がいた。

「ぴゃー……」

白く広いシーツの海に鮮やかな黒髪が広がっている。

眠っていても解《わか》る類稀《たぐいまれ》なる美貌。まるで、稀代の名工が作った精巧な人形のようであるが、その胸元がわずかに動いていることが、彼女が生きていると証明している。

チャッピーは腹巻から花を取り出すと、眠り続ける女性の額へと乗せる。王宮の薔薇園から、朝一番に取ってきた薄桃色の八重咲の薔薇だ。ふんわりとレースのような独特の形の花びらは、非常に華やかであり可憐だった。まだ開き始めの若い花は甘く芳醇《ほうじゅん》な香りを放っている。

贈った相手は眠ったままだ。身じろぎもしない。「ぎー？」と、僅かに残念そうに鳴くチャッピー。

今度は青いピカピカのドングリと、大きく開いた松ぼっくりを取り出す。両方とも欠けも虫食いもなく、立派なものだ。

それを頬あたりに乗せようとしたが、バランス悪くコロンと落ちてしまう。

チャッピーはめげずに拾って再び乗せようとした。しかし、後ろから伸びた指がそれを取り上げ、チャッピーを抱き上げた。

「ぴっ⁉　ぴぃぃぅっ！」

「……盗りはしない。お嬢様はお休みになられている。お目覚めになられてから贈るんだ」

騒ぎ出したチャッピーに背の高い黒衣の人物は、静かに低い声で窘《たしな》める。

その声は感情の起伏が薄い。だが、視線はアルベルティーナを注視している。

黒衣の人物の言葉に納得したのか、チャッピーは短い脚をぶらぶらさせて上機嫌になって腰布を掴《つか》もうとする。だが、それはひょいと躱《かわ》されてしまう。

だが、別方向から腰布がグイッと引っ張られた。

黒衣の人物が無言になる。

びりっとあっけなく破られた布地をあぐあぐと口に運び、数回咀嚼《そしゃく》したところで「マズイッ」と言いたげにペッと吐き出す。

そして、苛立たしげに短い脚をバンバンさせて遺憾の意を表明する小さな怪獣もどき。

手元には上機嫌に歌い出しているチャッピー。

では、これは？

増えている。

「ギャウっ」

「ぴぎゃ？」

「ピギャ！　ガルルルッ！」

新顔は少し気が強そうだ、新顔の剣幕にチャッピーが震えて「ぴゃ……？」と委縮している。

そして、新顔はチャッピーを降ろせと言わんばかりに丸い額を押し付けグイグイとしてくる。もう少し半身を屈《かが》めて角を押し当てた方がまだ攻撃として成り立つのだが、そんなことも分からないのか丸いおでこがぐりぐり当たる。

ため息をついてチャッピーを降ろすと、二匹揃ってカーテンの膨らみに逃げた。

ぴぃぴぃギャウギャウ話し合いをしているらしいが、両方とも害はなさそうだった。

お嬢様はチャッピーをとても可愛がっていたし、あれが二匹に増えたところで喜びはするだろうが困りはしないだろう。アルベルティーナの『可愛い』のストライクゾーンは結構広い。

アンナではないが、何かアルベルティーナが喜ぶ要素があるなら増やしたい。

目覚めれば、嫌でも厳しい現実が彼女を傷つける。

現に、キシュタリアとラティーヌはグレイルの訃報を知った途端に湧き出た不埒者を相手に目まぐるしく動いている。少しでもラティッチェ公爵家の利権を掠《かす》め取ろうと、一斉に集《たか》りに来ているのは、ヴァユの離宮で人知れず護衛をしている彼の耳にすら入ってきた。

今までグレイルが目を光らせていたが、ここぞとばかりに動き出したのだ。

成人を迎えていない義息子と後妻を払い落としたいと、躍起になっていると聞く。

だが、キシュタリアもそうやすやすと払い落とされるような軟な育てられ方をしていない。なんといっても、あの魔王の義息子を人生の大半やっていたのだ。

ラティーヌとて社交界で死ぬほど嫉妬と憎悪と羨望に焼かれ続けてきた。そして、ビジネスパートナーに近いとはいえあの公爵の相手をしてきた女傑だ。

その攻防は社交界でも話題となっていた。

人の不幸は蜜の味なのか、社交界はその手の話題が好まれる。ましてや、今まで絶対的な権力の象徴で、もう影の王家、無冠の王家と言われていたラティッチェ家の話題だ。人々の興味は尽きない。

しかし、黒衣の人物はさしてそんな噂《うわさ》には興味がない。

この増えた怪獣もどきもそうだった。

元より、アルベルティーナはサンディス王家の血を濃く表す容姿をしている。

血統にまつわる魔法は、先祖に妖精や精霊、神霊といった人間とは次元を画す存在と契約したり、異種婚姻によるものだったりすることが多い。

魔王と称されるグレイル譲りだろう魔力の強さもあり、そういった力の強い存在を引き寄せやすいのかもしれない。

また、この手の存在は幼い子供や処女といった純粋で清らかな存在を好むものも多いと聞く。逆のものもいるが。

グレイルの過保護はそういった理由もあったのかもしれない。

彼はいつもアルベルティーナの幸福と健やかな成長を願っていた——やりすぎなところもあったが。

しかし、それはなくなってしまった。

アルベルティーナの喪失感は様々に大きく響いたことだろう。

彼はただ、最愛の父を喪ったアルベルティーナを案じていた。

すでに、上層部——元老会では目下の最大の障害だったグレイルがいなくなったことにより、一気にアルベルティーナの王族入りの話を進めている。早急すぎる進み方に、ラウゼスが苦言を呈しても暴走しているような勢いで、勝手に議案をまとめてラウゼスに最後の調印を迫っていると聞く。

（この世界は、あまりにお嬢様に優しくない）

グレイルではないが、アルベルティーナは望めばいくらでも、いつでも高い場所に行けた。誰もが羨む遥《はる》か高みを目指せたのだ。

だが、アルベルティーナが望んだのはささやかなものだ。

愛する家族と穏やかに過ごせる時間。それが、少しでも長く続くこと。

どんな名誉も、立場も、宝石も王冠すらも欲しがらない、あまりにもありふれて平凡で——アルベルティーナの今の立場から最も遠のいたものだった。

ジブリールは自分を取り巻く何かが大きく変わるのを肌で感じていた。

中には、あからさまにジブリールを揶揄《やゆ》してくる人間もいる。

ラティッチェ家と懇意であったドミトリアス家。それは周知の事実である。公爵家と伯爵家なので、当然身分差はある。それをカバーするようにアルベルティーナがドミトリアス兄妹を気にかけていた。だからこそ、融通されていた部分もある。だが、それに甘えて怠慢をしていたわけではない。

ジブリールは、いつでもアルベルティーナの役に立てるように令嬢として切磋琢磨《せっさたくま》していた。若き社交界の華として精力的に動き、影響力のある人物としてのし上がった。それは兄のためでもある。伯爵家当主である兄は、アルベルティーナに浅からぬ思いを長年秘めていた。

少しでも彼女と釣り合うようになりたい、と研鑽《けんさん》を重ねていたことを知っている。

腹の読み合いなんて本来苦手な性質《たち》なのに、騎士や領主としての仕事をやりつつも抜かりなく人脈作りに取り組んでいた。その成果もあり、ミカエリスの代で陞爵があるのではないかと言われている。ミカエリスの精力的な活動が実を結び、そうやすやすと淘汰されるような伯爵家ではない。だが深い付き合いのある公爵家当主の唐突な死は大きな波紋を呼んだ。

今までごますりしていた貴族が減った半面、今のうちに伯爵家に取り入ろうとする貴族も多くいた。公爵さえいなければ、ミカエリスに婚姻話を頷《うなず》かせると高をくくった人間が押し寄せた。だが、今のところけんもほろろに突っぱねられている。

当然だ。

情に厚いミカエリスにしてみれば、他家とはいえラティッチェ公爵家は身内にも近い存在だ。最低一年は、公爵家に倣って喪に服さんと言わんばかりだ。

キシュタリアは当然だが、ミカエリスも葬儀が終わっても衣装に黒っぽいものが多い。

そうでなければ濃紺や黒よりの灰色である。明るく鮮やかな色は纏《まと》わない。

はっきり口にはしないが、こんな時に婚姻話を持ち出した連中など、彼の中で静かにブラックリスト入りしているだろう。

また、情勢の変化は社交界だけではない。サンディス王国の守護者といわれたグレイルの訃報により、国境沿いがまたきな臭くなる可能性が出てきた。

ドミトリアス領にも国境がある。そのため、火種が各地でくすぶり始めたのを危険視している。アルベルティーナとの休暇をもぎ取るために、一時期徹底的にグレイルが叩き回っていたこともあり、そうそう大挙して押し寄せてくることはない。でも無警戒ではいられないのだ。

早馬を走らせ町や村をはじめ、様々な集落に変化があればすぐに報告するように呼び掛けている。

ミカエリスも忙しいが、ジブリールも忙しい。

やはり兄に倣って暗い色のドレスを纏っている。少しでもミカエリスの負担を減らそうと、ジブリールにできることは積極的に分担しているからだ。

激しい情勢の変化に淘汰されるわけにはいかないのだ。

ぼんやりしていたら、足をすくわれ寝首を掻《か》かれる。

「――ご機嫌よう。本日はお招きいただきありがとう存じますわ」

華麗に咲き誇る紅薔薇ごとくジブリールは微笑《ほほえ》む。

その完璧な令嬢としての麗しい笑みの裏で、どんな不安や焦燥があろうともおくびにも出さない。

そして、雑多な噂ばかりの社交界に溢《あふ》れる情報から、少しでも役に立つものを手に入れようと飛び回るのだ。

幕間　頑張れ、ゼファール叔父さん

「……疲れた……」

「お疲れ様、ゼフちゃん。今日のお茶はジョセフィーヌ特製ハーブティーよ！」

机に突っ伏している金髪の頭を労《いた》わるように声をかける。

死相に近い老け込み具合のゼファールは、凝り固まった首と肩を乱雑に回す。同じ体勢をとりすぎてもはや痛い。動かすたびにごきごきと嫌な音と痛みと気持ちよさの間のような感覚がする。

ジョセフィーヌが手際よく用意したハーブティーに手を付ける。

ふわりと広がる香りに、ようやく顔をほころばせた。

「カモミールか」

「好きでしょう？　あと少しでもお腹《なか》に入れてちょうだいな。貴方《あなた》に倒れられてしまったら、本当に仕事が回らなくなってしまうわ」

鍛え上げられた肉体と騎士服の青年が、茶目っ気のある表情でいう。

柔らかで女性的な喋《しゃべ》り方だが、間違いなく男性の低さがある。だが、自称ジョセフィーヌがオネエ属性なのは今に始まったことではない。その性質故か、細かなことに気づくし、武骨な人間にまかせられない仕事もできるので多少のことは無視している。

普通の貴族であれば気色悪いと近くにも寄せ付けないだろうが、ゼファールは仕事ができて人格に非常に問題があるわけではないと判断している。

実はペドフィリアだのズーフィリアだのネクロフィリアだのカニバリズムだの持っているわけではないのだ。売国行為や横領や快楽殺人とかやるわけでもないしと。

まだゼファールが十八の頃、あまたの国を股にかけた奴隷密売を摘発した時など、人間の嗜好《しこう》とはこれほど悪辣になることもあるのかという生き地獄を見た。

家畜以下の扱いをされる奴隷たち。家畜に押される焼き印がある者。体の欠損した者。虐待や薬で心身を壊した者。魔法で自由を、体を奪われた者。

この世の地獄を煮詰めたような現場だった。

帰る故郷もなく、新しい居場所もない。あてもなく朽ちるのを待つだけの、絶望の虚《うろ》のような目を幾度となく見た。そして、無力さを痛感した。

大捕物となった。功績は貰《もら》ったが、残酷な虚無感に苛《さいな》まれた。それを誤魔化すように、行き場のない奴隷たちを引き取った。

当時の妻はあんな小汚いものをと鼻白んだが、褒賞から宝石を与えれば黙った。

引き取った者たちは学び場を与えられ、再出発できる者もいたが、すでに手遅れの者も多かった。

守るものが増えたゼファールは、領地の経営にも本腰を入れた。

過去に騎士として修羅場をくぐったことの多いゼファール。そのアウト判定は結構一般とはずれていたりする。

というか、若くしてゼファールほど修羅場まみれな方が珍しい。

「それが分からないのが多くて困る……四大公爵家なんてどでかいもの背負わされてたまるものか」

「しょうがないわよぉ、ラティッチェご子息のキシュタリア君は随分グレちゃん似らしいじゃない？ゼフちゃんに継いでもらえればおこぼれ率がいいって思っているんでしょ」

「いい迷惑だ。それなら自領や仕事に目を向けた方がよっぽど堅実だろうに」

「それができないから他所《よそ》に集《たか》りたいのよーっ」

カラカラと笑うジョセフィーヌだが、その言葉に一層疲労感が増すゼファール。

兄が戻るまで、と押し付けられた仕事をきりきり舞いと天手古舞《てんてこまい》を合わせた状態で行っていた。

兄の無能への苛立《いらだ》ちが嫌というほどわかる。解ってしまう。でも怒るにも体力がいるので、そっと修正して黙っている。

だが、兄グレイルの死に伴いとんでもない仕事がさらにごそっと来た。恐らく魔王が恐ろしく隠していた案件もあるのだろう。どさくさ紛れなら通ると思っているのかと怒鳴りたくなるようなものがいくつもある。

しかも、ゼファールのほうがラティッチェ公爵家の血が濃い。血統の序列として近いのだから、キシュタリアを押しのけろと担ぎ上げようとする連中が後を絶たない。

ゼファールはそもそも伯爵にもなる気がなかった。過去の結婚から、相手方に非常に気に入られ、子がなく離縁となっても是非養子に！　と懇願されて、あれよあれよと気づいたら伯爵だ。しかも格式あるフォンのついた伯爵だ。

元は文官でも武官でも騎士でもいい。できれば王宮魔術師とかがいい。研究職がいい。一生日の目を見ることがなくても古代の魔導書や魔道具に埋もれていれば幸せ——というタイプだった。

見てくれはキラキラ王子でも、魔法オタクなのだ。

「勘弁してくれ……っ！　権力争いはもう十分だ。お貴族様の争いは懲りたんだ……」

ゼファールは平穏を愛する男だった。

田舎の伯爵領で愛する子供と——理由があって引き取っている子供たちの健やかな成長を見守ることができれば十分だった。

鄙《ひな》びていようと萎びていようと構わなかった。

「ゼフちゃんって、全然争う気がないのにほんっとうにしょっちゅう巻き込まれるわよねぇ」

「しみじみ言うな。しみじみ……自分でもそうなんじゃないかなって思っている」

「伯爵になるのも結構揉《も》めたんでしょう？　大公まで出てきて養子にしたいって」

「絶対いやだ！　あそこには以前僕に散々粉を掛けてきたリュイア夫人がいるんだ！」

「あの人って確かもともとは商家の未亡人よね？　ちょっと年上だけどかなりの美女よ？　というか、いつの間に愛人になってたの？」

「……王の名代でタウンハウスへ挨拶に伺ったらいた。二か月前はサーナイル侯爵の愛人をしていたはずだから、乗り換えたんだろう」

「あら、お盛んねぇ。サーナイル侯爵といえばもう六十近いわよねぇ？　ゼフちゃん、あの手の女って苦手なのに知り合いだったの？」

「仕事だ。仕事！　リュイア夫人は元娼婦《しょうふ》だから色々と口も巧いし、人脈も多い。特に男を転がす技術は舌を巻きたくなるほどだ！　十年近く前に一度だけ！　なのに未《いま》だに僕に関心があるんだ！」

よほど嫌なのか、頭を抱えている。

仕事も良く出来るし、人柄も良いゼファール。だが彼の唯一にして最大の欠点は女運がないこと。

それはもう酷《ひど》いものである。彼は生来の面倒見の良さと真摯さをもって接しているのだが、面白いくらい誤解を生む。全くもって破綻した男女関係ばかりできてしまうのだ。

流血沙汰も少なくないし、珍しくない。社交界を嫌うのもそれが理由の一つだ。

（グレちゃんが娘ちゃんを会わせたくなかったのって、コレもあると思うのよねー）

しかも、ゼファールは自覚ある女難タイプだ。

誘拐以降、可愛《かわい》い姪《めい》に会えなくても一切文句は言わなかった。グレイルとは違い、ゼファールは子供好きだ。

「いっそのこと、キシュタリア君がちゃんと全部引き継げるまで後見人になるとかは？」

「田舎の伯爵には無理だよ。あの家は大きすぎる。そもそも、王家や元老会も、少しでもラティッチェ家を弱体化したがっている。これを機に勢力が落ちればいいと思っているんだろう。わざわざ付け入る隙を与えたくないし、ラティッチェが弱まれば貴族や元老会への抑止力が減る。王家の力が弱い分、あの家がバランサーにならなきゃいけない。ここは彼がなんとかしたって形をとらなきゃ、今後に差し支える。それに、私は姪っ子にも甥っ子にもあまり面識がないんだ。いきなり叔父だよってしゃしゃり出ても警戒するだけだろう」

少し拗《す》ねたように言うゼファール。

できれば、力添えはしたいのだ。だが、多忙を極めているうえ、ろくに信頼関係もなく出てきても神経を逆なでする。

クロイツ伯爵の後ろ盾なんて噂《うわさ》が立てば、今後のキシュタリアの立場が揺らぎやすくなる。

「まあ、直接じゃなくてもやりようはいくらでもあるけどね」

にこ、とどこか子供っぽい笑みを浮かべるゼファール。

ジョセフィーヌは思う――「あ、これは絶対もう何かしたな」と。

だが、同じくパープルピンクの唇ににっこり負けずに笑みを乗せて返すだけにとどめるのだった。

二章　王子のいない眠り姫

「おはようございます、お嬢様」

シャ、と軽い音を立ててカーテンが開け放たれる。それと同時に薄暗かった部屋に朝日が入り込めば、上品な中に可愛《かわい》らしさのある豪奢《ごうしゃ》な部屋が浮かび上がる。

そのすべてが一流の職人が丹精込めた物ばかり。量産品など一つもない。どれもこれも、一点物ばかりだ。庶民どころか、貴族ですら手に入れるのが困難な品もたくさんある。

ベッド脇にある掌に乗るほどのふわふわとした兎《うさぎ》のぬいぐるみ一つでも、王宮勤めの騎士の給料半年分。兵士なら年収相当分だ。円《つぶ》らな瞳だけでも、職人が黒石を磨き上げているオーダーメイド品なのだ。

もぞ、とベッドの中で動く。布団からのそのそと出てきたのは緑色のどんくさい怪獣もどきだ。

「また入り込んだのですか、チャッピー。お前のベッドはあるでしょう」

びくっとするのは緑色のぬいぐるみ系フォルム。

器用に片眉だけ上げたジュリアスは、それだけで端正な顔立ちに酷薄そうな色が浮かぶ。

「お嬢様の寝台に上がるな、と何度言えばわかるのですか？」

軽く指を入れ天蓋の中に入る。

ジュリアスが思いを寄せ続ける最愛。その傍《そば》でガタガタと震えながら「ぴ、ぴぃ」とか細く鳴く不思議生物を一瞥《いちべつ》した。ぺしっと片手で軽く払うだけでそれはコロンと寝台から落ちた。

一応はいけないことをしているという認識はあるらしい。

ならやめろ、と何度もお仕置きしてもあれは懲りない。

あれは何度もアルベルティーナの眠る寝台に行くなと言っても勝手に上る。

閉じ込めても、いつの間にか脱走しているのは謎だ。バカな癖に、脱走スキルだけは異常に高い。

アンナ曰《いわ》くアルベルティーナのお気に入り。だから余りいびるなとは言われたが、どこから来たかわからない不審な生き物である以上、ジュリアスとしては気に入らない。

相好を崩した想《おも》い人の細い腕とあの豊満な胸に抱きしめられていると、殺意すら湧く。

チャッピーはそろそろとベッドにまた戻ってきたかと思うと、小さな兎のぬいぐるみを手に取り逃げ出した。そして、チャッピー用ベッド（本来は小型犬用）に泣きながら滑り込んでいった。

ジュリアスはそれを冷たく見下ろすと、改めて寝台に向き直る。

そこには相変わらず昏々《こんこん》と眠り続けるアルベルティーナがいる。

幸い顔色はそれほど悪くない。医者の腕が悪くないのもあるが、アンナが香油を使って毎日マッサージをしたり、風呂に入れたりと手を尽くしている。

アルベルティーナはどうも精神的に大きな衝撃を受けると、気絶することが多い。元来の繊細さと、体の虚弱さが原因だとは思っていた。

だが、それともう一つある要素が疑われている。

主治医の一人であるヴァニア卿《きょう》は何を考えているか分からない飄々《ひょうひょう》とした様子で言った。

『ラティッチェ令嬢は、どうも魔力が強い。ううん、強すぎるね。肉体の耐久力に対して、魔力の保有量が多いんだろう』

けして、あり得ないことではない。

アルベルティーナの父親は魔王と称される。それはその冷酷無比な性格以外にも、その圧倒的な魔力の保有量と技量が他に追随を許さなかったことも意味する。

その直系の娘であるアルベルティーナが受け継いでいても何ら不思議でない。

母のクリスティーナは特に魔力が強いと聞いたことはない。名高い傾城の美女であったが、優秀な魔法使いとは聞いてなかった。

普通に生活する分では問題ないが、アルベルティーナは先の襲撃でかなり無理な魔法の使い方をした。それが悪かったらしい。

グレイルはそれを危惧してジュリアスにアルベルティーナを預けた。

だが、ジュリアスはぎりぎりまでアルベルティーナを止めることができなかった。あと何分、いや何秒か遅れていたら致命的なダメージになるだろうというところまで止めることができなかった。

基本、アルベルティーナは大人しく従順だ。

使用人にしては生意気であるジュリアスの気安い態度に対しても、破格なほど鷹揚《おうよう》に接してくれている。

まさか、あそこまで拒絶してくるとは。

（ああもう……そうだ、あの方は懐に入れた人間に対しては異常なほどの献身を見せる方だ。公爵様がいて、キシュタリア様とミカエリス様が参戦している状態で言うことを聞くはずなんてない）

完全に読み違えた。

酷《ひど》い失態だ。

あり得ない。

腕の中でどんどん疲弊していくアルベルティーナに、知らず焦っていたのかもしれない。

アルベルティーナが己に対する価値観を軽視しているのは感じていた。

自分の取り柄は容姿と血筋と家柄だけ。親から貰《もら》ったものだけで自分には価値がない。そう考えている節がある。

過小評価にも程がある。

ジュリアスは見てくれと血筋だけの女に入れ込む趣味はない。

……全く魅力を感じないというわけではない。

素晴らしい血筋と家柄であるのは否定しないし、あの圧倒的な美貌と年齢とともに妖艶になる瑞々《みずみず》しい肢体は実に魅力的である。

ジュリアスは、自分がかなりの面食いであることに自覚がある。

当の本人は身長ばかり気にしているが、華奢《きゃしゃ》で儚《はかな》いながらもと匂いたつ色気を持つ首、穢《けが》れを知らない真っ白なデコルテ、繊細かつなよやかな線を描く爪先まで美しい腕、女性的で豊満な胸とコルセットを付けなくてもほっそりとしたくびれ、悩ましい腰のライン、ほとんどドレスに隠されているがその下に程よい肉付きのまろやかさと細さを併せ持つ脚。

抱きしめると香水ではなく柔らかく香油が薫る。

彼女の体から香るのは長年使っている化粧水や香油が染み込んだものだ。強すぎる香りを嫌い、香水類を一切つけないアルベルティーナ。香油といっても柔らかく爽やかな香りが多い。どれもこれも特注で、香油や化粧水一つとってもその辺の令嬢が気取ってつけた香水とは違う、彼女だけの香りだ。

キシュタリアがよくアルベルティーナに抱き着いているのも、好意や心配性、そしてその芳《かぐわ》しさが癖になっているのだろう。

だが、それを差し引いてもアルベルティーナのスペックは優秀だ。

骨の髄まで染み込んだ公爵令嬢としての最高の教養と洗練された所作、座学に対しても真面目に取り組む姿勢、得手不得手には偏りがあるが魔法使いとしても優秀であり、領主の娘としても領民を思いやる志、経営者としても使用人や職人の待遇にかなり心を尽くしている。ローズブランドは就職先としても人気で、破格の給金と待遇が約束されているので希望者が後を絶たない。人柄も穏やかで愛らしく、周囲から慕われている。

欠点といえば、少々体が弱いこととかなりぽやっとした警戒心のなさだろう。野放しにしてはいけない危なっかしさがある。

屋敷の内外に熱狂的なファンが多いが、怖がりなアルベルティーナを刺激しないためになるべくその存在は伏せられており、強烈な熱意をぶつけないように統制されている。

例外はあのジブリールくらいだ。おっとりとしたアルベルティーナが心を許し、グレイルに気に入られていたが故に傍にいられる。もし、彼女が令嬢ではなく令息だったら、グレイルは同じ扱いはしなかっただろう。

アルベルティーナがあの魔王の娘でさえなければ――と、何度思ったことか。

もしクリフトフのような優秀程度の人間なら、簡単に国外に連れ出せた。

多少時間がかかるだろうが、少なくともアルベルティーナがデビュタントの年齢に差し掛かる前には可能だっただろう。

アルベルティーナは懐に入れた人間に甘いし、こちらから上手に言いくるめることも簡単だ。その手のことはジュリアスの最も得意なことの一つだから。

矛盾なく、不自然でなく、かといって完璧すぎでもない言葉で虚像を相手に植え付ける。

ほとぼりが冷めた頃に、少しずつ遠い国に移住すればいい。偽装するなら商人あたりがちょうどいいだろう。庶民の戸籍であり裕福であっても、他国に精通していても、移住しに流れても不自然ではない。貴族の出入りの商人が懇意になり、御手付きになり、道ならぬ恋に落ちるのは珍しくない。また、商売で財を成した者が次に望むのは名誉や地位だ。箔《はく》をつけるため貴族籍を求めて没落しているが高貴な女性を娶《めと》るのはよくあることだ。

ジュリアスには、それをするだけの能力と豪胆さがあった。

大抵の人間なら、掌で踊っていることも気づかれずに動かすことができた。

だがグレイルは違う。得体のしれない視野を持つ傑物。僅かでも間違えれば、ジュリアスの首が飛ぶ。

アルベルティーナの守護者はあまりに鉄壁で恐ろしい存在だった。

アルベルティーナは気づいていなかったが、グレイルは愛娘《まなむすめ》の周囲の使用人には手練れの護衛を多く配置していたし、影を付けていない方が珍しかった。

ジュリアスはアルベルティーナの従僕である。あのお嬢様は普通に生活していても、危なっかしい。本人の知らぬところで何度も影が表へ出かけたのを知っている。

あのポヤポヤポンコツ令嬢にとっては、好々爺《こうこうや》の執事、自称腰痛持ちの庭師の老人と庭師見習いの少年たち、お嬢様は天使と常日頃猫可愛がりするメイドたち、貰ったレシピをしょっちゅう奪い合っているシェフたち――それらはすべて精鋭だ。

あの優しい箱庭は、グレイルの執念とアルベルティーナを慈しむ者たちの成せるもの。

（あの人は、自分が誑《たら》し込んだ人間がどれだけ気難しいのか分かっていないだろうが……）

ジュリアスもその一人だ。

アンナも相当のものだし、セバスや庭師のアグラヴェイン、シェフのゴルドー。懇意にしている教師たちも相当曲者《くせもの》だ。

グレイルが引き取ってきたばかりの頃のキシュタリアやミカエリス、ジブリールも年齢の割に警戒心の塊だった。

人見知りのくせに警戒心ゴリゴリの偏屈人間に限ってコロッと転がしてくるのだ。

あの見てくれの良さで先制パンチをかまし、人見知りの中で高貴な令嬢らしからぬ無邪気で庇護《ひご》欲をそる優しい性格が表れてくる。目下の者にも優しく穏やかで丁寧だ。

誘拐前の悪鬼のような性格を知っている人間すらも、見事に転がし尽くした。

何か魔法や呪いでも使っているかと思っても、怪しげな様子や仕草は見られない。割と本気で目を凝らして観察したが、可哀想《かわいそう》なほど純粋培養で無駄にあざとい生き物だと再確認しただけだった。

一時期アルベルティーナが魔法の勉強の一つとして、呪いを学んでいた。なんでそんなもの、と思うだろうが致命的に攻撃魔法が使えない苦肉の策だった。

攻撃魔法をどう必死に学んでも、魔力が強いはずなのにヘナヘナな魔力の塊が水の中に入れた砂糖のような脆《もろ》さで出てくる程度なのだ。呪いも心なしかもやっとしたものを感じるような……？　というレベルだった。

当然、その余りの酷さに周囲は目を覆い『この人は私が守らねば』と過保護度合いは増す。

なまじ他の魔法が優秀なので落差が酷かった。

気難しそうと言えば、ヴァユの離宮の侍女頭であるベラも一目見てアルベルティーナにメロメロだった。恐らく、起きて実際接したらノックアウトだろう。人見知りでぎこちなく怯《おび》えている姿にすら母性本能と保護欲が暴発しそうな気配がする。

（ドーラの母親と聞いて警戒していたが……恐らく大丈夫だ）

ドーラがラティッチェにもうおらず、消息不明だと聞いても軽くため息をついただけだった。

やはり昔から難アリの性格だったのだろう。フォルトゥナにいた頃からクリスティーナの侍女であると威張り散らしていたのが容易に想像できる。

しかしそれも昔の話。アルベルティーナに寄生先を変える前に始末した。

「大丈夫ですよ、アルベルティーナ様……皆、貴女《あなた》の目覚めを待っています」

もし、何かあっても、何があろうとも――ジュリアスは迷わない。

この人を喪《うしな》うなら、国を捨てた方がましだ。アルベルティーナが泣き叫ぼうが、家族を恋しがろうともすべてを奪ってアルベルティーナの命を一番に守る。

自分の強さの一つは、この傲慢さだ。躊躇《ためら》わず他者を切り捨てられる冷酷さ。

その性質を知っていたからこそ、グレイルに酷く嫌われていた。

手段を選ばず愛娘を奪う可能性のある男を最も危険視していた。だが、当のアルベルティーナがジュリアスに無垢《むく》な信頼を寄せて兄のように幼馴染《おさななじみ》の従僕を慕っていたからこそ目こぼしされていた。

（もしアルベル様からの恋情を向けられることができたのなら、その日のうちに始末されていただろう程度には疎まれていたな……）

繊細な娘を任せられる気配りと、突飛なお願いを叶《かな》えられる優秀さ、そして数少ない信頼と心を開いていたからこそ。

最後こそ、本当にジュリアスにとってありがたい誤算だった。

なんでアルベルティーナがジュリアスにあそこまで心を許したか分からない。

お世辞にも、自分は人好きのする性質ではない。確かに有能だと自認しているが、性根は歪《ゆが》んでいる。

生まれた血筋は定かでなく、育ちも卑しい。実力主義のラティッチェだからこそ、ここまで引き立てられた。

親に捨てられ貧民街で路上生活をしていた。ラティッチェ公爵の目に留まり、頭の回転の良さから使用人として礼儀や技術や知識を叩《たた》き込まれた。

自分が溝鼠《どぶねずみ》のような存在だなんて、ジュリアスが一番よく分かっている。澄ましていても、いくら優雅に振る舞っても、心の隅にこびりついている。

（アルベル様は態度を変えなかった……俺が八つ当たりのように告白しても、下賤な人間だとはっきり告げても）

手を伸ばせば、華奢な白い手を乗せてくれた。

変わらず向けられる笑顔に、寄せられる体に、かけられる声にどれほど救われたのかを知らないのだろう。

告白したばかりの時は戸惑っていたが、嫌悪や侮蔑ではなく困惑が強かったように見えた。

そのことに、ジュリアスがどれほど安堵《あんど》したかアルベルティーナは知らないだろう。

この人の目に、自分はちゃんと人間として映っている。

庶民や使用人という下等生物ではなく、対等なヒトとして見えている。

当たり前のようで、当たり前でないことだった。

使用人ごときが、公爵令嬢に懸想するなど不敬だと言われてもおかしくないのだ。アルベルティーナが嫌悪を示していたら、即刻殺されていたか公爵家から叩き出されていた。それほどの立場の違いがある。

グレイルがいなくなった今、アルベルティーナに近づく人間はたくさんいるだろう。そして九分九厘がろくでもない輩。

どう、陥れてやろうか。

仄暗《ほのぐら》い笑みが浮かぶ。

ああ、こんな表情はお嬢様のいる場所で浮かべていいものではないのに。

そっと隠しながら、軽くベッドメイクをした。チャッピーが動き回ったのか少し中のブランケットが乱れている。

その時「ぴぃいいいい――っ」と断末魔のような絶叫が響いて、舌打ちしたい気持ちで振り返る。

あの珍獣、お嬢様がお休みしているというのにうるさい。外にぶん投げてやろうか、と動物愛護の精神に極めて反する気持ちを抱くジュリアス。

「……ジュリアス・フラン。お前は何故、天蓋の中にまで入っているのですか？」

地の底から響くような声。

吹きすさぶ冷気とともに、片手に大きな裁《た》ち鋏《ばさみ》を持ったアンナが仁王立ちしている。もう片方の手では怪獣もどきがじたばたしている。

その鋭利な刃が輝く鋏はジュリアスに向けられている。

「少々ベッドの乱れを直そうと。その珍獣がまた入っていたようですので」

「男のお前が？　部屋は許しましたが、天蓋の中は私の管轄です」

「お嬢様がお風邪を召したら大変ですので」

「お前のような劣情害獣がお嬢様に触れる方が由々しき事態です」

バチバチと静かに火花が散る。

確かに下心はあるが、意識のない相手を犯す趣味はない。そういった趣味の輩《やから》はマイノリティだが存在する。少なくともジュリアスは違う。

「それは失礼しました。以後気をつけます」

にこり、とそれでおしまいだと笑みを向ける。アンナの霜の降りたような眼差《まなざ》しが刺さるが、それに笑みを浮かべていなす。

やるのなら眠っているときなどもったいない真似《まね》をせず、はっきり意識があるときに、しっかりと自分が異性として愛しているとあのポンコツの頭に叩き込んでから抱く。何せ相手は永遠の幼女と住み着いているんじゃないかという温室と結界の二重構造の箱庭育ちなのだ。伝えているはずなのに、しょっちゅうそれなりに良いはずの頭から抜け落ちるのだ、あのお嬢様は。そして時たま思い出してアワアワしている。それはとても可愛い。

だが、頻繁に斜め向こう側に勘違いしているため、くれぐれも誤解がないように突き詰めてから抱いた方がいいだろう。

馬鹿馬鹿しいおままごとのような恋愛未満を続けていられるのは、偏《ひとえ》にアルベルティーナへの愛情が勝るからだ。

基本、ジュリアスはかなりドライな性格だ。

愛だの情だのといったモノにあまり振り回されることのない人間だ。

――この人に会うまでは。

ジュリアスの愛する眠り姫。アンナが慈愛すら感じる声で話しかけている。

目覚めないほうが幸せだろう。

ジュリアスの冷静な心が冷ややかに囁《ささや》く。でも、誰もがアルベルティーナの目覚めを待っている。

ジュリアスもまた、切望している事実だった。

ジュリアスは王子様にはなれない。それを、自身が一番わかっていた。


静まり返る喧噪《けんそう》。大通りからも人の気配がまばらとなり、奥まった歓楽街は昼間とは打って変わって賑《にぎ》わいが増す時間。

露出の多い女たちが、婀娜《あだ》っぽい視線で男たちの意識を誘《いざな》う。

美しい花々。彼女たちは一夜の快楽と安らぎ、または情熱と引き換えに糧を得る。徒花《あだばな》のような一時の享楽を与え、日夜春をひさいでいる。艶《あで》やかに笑みを刻む紅。しっとりとした眼差しに、歌うように誘う声。薄闇に浮かぶ四肢はどこまでも女だった。それが、その街の日常だ。

奥まった裏路地で一組の男女が絡み合っていた。啄《ついば》むような口づけをしている。その口が「貴方《あなた》だけよ」と月並みな言葉を囁く。ややあって名残惜し気にその人影が離れる。

その女が、いったい何人の男に同じことを言っているかなど路地から消えた男は知らないのだろう。

ガラス越しにこの場所では当たり前の光景を見下ろす。

窓枠に腰を掛け、冷めた目に安っぽい魔石の明かりが瞬く街が広がっていた。

この場所は色々な人間が集まる。後ろ暗い過去がある者、嫌なことを一時忘れたい者、未知の世界を覗《のぞ》き見たい者、成り上がりたい者、引きずり落とされた者――数え上げればキリがないくらい。

様々な人間が集まるからこそ、情報も集まる。

眩《まばゆ》い宝石を身に着け豪奢なドレスを纏《まと》い、一夜で平民の年収を吹き飛ばすような高級娼婦《しょうふ》がいる。そのすぐ隣の小道には、一食分にもならないはした金で身を売る場末の娼婦がいる。

この花街でも特に敷居の高いだろうこの娼館。貴族の一室にも引けをとらない調度品。部屋も清潔だし、寝具も悪くない。だが、やはり公爵家には劣る。

「ねえ、シュルス。何を見ているの？」

するり、と白い腕が男の体に絡む。

シーツの海から、豊満な体をした女が僅かに上気した頬を寄せる。ブルネットの豊かな巻き髪が散らばる。白いシーツと女の白い肌がそれぞれを引き立て合う。

「最近来なかったじゃない。私、寂しかったのよ？」

絡み付くような甘いリリームスクの香り。この女の代名詞ともいえる香水が薫る。甘えるように身をしならせ、男に身を寄せる。シュルスと呼ばれた男は開けたシャツに手を伸ばされて、ようやく女の方を向いた。

「ねえ、シュル――」

男は女の唇に、ベッドサイドのチョコレートを突っ込んだ。唐突に口に入れられ、不機嫌そうな顔をしたのも一瞬。女はその美味《おい》しさに顔をほころばせた。

女がベリルのようだと称賛される瞳をちらりと動かすと、なるほどと納得した。

乱雑に開かれていたが、見覚えのある人気店の包装紙。味も品質も超一流店のロゴの入ったプレゼントは、その日も男が渡したい人物に届かなかった。それを女は自分へのプレゼントだと思っているあたり、幸せなのだろう。

女は目に焼き付けるように男を見る。うっとりとしたその視線は、媚《こび》ではない情念がある。

美しい男だ。光の強さによって赤銅《しゃくどう》に見える髪も琥珀《こはく》のような瞳も、細身に見えて引き締まった体も、怜悧《れいり》な視線も、滑らかであり淡麗なやや低めの声もすべてが魅力的だった。

とらえどころのない男。隙のない立ち振る舞いの中に、気品がある。

高級娼婦でも人気のある女ではあったが、数いる客の中でもこの男は特別だった。

冷ややかであるがスマートで、どこか遠くを見ている。けれど肌を重ねるとき、ゆらゆらと搦め捕るような熱が灯《とも》るのがたまらなく好きだった。

「やる」

それだけ言うと、男は立ち上がってするすると手早く着替えた。そして、あっさりと部屋を出て行ってしまった。

猫を思わせるしなやかな身のこなしで、路地を抜けていく。背が高く非常に端正な容貌であるにもかかわらず、誰も目に留めない。存在感が希薄で、ミルクが流れる水に溶けるように雑踏に紛れる。

いくつかの街路を抜けたとき、男が一際暗い道から一軒の家に入る。そしてそっと手首に触れる。

その一瞬、赤銅の髪が漆黒に変わり、琥珀のような瞳が鮮やかな紫水晶へと変貌する。無造作になっていた髪を手早く整え撫《な》でつけた後、細いフレームの眼鏡をかけた。乱れた胸元をきっちりと止め、纏っていた貴族風の上着を暖炉に投げ込んで、引き出しから平民の着るような木綿のシャツや少し着古した雰囲気のあるベストをとる。だが、女の香水がついている気がして、先にシャワーを浴びてからにしようと着るのはやめた。多少の肌寒さはあるが、コートがあればまあいいだろう。

あの娼婦は人気があった。贔屓《ひいき》にしている貴族も多く、中には貢ぎすぎて破産した者もいる。なかなかいい情報源だったが、最近しつこい。

媚《こ》びの中に、客と娼婦以上の関係を求め始めている。

それなりに気に入っていたが切り時だった。

「おー、朝帰りかい？　さすがいいとこ貴族の従僕様は場末の女じゃ相手にならねえってか？」

「御託はいい。調べはついたか？」

「へいへい、わーってるって。コッワ、そんな顔で睨《にら》むなよ。おっかねぇな」

部屋の奥からやってきた、どこか草臥《くたび》れているが油断ならない男。やる気がなさそうにこっちきな、と顎をしゃくられる。

娼婦にシュルスと呼ばれた男――ジュリアス・フランは安っぽい扉に消えていく男の背を追った。

王都のタウンハウスで執務をしていたキシュタリアは、深夜にもかかわらずうずたかく積まれた書類に内心辟易《へきえき》しながらも筆を走らせる。

先日、懇意の商人からアルベルティーナからと万年筆を受け取った。

やはりというべきかアクアブルーの万年筆は、キシュタリアの瞳の色を思わせる。グレイルに贈られた物より、心なしかほっそりとして少し遊びのあるデザインだ。持ち手に螺鈿《らでん》で公爵家の紋章が描かれており、透かし彫りの蔓薔薇《つるばら》が角度によって浮き上がる。ペン先は銀色でふっくらとした曲線が優美だった。

明らかに一点物、値打ち物である。

さっそく使ってみたが、持ちやすいデザインもさることながらインクの伸びもいい。受け取ったペンとともにカートリッジ式インクを貰ったので、長く持つだろう。

もともと当主代行として山積みの仕事はあったが、それとともにグレイルの逝去により急な爵位引き継ぎや、それに伴う雑務も増えた、雑務の大半は、キシュタリアは傍系で本来なら栄えあるラティッチェ公爵家として相応《ふさわ》しくないという者の相手だ。

キシュタリアを養子に迎えると決めたのは養父のグレイルだし、そのためにしっかりと教育された。他人といっていいくらい離れた分家のキシュタリアを引き取ったのは、よほど目ぼしい候補者がいなかったからだろう。近い分家は、真っ先にアルベルティーナに近づく価値なしと切り捨てたのは容易に想像がつく。

正しき青き血筋だと声高に言うが、それに伴うほどの実力はない。家柄と血筋という後光に頼っているだけだ。

その時、眠気覚ましの紅茶を持ってきた従僕のジュリアス。手早く処理済みの書類を回収し、広がった書類を整える。ライティングデスクから離れたキシュタリアは、固まった体を伸ばして湯気をくゆらせる紅茶のある席へと移動した。茶請けは独特な歯ごたえと口当たりのある焼き菓子だ。確か豆乳クッキーというものだ。

胃にもたれない割に、腹持ちがいい。

これもアルベルティーナ発案のお菓子である。

「キシュタリア様、少々よろしいでしょうか？」

「ああ、構わない」

「先の公爵家の襲撃、四名ほど使用人が消えています。二人は死亡。もう二人は失踪です。まだ足取りはつかめていませんが、失踪前に何度か休みを貰い市街で何者かと会っている調べはついています」

「相手は？」

「……正式名は知りませんが通称『死の商人』と呼ばれる者たちかと」

「死の商人？　戦争屋っていわれる武器商たちのこと？」

死の商人はどこの国にも必ずちらつく、各国を股にかけて暗躍する商人だ。

戦争屋としての武器商も、彼らの側面に過ぎない。

名を変え、形を変えて常に生き長らえる歴史の負の継承者とすらいわれる。

一般的に表立って流通させることのできないものを扱っている。ほとんどが、人道に悖《もと》るもの。だが、同時に莫大《ばくだい》な金が動くことが多いとされる。

綺麗《きれい》ごとばかりじゃ成り立たないのは国も同じ。どこの国も、規制はしているが弾圧はしていない。

後ろ暗いことがある権力者とは懇意になっていることが多いため、なかなか捕縛できないのだ。

表の統制者が国であれば、裏の統制者は彼らの管轄。持ちつ持たれつがある。

巨悪が崩れれば残党が覇権争いをして表社会が巻き込まれるのもあり、ある程度は黙認されているのが現実だ。

「ええ、最近は武器よりも薬を積極的に売り出しています……隣のゴユランは相当やられていますよ。もともと非人道的な薬剤を多く取り扱いしていました。現在、ゴユランの貴族に流行《はや》っている妙な薬が例の『お菓子』に似ています」

「お菓子って……レナリアの？」

嫌な名前を聞いた。

呪いの素体にされたカイン・ドルイットも最後の最期までその名を呼んでいた。

本来なら、王宮魔術師に監視されていたはずのカイン。レナリアと逃亡した可能性が濃厚とあった。

襲撃の化け物は、残った魔力の残滓《ざんし》からカイン・ドルイットと決定づけられた。

「ええ、呼び名は色々ですよ『女神の微笑』だの『妖精の誘い』だの『天使の呼びかけ』だの、基本は快楽や催淫作用ですがどうも共通点があります」

「共通点？」

「極度の依存性があります。そして、それらを用いると特定の相手に非常に傾倒し崇拝する——どこかで聞いた話でしょう？　現にあの国は、美しいが貧民層出の娘を王妃——それも正妃に迎え入れ、その一派があっという間に王宮を支配し、元いた貴族を排斥し一気に勢力を書き換えたといいます。

しかし所詮は庶民以下の生活をしていた娘です。身に余る立場、考えなしに享楽と権力に溺れて、豪遊の果てに国庫を食いつぶす寸前だとか」

本当にどこかでよく似たことを間近で見た覚えがある。

平民に毛の生えたような弱小男爵令嬢が、王太子候補二人をはじめとして未来の重鎮になりそうな令息や若者を次々と手玉に取ろうとしたことが学園でもあった。

キシュタリアやミカエリスはむしろ不気味に思い、不快な思いをしながらはねのけた。

レナリアはよりにもよって、この国で一番蔑《ないがし》ろにしてはいけないだろう人物を陥れようとして、魔王により叩き潰された。

かつて学園で女王のように振る舞っていたのが夢の跡。

今では親からも見放され、ただの平民となった。王子たちを誑《たぶら》かした悪女と言われている。しかも、その篭絡の仕方が薬物による依存症を伴うものなのだから、さらに恐れと怒りを買っている。

ゴユランではサンディスのように学園という限られた場所ではなく王に召し上げられた女性だったので、かなり直接的に上流界に薬物が広がったのかもしれない。

「へえ……最近あっちからの移民が多いとは思っていたけど、そこまで危ないんだ。まあ即位してから暗君とは聞いていたけど、もう数年はもつかと思っていた。予想より早かったね」

「ええ、その王妃もその薬物に溺れているそうです。王はすでに廃人ではないかと言われています。一応は王の名で政治は行われていますが、ここ数年式典で王の姿を見た者がいないので」

これは厄介だ。隣の国力が衰え、瓦解すれば他の国がゴユランの土地を狙う。

砂漠の多い乾燥地帯で、サンディス王国のように肥沃で水や木々に恵まれた土地ではない。だが、あの土地だからこそ現れる魔物や動物、植物は高値で取引されている。

香辛料やデザートビーの蜜、砂漠の薔薇は代表的なものだ。

できれば、早急に逃げた連中を捕まえたい。

「そう。捕まりそう？」

「難しいかと。すでに切り捨てられているか……そうでなければ、死の商人でも幹部の可能性があります。現在、サンディスは公爵閣下の逝去に随分荒れているので」

「最初炙《あぶ》り出せるって言ってなかった？」

「炙り出したのが大半、始末済みか薬漬けでした。まともな会話もままなりません。使えなくなる寸前のタイミングで決行したようですね。重度中毒者でも薬を与えていれば、それなりに振る舞えるようです」

「面倒な薬だな」

「ええ、薬が切れた途端廃人か狂人になります。幸い、ルーカス殿下もレオルド殿下も毒物を含め、色々と耐性のある方でしたので……まあ、あの性悪についていった馬鹿どもに関しては解《わか》りませんが」

王侯貴族の嫡男は、次期後継者として狙われやすい。

毒物などを敢《あ》えて少量摂取して、耐性を付けるようにしている。四大公爵家の一角であるラティッチェに引き取られたキシュタリアも当然その手の訓練は受けている。

「そう……じゃあレナリアは死の商人とつながりがある可能性が高いってこと？　あの馬鹿女はそんな頭脳戦できそうな感じしないけど。顔が良くて金のありそうな男に次々すり寄って、その権力頼って偉そうに振る舞っていた。少しでも頭が回ってれば当時の殿下の入れ込みようから、正妃は難しくても側妃はいけたはずだ。社交を足掛かりに、もっと仲間も増やせたはず……お粗末すぎる。狙うならもう少し考えた方が良かったんじゃないかな？　捨て鉢だったたってことかな」

「たまたま上手《うま》くいったということも。あの女が興味ある異性に『お菓子』を積極的に使用していました。しかし、あの女に緻密な計画などできないでしょう。堪え性もなく計画性もない。一人に絞っていたならまだ看過できましたが、学園で色々な男とまぐわっていましたし。あの女の頭では、王位継承権を持つ王子に影がついているなど、当然のことすら解らないのでしょうか。あの女が食い物にした数は……深い関係に絞っても、私が調べただけで片手じゃ足りませんよ」

　キシュタリアは眉根を寄せた。

　薄々そんな気がしていたが、ジュリアスの口から生々しく報告を受けると改めてレナリアに嫌悪が湧く。

　キシュタリアを見るレナリアの目は憧憬や恋慕などではなく、ねっとりとした熱を帯びていた。あの女はキシュタリアを性的対象として見ていたのだ。

　年齢を重ねるとともに身長も伸び、男性的な逞《たくま》しさと気品ある匂い立つような美貌を持つようになった。秋波は増え、中には火遊び目的に近づく女性もいた。

　レナリアの目は、男を知った女の目だった。

今更ながらに悪寒を覚えて、不愉快さに首筋をさする。

未亡人や人妻ならともかく、学生の少女のする目ではなかった。悦楽を求める、熱視線。

レナリアはアルベルティーナを散々悪女で淫乱な女だと嘯《うそぶ》いていたが、ブーメランにも程がある。

「レナリアは死の商人の一員じゃなくて、ただの客ってこと？」

「少なくとも、私であればあのような口も尻も頭も軽い女は使おうと考えません」

「それは確かに。もしくは……レナリアが殿下たちに近づいているのをどこからか情報を仕入れて、そこから引き入れた可能性もある。上手くいけば重畳程度の存在だったのかもな」

レナリアが様々な男性と浮名を流し、学園の噂《うわさ》をかっさらった。

大半が身分や財力のある顔のいい異性にばかり絡みにいく。婚約者がいようとお構いなし。淑女としてあるまじき言動と、ルーカスの寵愛《ちょうあい》に溺れて暴挙を繰り返すといったものだが。

学園は社交界の縮図だ。、大人たちもある程度は自由にしているとはいえ、度が過ぎると咎《とが》められる。そこで培った人間関係は、将来的に事業提携や婚姻につながる可能性も十分にある。

レナリアの頭は良いとはいいがたい。いくら下級貴族とはいえ、あの非常識さは酷いものだ。田舎貴族とはいえ、学園に馴染《なじ》むに従って知識でしか知らなかった貴族社会を体験して学ぶ。

作法がなっていない生徒には厳しい洗礼もあるが、貴族として生きるとはそういうことだ。

レナリアは最後まで自分を曲げなかったある意味猛者だが、あれは特例である。

「殿下たちの口にするものは、当然毒見が入るはずです。婚約者でもない一介の女子生徒の贈り物など、本来口にする可能性は低いでしょう」

「僕やミカエリスがお茶会に招待された時には、普通に毒見もなく食べていた気がするけどね。まあ、あれにオトされた後だっていうのもあるけど」

「最初は本当にただのお菓子だったのかもしれませんね……グレアム・ダレンかジョシュア・フォン・ダンペールであれば分かるかもしれませんが」

「カレラス卿は？　彼なら覚えてそうだけど」

「彼が付けられるようになったのは、アルマンダイン嬢を酷く叱責したのを咎められたあとです。それまでは護衛騎士としていたのはジョシュアです」

「でも、ジョシュアはレナリアに入れ込んでルーカス殿下への接近を許した間抜けだ。篭絡されたのはあっちが先だと考えれば、当てにならない。ジョシュアに先に『お菓子』を使っていた可能性だってある」

「今は国境沿いの僻地《へきち》に飛ばされたと聞きますしね。『お菓子』に薬が入っていたとしても、大分抜けているはずです。お菓子の味の変化の時期が判《わか》れば、レナリアが薬を入手した時期を特定できます」

「敢えてずらすとか……ないな、あれは自信過剰で自意識過剰だし、短絡的だ。便利なものが手に入ったら、こらえ性なくすぐに使うだろうね」

「ええ、間違いないかと」

「僕はカレラス卿に聞いてみる。念のためジョシュアのほうは頼んだよ」

「畏《かしこ》まりました」

恭しく頭を垂れたジュリアス。慇懃《いんぎん》で隙の無い礼は、彼の性質そのものだ。

カップに口を付けると、心地よい渋みとともに優しい甘みが舌を楽しませる。芳醇《ほうじゅん》な香りが口に広がり鼻に抜ける。アルベルティーナが常日頃から褒めるだけあり、ジュリアスの紅茶を淹《い》れる腕前は確かなものだ。

アルベルティーナは、ジュリアスの淹れる紅茶が大好きだ。

同じ紅茶でも、誰が淹れたのか当てられるほどの舌の持ち主でもある。アルベルティーナは、ジュリアスが紅茶を淹れた日は特に嬉《うれ》しそうに報告してくる。

上品な赤褐色がティーカップで揺れる。

飲ませてあげたいな、とその言葉は紅茶とともに飲み干された。


たぷん、と液体が揺れる。

円柱の入れ物の中に、何かが浮かんでいる。

男はテーブルの上にあるそれを見下ろしながら、そっと震える手を伸ばす。

『コレ』があれば、間違いなく上手くいく。

チャンスは今だ。今だけだ。もう引き返せないのだから。

だが、今後きたるべき栄光を考えれば、喉奥から愉悦を帯びた笑いが止まらない。それを思うと、神をも恐れぬ行為すら正しいと思える。
これから、自分はサンディスで最も栄誉ある一族の一人となるのだ。

幕間　目覚め

「ラウゼス陛下、火急の連絡がございます」

「許す」

「ヴァユの離宮の姫君がお目覚めになりました」

その言葉に、ざわりと周囲の雰囲気は一変する。

国王と重鎮が一堂に揃《そろ》う会議であった。錚々《そうそう》たる顔ぶれがその場にいた。

グレイルが死んでから、問題は山積していた。やや強引さもあるほど冷徹に仕事を捌《さば》いていた重鎮の中の重鎮が消え、徐々に処理が追い付かなくなっていた。他の貴族を宛《あて》がおうにも、席争いと能力を考えると穴埋めはできない。

遠征前にグレイルが引きずり出したゼファール。ぎりぎり動いてくれるが、決済の名が公爵と伯爵では不満の出方も違う。そして歩く恐怖のようなグレイルと、柔和なゼファールでは相手の態度も変わる。結果、ゼファールは余計なところまで手を回して調和をとらなくてはいけないのだ。

ゼファールは非常に優秀な魔法使いであり、数少ない聖魔法の使い手。今回の魔物の研究にもあたっている。魔法にも魔道具にも造詣が深い。また、医術の心得もあり、アルベルティーナと血が近いこともあり、接見の許された立場でもある。

これにより、ゼファール越しにアルベルティーナとの接触を試みる者が後を絶たず、さらにゼファールに面倒ごとが増えるという悪夢であった。

ゼファールはそれをわかっていて、診察はヴァニアと元々いたラティッチェの主治医に優先的に譲っている。そして、交流はなるべく文通にとどめていた。

激務とともに中立を上手《うま》く保っている彼に、これ以上の仕事は回せない。

できれば、交渉の上手い彼には外務官役を頼みたい。

グレイルの死に国内だけでなく、周辺国もざわついている。中にはきな臭い動きが出てくるのも時間の問題だ。

当然、議論も暗い内容ばかり。

誰もが俄《にわ》かに活気づき歓喜が湧いた。そして安堵《あんど》の表情を浮かべる。国王たるラウゼスもまた、目じりを緩ませて笑みを浮かべた。

詳しく話を聞こうと、会議を退席する――もはや、あの会議場にいた面子《メンツ》もそれどころでないはずだ。

「……ですが、ラティッチェ公爵の死をお伝えしたところ、随分と気落ちされてしまい。現在、義弟のキシュタリア様が御慰めになっております」

「もう伝えたのか」

「はい、真っ先にそれを聞かれたそうで……」

ラウゼスは痛ましげに目を伏せる。

謁見の間で見せたアルベルティーナの様子からも察していたが、やはり随分と仲の良い親子だったのだろう。

グレイルの一方的な溺愛ではなく、アルベルティーナもその愛情を受け入れていた。

グレイルの心のよりどころであり、アルベルティーナにとってもグレイルは絶対的な父親だったのは容易に想像がつく。

魔王の傀儡《かいらい》と揶揄《やゆ》されてきたラウゼス。だが、ラウゼスは自分が王の器ではないと思っている。そんなラウゼスを支えてくれた一人であるグレイル。彼の唯一を権力争いに放り込みたくはないが、アルベルティーナの姿が露見してしまった今では難しい。

深窓の令嬢が政などできるはずもない――王族として生まれたラウゼスであるが、もとは王妃であるオフィールの実家オルコット伯爵家に婿入りする予定だった。

転がりに転がってやってきた王冠を被《かぶ》ることになった。

王族で男児であるラウゼスですらその力なさを痛感している。魔王の鳥籠で手厚く守られていた令嬢など権力を振るうどころではないだろう。王族として名を使われながら、宮殿に閉じ込められ子を産むだけの腹に使われる。

王家の瞳を持つ子供が一人産まれて解放されればいい方だろう。あの美貌に入れあげた男が彼女をさらに求めるのは容易に想像がつく。システィーナやクリスティーナもそうであったが、結婚しても熱狂的な恋慕を拗《こじ》らせた男が多くいた。夫たるガンダルフもグレイルも容赦なく叩《たた》き潰していったから大事に至らなかっただけだ。

アルベルティーナが姿を現すたびに色めき立つ人間が増えた。

王家の証《あかし》を宿すその瞳と、稀代《きたい》の美姫《びき》の面影、生まれながらに傅《かしず》かれることが決められた存在。その仕草、所作、あらゆるものが優美で気品があった。

見惚《みと》れるならまだいい方だ。破れた憧憬を再燃させる者もいれば、婚約者や伴侶がいながら感情を燃え上がらせた者も多くいた。

荒れる。間違いなく荒れる。

そうだ。システィーナやクリスティーナもそうだった。

あちこちで勝手に熱を上げた連中が初恋にのぼせ上がるティーンエイジャーのように、無謀無策の行動力を発揮して様々な修羅場を作り出した。

ちなみに、Ｗティーナ母娘《おやこ》はいつだって夫一筋タイプなのであしらっていた。死に物狂いでガンダルフやグレイルの隙をついたとしても、想《おも》い人から一刀両断。そんなこともあり内心がどうであれ、貴族としての体面を保っていた。

そもそもシスティーナの男性のタイプは貴族でもてはやされる優雅で典雅な伊達男でない。荒波に揉《も》まれる猟師や武骨な騎士のような人間――つまりガンダルフだ。少々年齢差があったが、どうしても結婚したいとガンダルフを泣き落とした猛者があの姉である。

巌《いわお》のようなガンダルフもシスティーナには弱かった。あの美しい顔を悲愴《ひそう》に歪《ゆが》め、時に子供のように泣きじゃくり、時には烈火のごとく怒り、時に大輪の花のような笑みを湛え、押しに押されて場外まで投げ飛ばすような情熱で押し切ったのだ。

一方、クリスティーナはふわふわのお姫様に見えて結構豪胆だった。

無邪気な性格で突拍子もないことをよくする令嬢で、その怖いもの知らずの性格でグレイルにちょっかいを掛けたのだ。

すでに魔王の片鱗《へんりん》があったグレイルだが、どういうわけかクリスティーナを気に入った。本人は一《ひと》目惚《めぼ》れだと思っているが、あれは珍妙な動物を面白がる感じで興味を持っていた。美貌は二の次で、無邪気で愛嬌《あいきょう》のある性格を気に入って惚れ込んだ。

今思えば、人から遠巻きにされがちなグレイルに真っ向からぶつかってきた数少ない、それこそ家族以外の女性では初めてだったのではなかろうか。

容姿もさることながら能力も凄《すさ》まじく、だが一般とは感覚がずれていたグレイル。そんな苛烈なグレイルを「不器用で可愛い人よ」と受け入れていたのは後にも先にもクリスティーナだけだろう。

ちなみに夫を「不器用で可愛い人」と評すのは、システィーナもそうだった。

そして、あまりにも早い別れに酷《ひど》く落ち込んだグレイルは皆が目を背けたいほどだった。仕事は相変わらずできるのに、瞳は深淵《しんえん》を覗《のぞ》き込んだような暗さを持っていた。本当に魔王になってしまったように、感情を凝らせていた。

本当にグレイルが傷ついていたとき、ラウゼスは何もできなかった。幾度となくサンディスを、ラウゼスの危機を救った友人であり臣下である男の悲しみ。それに対し何もできなかった。

ならば、残された愛娘《まなむすめ》にできる限りのことをしてやりたい。

せめてもの償いと感謝を、少しでも返せるように。

だが、それは同時に国のためとなる。

元老会には軽く見られ、貴族の足並みは揃わず、実質的に従わせているのは魔王のカリスマと畏怖――それがラウゼスという王である男への評価。

しかし、彼は冷静で忍耐強い男だった。温和で視野が広かった。だからこそ、このままではサンディスという王国は腐敗し、瓦解する。

グレイルという国の番人がいない今、好き放題に振る舞うことに腐心する貴族が王の力を振るうなど忌避すべき事態だ。幸い、アルベルティーナは名誉や栄光を求めない。宝石やドレスを買いあさるような令嬢でもない。まともな――ゼファールのような男を摂政に充てれば善政となるだろう。ラティッチェ公爵家とは仲が悪くとも、ガンダルフもゼファールであれば激しい反発はしない。だが、現時点では無理だ。ゼファールはグレイルが抜けた穴をぎりぎり埋めることに奔走している。今まで抑えていたグレイルがいなくなり、好き放題する者がさっそく出始めたのだ。軍部ではガンダルフが目を光らせている。クリフトフはアルベルティーナに強引に接触しようとする人間を捌きながら、余計な人間が周囲に配置されないように日夜化かし合いのような会合をしている。ラティッチェ公爵夫人と子息は、次期公爵としての立場を狙う狐狸《こり》たちと水面下で激しく攻防をしているそうだ。

ここにきて、アルベルティーナが目覚めた。否応なくさらに事態は大きく動くだろう。ちらりと宰相のダレンを見る。騒ぐ周囲に眉間に僅かにしわを寄せている。

遠いな、とため息を飲み込んだ。

腹心だったはずの大臣に裏切られた。諸刃《もろは》のような懐刀が死んだ。隣にいる宰相はいつから自分に背き腹に一物を抱えるようになったのだろう。

頼れる者は少ない。だが、たゆまず前を向かねばならぬ。
それが王なのだから。

三章　お父様のいない世界

嘘《うそ》だ、嘘だ、嘘だ。

あのお強いお父様がそう簡単にお亡くなりになるなんて。

あれは悪い夢だったの。あんなことあっていいはずがない。あれは怖い夢だったの。

そう思いたいのに、キシュタリアは酷《ひど》いことばかり言う。

どうしてそんな意地悪を言うの？

お父様はまだ迎えに来てはくださらないの？

わたくしは、お家《うち》にまだ帰れないの？

白くなるまで握りしめた手で訴えるようにキシュタリアの胸を叩《たた》く。ぽすりと気の抜けた衣擦《きぬず》れの音だけで、手は力なく落ちる。

キシュタリアの服は黒い上着にタイ、ベスト、トラウザーズまですべて漆黒だった。唯一シャツだけが真っ白で、浮かび上がるような明るさだった。

「もう、葬儀は終わっているよ。ラティッチェ公爵家の霊廟《れいびょう》に、今は安置されている。魔物の呪いは恐らく解除されているけど、父様の遺体を火葬するには特別な炎が必要なんだ。呪いの強さと性質を考えて、かなり強力なものを用意しなくてはならないから、来年の一周忌に合わせて最後の葬送は執り行われることになっている」

お父様は、とっくに国葬で手厚く葬られているという。

遺体はあるべき場所に、厳重な封印とともに棺《ひつぎ》に納められている——再び姿を見ることができるのは一年後。

「一年後、完全に喪が明ける。アルベル、必ず連れて行くから。父様に会わせてみせる。必ず、必ず僕が公爵家を継ぐ。ラティッチェ家を、君を、何も知らない分家や他の貴族の好きなんてさせない」

「……お父様がいないのに？」

この王宮に連れてこられて、ヴァユ宮で本を読んでいた。外に出るのは恐ろしく、少しでも何か手立てがないかと探していた。

そこでわかったのは、この国の王家はかなり強い血統主義。一時期は近親婚を重ねていたが、それに伴い病死や変死が増えて他所《よそ》からの縁談をせざるを得なかった。

そんな基盤もあり、この国は上位貴族の年寄りほど血を重んずる。

遠縁の愛人の息子であるキシュタリアは、お父様という強力な後ろ盾を失えば狙われる。

「僕は養子でも、戸籍上は嫡男に準ずる立場だよ。能力も同年代の中でも抜きん出ている」

「お父様がいない今、血で判断する可能性だって……」

キシュタリアだって分からないわけではないだろう。いや、キシュタリアこそ私なんかよりずっと分かっている。

しっかりと私に目を合わせたアクアブルーはやはり綺麗《きれい》。澄んだ青に少しだけ心が落ち着く。キシュタリアは静かに頷《うなず》くと、涙で濡《ぬ》れた私の頬をそっと拭う。

「……あいつらがアルベルの後見人になりでもしたら、権力を好きに使うためにアルベルを王宮に閉じ込めるよ。ひたすら王家の血を増やすためにね……子供が産めなくなっても、続くかもしれない」

その言葉にびくりと体が震える。

キシュタリアはその手の話題を避けていた。それは私が怖がるからだ。そして「大丈夫だよ、そんなことないよ」と笑顔で流してくれた。

「アルベル、聞きたくないよね。でも、危ないから教えておかなくてはいけないんだ。手っ取り早い手段として、分家の連中は……口にするのも汚らわしいことに、あわよくばと今の奥方や婚約者を捨ててでもアルベルに乗り換えるつもりだよ。アルベルと年齢さえ釣り合えば、ってかき集めている。婚姻はそのために最も楽な手段の一つだから。だから、会ってはダメだ。何をされるか分からない。王家とのつながりやラティッチェ家だけでなく、中にはアルベル自身を狙っているのもいる。よく、アンナの注意を聞くんだよ？　離れないようにね」

言い聞かせるような言葉の調子は優しいが、伝えてくる内容は厳しい。

頭の奥に、断罪後のアルベルティーナの末路がよぎる。奴隷のように鎖に繋がれ、凌辱《りょうじょく》された悪女の末路。欲しくもない子を孕《はら》み、それでもまだ男を宛《あ》てがわれていた。

誰かを意図的に悪意で貶《おとし》めてなくても、そのようになるのだろうか。

「どうして、わたくしは……わたくしは、いてはいけなかったのでしょうか……生まれてこなければ、いなければ、お父様は今も生きていたの？」

「違う。そうじゃないよ、アルベル。父様は誰よりも君を愛していたよ。僕はクリスティーナ様を知らない。でも、少なくとも僕の目ですら、父様にとってアルベルの存在は大事だったんだ。おかしなことを考えてはダメだよ。父様の思いを、願いを無駄にしてはダメだ」

　自分の存在が酷く罪深く感じた。

　わたくしの精神の危うさを感じたのか、キシュタリアがきつめの口調で言い聞かせてくる。わたくしは、私は生きている価値があるのでしょうか。お父様という偉大な方を食いつぶしてまで、存在する価値があるのでしょうか。

　お父様がいない。お父様の死は受け入れがたく、わたくしの心に穴を空けます。血を滴らせながら痛みを与える。

「一年は大丈夫。それまでに必ず決着をつける。体面を重んじなければならないからね、王侯貴族は。慶事はできないよ。大っぴらに祝うなんて、不謹慎だって顰蹙《ひんしゅく》を買う。サンディス王国の慣例を照らし合わせてもラティッチェ公爵家と王族が絡む。アルベルティーナの喪は一年明けない。ましてや四大公爵家当主であり実父の死だ」

　それは明確な期限だった。

　恐らく、わたくしが眠っていた間もキシュタリアは色々な出来事の対応をしていた。

アクアブルーの瞳に映るわたくしは酷い顔をしている。途方に暮れて、悲嘆に暮れている。あまりに頼りなかったのだろう。キシュタリアは苦笑すると、こつりと額を合わせてくる。

「そんな顔しないで——これでも次期公爵として父様に扱《しご》かれてきたんだ。そう簡単にやられるつもりはないよ」

いつもなら安心する、心強い言葉。だけど今日は胸に温かさや安堵《あんど》は広がらず、虚《うろ》に吸い込まれてしまった。

何とか現状を説明し、警告したものの泣き疲れたアルベルティーナ。気絶するようにキシュタリアの腕の中でまた眠りについた。

グレイルがいなくなった今、王家や元老会は一刻も早くアルベルティーナを引き込みたいだろう。

アルベルティーナは着飾らせて立っているだけで、求心力がある。国の英雄の娘であり、様々な悲劇に見舞われた哀れな姫君。可哀想《かわいそう》で、美しい、お人形のお姫様となるのだ。

だが、少なくとも慶事になるようなことは表立ってできない。

あの場で死んだのはグレイルだけではないし、賊の侵入を許したことは王家や騎士団の威光を傷つけた。

また、それ以前のスタンピードの被害は甚大だった。その後始末も多い。

そういった事情から、早急な対応をしたくてもできないのだ。

だが、いましがた目覚めたばかりのアルベルティーナにとっては良いことだ。考える時間も、悩む時間も、悼む時間も必要だから。

サンディスの王侯貴族は身分が高ければ高いほど、形式に則《のっと》って喪に服す。それにより、新体制を整えるのに集中するためでもあり、水面下で同盟を様々に結ぶためでもある。

　でも、恐らくそれに合わせて元老会は一気に畳み掛けてくる。

　グレイルの死でかなり憔悴《しょうすい》し、落ち込んでいるアルベルティーナにあれ以上情報を与えても受け付けるか分からない。

「アルベルティーナを王太女として公表して、同時に婚約……ううん、もしかしたら結婚の発表まで推し進めてくるかもしれない。恐らく国としては盛大にやりたいし、国民に周知も含めてやるのは半年ないし一年後だろうね。そしたら、持参金という名目でラティッチェ家に求めてくるだろうね。王籍を与えて、王太女に引き立てたんだって恩着せがましく言ってくるのは容易に想像できる」

「すでにヒルデガル伯爵家が、元老会の一つであるトールキン侯爵家と接触をしているとのことです」

「ケビンのところか。アイツ、昔から僕を目の敵にしていたからな。相変わらず浅はかだよな。狙うなら議長のファウストラ公爵家のほうが勝率もあったろうに」

「いかがします？」

「まだ泳がせておけ。あの甘ったるいボンボンケビンならいくらでも落としようがある。アイツは酒癖も女癖も悪い。尻尾を掴《つか》むのは簡単だし、今までの女癖を考えれば素行の悪さを理由にヒルデガルに後継争いでも起こさせろ。どうせまき散らした胤《たね》が一つや二つあってもおかしくないし、なければそれっぽいのを引っ張り出せばいい――できるだけ引っ張って、揉《も》めそうな時期に暴露しろ」

「ではそのように。それと、ミューラー侯爵夫人が少々きな臭いですね。ラティーヌ様へ動きがあります」

「……あそこの息子、確か今年で十三だよな」

「今は無理でも二、三年待てば十分ですね」

キシュタリアは自分の記憶違いでなかったことに忌々《いまいま》しい思いになる。

すぐさま婚姻はできなくとも、婚約期間を設ければ十分可能だ。アルベルティーナは今年で十七。この程度の年齢差なら些細《ささい》だろう。身分も侯爵家出身なら問題ない。

「絶対近づけるな。アルベルは年下に弱い。滅茶苦茶弱い。色気づいたガキ猿は絶対ダメだ。何かあってからじゃ遅い」

キシュタリアは身をもって知っている。ジブリールやレイヴンでも感じたが、アルベルティーナは年下に対して甘い。

弟を可愛《かわい》がっているつもりで近づかれ、手籠めにされるのが容易に想像つく。アンナが目を光らせているとはいっても、アルベルティーナにも気をつけてもらった方がいい。

暴挙に出るようであれば結界魔法を使ってでも、排除する必要がある。

ジュリアスもそれを承知しているようで頷いている。

「キシュタリア様、少々お伺いしてよろしいでしょうか？」

「アルベルのこと？」

「はい、お嬢様は……御無事でしたか？」

キシュタリアは苦り切った表情となる。

ジュリアスは未《いま》だ、アルベルティーナに会っていない。アルベルティーナが目覚めたばかりの時、随行を許されなかったのだ。

キシュタリアはジュリアスの言葉の真意を読み取っていた。無事、とは身体的なことではない。精神的なことだ。

アルベルティーナにとってグレイルは絶対だった。目の前で最愛の父の首が落ち、その肉体が魔物に乗っ取られて醜く成り果てた。その様を見てしまったのだ。その衝撃があの繊細な少女の心にどれだけ傷を残すか、計り知れない。

ずっとずっと傷つかないように真綿でくるまれていたアルベルティーナ。この事件で心を壊しても、閉ざしてもおかしくない。ジュリアスは、それを危惧しているのだろう。

恐らく、ジュリアスの情報網にもアルベルティーナのことは引っかかっている。だが、アルベルティーナが信用しない人間への態度と、心を許した人間への態度は大きく違うのは言うまでもない。だからこそ、より詳細な真実を知りたくて面会を真っ先に許されたキシュタリアに問いかけたのだろう。従僕としては過ぎた質問かもしれないが、キシュタリアは不快に思わない。身分差はあれキシュタリアとジュリアスの間には、長年培われていた主従的なつながり以外にも悪友のような、兄弟のような、それでいて好敵手のような関係性もある。

「思ったよりは体調は悪くなさそうだ。でも、酷く憔悴している」

当然だろう。頷くジュリアスは従僕の仮面から、気づかいの気配が漏れる。

この冷酷鉄面皮を揺らすことができるのはアルベルティーナだけだ。

「会話をした時点では、かなり動揺はあるけれど正気ではあると思うよ。少なくとも、気が触れたような気配はない。会話も成り立っているし……現実を受け入れがたい素振りは見せるけど、理解はしてくれている」

「然様《さよう》ですか」

「ただ、知らないメイドたちが増えているからかなり怯《おび》えている。これ以上精神的に追い詰めたくないから、ラティッチェの使用人は増やしてはいるんだけどね……かといって、あまりに屋敷を手薄にしすぎるのも。母様はいいって言っていても、万一があったら困る。『ラティッチェ公爵夫人』の肩書は伊達じゃないしね」

「ええ、ラティッチェの青薔薇《ばら》。社交界の華。マダムの中でもいくつもの流行を作り出したラティーヌ様を信望する方は幅広い層にいらっしゃいます」

そしてそれと対を成すドミトリアスの紅薔薇も、精力的に動いていると聞く。

ここぞとばかりにキシュタリアを貶め、アルベルティーナを好き勝手に噂《うわさ》する人々に、心に凄《すさ》まじい青筋を立てながら、おもては嫣然《えんぜん》と微笑《ほほえ》んでいるのだろう。とりあえず、どこかの阿呆《あほう》に手袋を叩《たた》きつけたとか、ワインを引っかけたり、ぶん殴ったりという話は聞いていない。

ジブリールはやろうと思えばそれはもう可憐《かれん》で美しい完璧な令嬢として振る舞える。

「それにしても、随分早くアルベル様にお会いできましたね」

「目が覚めたら僕は優先的に通していいってことになっていたみたい。義理でも弟だし、僕に対してはアルベルがかなり気を許しているのは解《わか》っていたみたいだよ。ついでに、自分たちが出たらアルベルが余計怯えるかもしれないってこともね」

「学習能力があったようで何よりです」

辛辣だ。これぞジュリアス。妙に安堵してしまうキシュタリア。

慇懃《いんぎん》無礼な男だが、キチンと時と場所を選んでいる。かなりきわどい発言をしても、なんだかんでしれっとすり抜けてお咎めなし。要領がいいのだ。そして悪運も強いのだろう。


毛足の長い絨毯《じゅうたん》の上に、ぺたりと座り込んだ人影がある。

ネグリジェにココアベージュのケープを羽織り、膝の上にチャッピーを抱いてぼんやりとしている。

思い出したように時折瞬《まばた》きをして、茫洋《ぼうよう》としていた深い緑の瞳には覇気がない。

「姫様、お体に障ります」

「――ひっ」

「……アンナ、頼みます。まだ姫様は……」

「いえ、申し訳ございません。ベラ様……もう少しすれば段々慣れると思われますので」

人見知りは発動しているが、その怯え方は驚きのほうが強い。アンナが手を握れば、すっかり冷たくなった指先にどきりとする。

ベッドへと案内して、しっかり首元まで毛布と布団を掛ける。そして、その横に滑り込もうとしたチャッピーの尻尾をひっつかんでペットゲージに突っ込んだ。

油断も隙もない。ふと視線を動かすと視界に緑が入った気がした。チャッピーが瞬間移動したと思ったが、いなかった。気のせいだったらしい。

「……気のせいかしら？」

「どうしたの、アンナ？」

「いえ、何でもありません。お嬢様、お休みなさいませ」

「……ええ、おやすみなさい」

返事があったことに安堵するアンナ。

眠るのを嫌がり、また起き上がっても体調を崩してしまうかもしれない。

アルベルティーナは何かしようとして、でも何も手につかなくて物思いにふけっている。だが、その浮かない顔からあまりいいことではないと感じ取っている。

（少しでも良い明日が、お嬢様にありますように）

ただ切実に願った。これ以上、大切な主《あるじ》が傷つかないようにと。


ぴぃぴぃと鳴くチャッピーの声と、静かに閉まるドアの軋《きし》み。

ぼんやりと天蓋を見上げれば、今では見慣れた――いつの間にかどこかの美術館を思わせる裸の天使たちではなく、可愛らしい野兎《のうさぎ》たちの日常のような絵があった。茶色のふさふわの毛並みにくりっとした黒い瞳。お腹《なか》の部分は白っぽい。息遣いすら聞こえてきそうだ。

少々子供っぽいかもしれないけれど、こちらの方が好きだ。

お父様が亡くなった。その事実をまだ受け止めきれない。でもキシュタリアがそんな酷い不誠実な嘘をつくわけがないと分かっている。

そのとき、ぬっと影が差した。

「ギャウ」

覗《のぞ》き込んできたのは緑の小さな怪獣さん。

座ろうとしたが上手《うま》く行かない。わたくしの胸元で足を踏み踏み。すみません、そこには無駄に栄養が行っているようで凸凹していますよね。

「チャッピー……？　ではないですわね」

「ギッ」

でも同じ種類ですわね。心なしかチャッピーよりお顔立ちがしゃきっとしている気がしますわ。

じっと大きな瞳が私を見つめる。思わず見つめ返す。

よく分からない、何も知らないはずの彼（彼女？）に懐かしいような、安心するような感情が漏れる。人間が相手じゃないからかもしれないし、この愛らしい外見に気が緩んでいるのかもしれない。

「ぴぎーっ」

ぴょんとベッドシーツにダイブしようとしたのは、今度こそチャッピーだった。

まあ、どうやってアンナから逃げ出したのかしら。本当に不思議な子ね。

だが、飛び込む高さが足りなくて、お腹がつっかえてべしゃっと下に落ちた。床には毛足が長めの絨毯があるし、痛みはないだろう。すぐに起き上がったチャッピーはぴょこぴょこジャンプして、なんとかシーツに縋《すが》り付いてよじ登ってきた。

だが、一瞥《いちべつ》したチャッピーのお友達がげしっとおでこを足蹴にし、ごろごろと床に戻って転がった。

「ピフギャッ」

なんだか侮蔑というか嘲笑の気配を感じます。

何故でしょうか、サイズも形も同じようなこの子はチャッピーよりちょっと気の強い性格なのかしら。

「あまりいじめないであげてくださいな。チャッピーと仲良くして差し上げてくださいまし」

「……ピ？」

「わたくしはアルベルティーナ。アルベルティーナ・フォン・ラティッチェよ。貴方《あなた》はチャッピーのお友達かしら？」

「ギーァウ？」

「ふふ、よろしくね。そうだ、貴方も甘い物がお好きかしら？」

首を傾《かし》げる姿が愛らしくてベッド脇のチェストに手を伸ばす。

チャッピーは甘い物が大好きなのだ。保存できるクッキーやビスケット、チョコレートやキャンディなどは小瓶に入れて保管している。

引き出しにあったのは、蜂蜜入りのキャンディだった。それを掌に載せて差し出すと、しばらく胡《う》乱《ろん》げに眺めて、ちょいちょいと突《つつ》いた。そしてふんふんと匂いを嗅いで、ややああって慎重に手を伸ばしてちょいと拾い上げる。

チャッピーよりも警戒心が強いようですわね。チャッピーは躊躇《ためら》わずにぱくりと飲み込み、のどに詰まらせてしまううっかりさんだ。あの時は、わたくしが半泣きで慌てているとアンナがチャッピーの顎を容赦なく蹴り上げて事なきを……得たというのかしら？　あれ？　蹴られていますわよね？　治療というか、医療行為ならいいのかしら？

考えている間にも、チャッピーのお友達は飴《あめ》を警戒していた。口に入れる前に用心深く匂いを嗅ぎ直してからそっと食《は》む。ビクンと痙攣《けいれん》した思うと凄まじい勢いでガリガリ噛《か》んで飲み込んだ。

そして、引き出しに飴が残っていると分かると「ピーッ、ピッピー！」と指さして訴えてきた。

「気に入ったの？　このキャンディはチャッピーも好きなの。わたくしもお気に入りなのよ」

飴をさらに取り出して掌に載せて差し出すと、今度は躊躇わずに口にした。

だが、それにも飽き足らずもっととねだる。その様子が可愛らしくて、残っていた飴をすべてあげた。

「貴方はね、そうね、ハニーにしましょう。わたくしも蜂蜜が大好きなのよ」

「ピギャッ！」

分かった！　と言わんばかりに手を上げて返事をするハニーは可愛い。思わずぎゅっとするが、逃げずに抱っこさせてくれた。

「このキャンディはね、蜂蜜が好きなわたくしのためにお父様が用意してくださったの」

ぱた、と涙がこぼれる。枯れることのない涙。ふとした時、ちょっとしたはずみでハラハラと流れていく。

「嬉《うれ》しかったわ。お父様はわたくしに好きなことをしていいと言ってくれていたけれど、本来なら貴族の令嬢が事業を立ち上げるなんて一般的ではないの。ほとんど使用人に任せていたとはいえ、好き勝手にいろいろ作ってしまったわ。ふふ、幼いって、知らないって怖いわね。自棄《やけ》だったのか、愚かだったのか……お父様がわたくしに好きにしていいって言ったのは、どうでもいいからじゃないかと少し思う時もあったの。甘やかされていて、失礼な話よね」

どうか、幸せに。

その声はどんな言葉より、慈愛に溢《あふ》れていて永遠に叶《かな》わないと決まった呪いのようだった。

わたくしの幸せは、ラティッチェの中にあったのだから。

お父様の箱庭の中で完成されていたの。

「お父様がね、わたくしのために好きでもないお菓子を、飴を作ってくださったの。嬉しかったわ。わたくし、馬鹿だからセバスが教えてくれるまで気づかなかったのよ。シェフかパティシエの誰かが考えたと思ったの。大好きな蜂蜜をいつでも持ち歩けるようにって。滋養にもいいから……お父様がちゃんとわたくしのことを見てくださっているって安心したわ。すごく嬉しかった」

もっと蜂蜜が好きになって、紅茶の時も砂糖よりも蜂蜜を好んで入れるようになった。

だから、わたくしもお父様の好きなものをもっと作ろうと思った。お父様の食事の時に目を光らせ、こっそり観察した。

まさか、セバスやシェフまでお父様がお豆腐好きなんて知らなかったのは意外だったわ。

お父様、意外と舌が渋好みといいますか、脂っこいものやきつい味よりも滋味に富んだものがお好きなのよね。

お豆腐のステーキはやはり好みだったようで、いつもよりナイフの入りが良かった気がする。

優しい笑顔と声で、本当に嬉しそうにしていたお父様。

転生したばかりの時、本当は少し怖かったお父様。愛情過多で、怖いくらい有能で、でもわたくしをドロドロに溶けるくらい溺愛してくださったお父様。

お父様といることに幸せを感じ、お父様の幸せを願うようになったのは必然だった。

もう、お誕生日をお祝いすることすらできない。ご恩返しもできないのだ。

幕間　心に秘めた暗雲

「いやー、よくできているね。使い捨てとはいえ、これをあの箱入り姫様が？　血は争えないねぇ」

「ヴァニア卿《きょう》、それはラティッチェ公爵の持ち物。遺品として夫人のラティーヌ様かご子息のキシュタリア様、もしくはアルベルティーナ様にお渡しするものです。間違っても解体しないでくださいね」

「わかってるぅ。クロイツ伯は気にならないのぉ？　この手のもの大好物でショ？」

　ぷらぷらとすでに力を解放して残骸化したくす玉のアミュレットと、未使用のアミュレットを持ってヴァニアは振り返る。

　ヴァニアは貴族ではないので姓はない。貴族じゃなくても姓があるのは、過去に役職を与えられた平民や魔法使いなどの家系、貴族に憧れてつけるようになった地域、または特定の名前が流行《はや》ってしまい識別が難しくなったなんていう場合もある。

　ヴァニアの質問に、一拍置いてから据わった目をして振り返ったのはゼファールだ。

「好きか嫌いかといえば非常に興味深く耐えがたい誘惑を常に感じている所存ですが元の所有者は兄とはいえ公爵家ですので私には一切触れる権利はないのです。公式に最短で調べられるのは遺族の同意を得た後です。そうでないと窃盗及び遺物、器物破損でしょっぴかれますよ。一発でブタバコかトラバコにご案内です。私は美味《おい》しいご飯が好きで臭い飯なんざ食いたくないそんな暇あるならとっとと仕事を片付けて田舎の領地に帰るか魔道具と魔法の研究したい。いくら役職があろうが僕が上位貴族だろうが、相手は格上も格上の四大公爵家のモノ。ましてや個人の品ですよ？　普通に考えて許可なしにどうこうはしませんよ。たとえ内心ものすごく好奇心が刺激されていてもね」

「うわーノンブレスこわーい」

多分、この魔法マニア気質がグレイルの危険センサーにかかったのだろう。

普段は紳士的だし、ここまで露骨ではないが仕事が切羽詰まって煮詰まっているので、相当駄々《だだ》洩《も》れている。

ゼファールはひとたびお茶会でもパーティでも社交場に出れば、彼を中心に女性たちの群衆ができるくらい人気の独身男性だ。物腰が柔らかくウィットに富んだ美男子。多少難アリの離婚歴も爵位と財力、そして美貌の前には霞《かす》むらしい。

忙しさがゼファールの理性を殺しにかかっているにもかかわらず、下手に城内を出歩けばメイドをはじめご婦人たちが色めき立って、囲い込む。そして、良く言えばたわいもない、悪く言えば意味もない会話に付き合わされる。

「発動しなかった理由は……恐らく呪詛《じゅそ》ですね。蝕《むしば》まれた命を浄化するのは範疇《はんちゅう》外で発動しなかったのでしょう。発動しても効果を発揮できたか微妙なところです」

「んーっ、そう簡単に結論付けていいかな？　四属性を使った結界っていうのはあるけど属性自体が『結界』っていうのはレアケースだから編まれ方や構築のアプローチも違うねぇ。ずっと繊細で緻密で、それでいて強固だ。どっちかっていうと光や闇に近い質もある。ふふ、不思議だねえ。数百年にわたりサンディス王家に引き継がれた魔法。まさか、ここ数代直接の臣籍降嫁がない、一番権力に興味のないところに出てくるなんて皮肉だねぇ。王女だったシスティーナ様や、そのお子のクリスティーナ様にも王印も結界魔法の継承も聞いてないなぁ。目は王家のものだけどここまでくるとねぇー？」

他の貴族は美しい笑みを模《かたど》った仮面の裏で、陰湿に足を引っ張り合っている。

今までも臣籍降嫁のあった家などで緑の目の子が生まれれば、この子供こそ王家に相応《ふさわ》しいと張り合っていた。ラウゼス国王の王子と王女たちのうち、二人ほど緑の目を持っているが、王家の瞳ではないと元老会に認められていないからなおさらだ。二人とも四大公爵家——大家であり王家の血筋の入っている名家の令嬢を婚約者にしているが、もし他所《よそ》から王家の瞳が出ていたら乗り換えが起こってもおかしくない。我が子を王太子にするためなら、醜聞を醜聞とも思わないなりふり構わなさが今の王妃たちにある。

先日、ようやく目の覚めたアルベルティーナ。彼女と自分の息子とどうにかして繋ぎたいと正妃のメザーリンも、側妃のオフィールも思っていることだろう。

襲撃される前、謁見の間でアルベルティーナを見ていた二人の目はハイエナやハゲタカよりも鋭かった。繕い切れない粘着質な、それでいて獰猛《どうもう》な目線に気づいてしまった哀れな姫君は怯《おび》えていた気がする。

可愛《かわい》い、可愛い、可哀想《かわいそう》なお姫様。

一部の人間には、さぞ甚振《いたぶ》りがいのある獲物に見えただろう。

今までは、恐ろしい魔王が常に傍《そば》に控えていたから手出しできなかった。

可哀想なお姫様は追い詰めれば追い詰めるほど、黄金の蜜を滴らせる。搾り取れば搾り取るほど、際限がないといっていいくらい。

抵抗する力も、抵抗の仕方も分からないだろうことは、あの真っ青な顔から想像がつく。

「もったいないなぁ」

もし、王族でも大貴族でもなくただの平民か、もしくは下級貴族なら魔法使いとして大成していたかもしれない。

ヴァニアの知る王女というものは、キーキーと耳障りで甲高い声を上げて、無駄に脂肪を装備してけたたましいほど派手なドレスと下品なほどの装飾と、ピカピカギラギラしたものを身に着けるのが大好きな生き物だ。

元老会や貴族たちはアルベルティーナを見て、口を揃えて「あの方こそが、サンディス王家の王女に相応しい」と褒めたたえている。一年前まで、魔王の醜女《しこめ》姫だの、見るに堪《た》えない怪物令嬢だのと揶揄《やゆ》していたのに、現金なものだ。

「おーじょ様じゃなかったら、色々はなせたのになぁ」

ヴァニアはマッドサイエンティストならぬ、マッドウィザードだ。

だが、王宮魔術師の一人として必要最低限のマナーは知っている。実力はあれど若く、そして平民出の後ろ盾が心許《こころもと》ないヴァニア。ある程度上手《うま》く渡っていかなければ、研究費さえ下りないし、追い出される。それでも苦手なものは苦手なので、社交場でパトロンを捕まえられずなかなか好きなように研究できない。

光の当たり具合で白銀にもアッシュグレイにも見える髪に、緑と金の混じったような玉虫色の瞳。魔力の強さが瞳の異色という形で表れた。その奇異な姿を両親にすら疎まれたヴァニア。

ちらりと見るのは自分と同じような立場であり、呪いを身に宿していたカイン・ドルイット――の成れの果て。魔溶液に満たされた大きな瓶の中で浮いている。とっくにこと切れた、人であったかも怪しい残骸にしか見えない。

学園にいた頃のカインは好いた少女を憧憬と思慕を宿した目で追いながら、友人ができ、ルーカスの後ろ盾もあり魔法の研究もかなり順調だった。呪いも弱まったのか、少し成長が進んだ。

それがいつの間にか暗い目で背中を丸め、とぼとぼと奴隷のように少女の背中についていくだけになっていた。

金を握らされた兵が時折ひっそりとカインを連れ出すのをヴァニアは知っていた。

厳重な魔法具で彼のお得意の魔法は封じていた。大したことはできないだろう。魔法を使えないカインなど、ただの非力な子供だ。だが、魔力まではなくしていない。

「あーあ、カワイソ。哀れなカイン・ドルイット。普通に考えればわかるよね、あの女。自分しか大事じゃない、典型的なタイプだよ」

最後まで使い潰され見放されたカイン・ドルイット。

呪われた体を持ちながら魔法に愛された天才少年。

その魔法の才能が羨ましく、憎く、妬ましかった。

そんな彼が冷たい溶液の中で、標本として浮いている。弔われることもなく、墓に入ることもなく彼は研究者たちに稀少《きしょう》な症例という見世物となって終わるのだ。

もし、出会う相手が正しく彼を導いて愛していたなら、彼は冷たい溶液でなく栄光の中にいたかもしれない。

四章　ヴァユの離宮

ヴァユの離宮に入れるようになり、庭が整えられ始めた。まばらに草の伸びた芝生は、綺麗《きれい》に刈り取られて均一になっていた。

チャッピーは確認するように芝生を踏んで、感触が面白いのか上機嫌に歌っている。

ずっと部屋に籠《こも》っていても、体に悪い――かといってあまり外に出すぎるのもいけないからテラスでお茶を飲むことになった。

麗《うら》らかな暖かいテラスは、周囲にガラスが張られている。温室のようになっており、ガラスは開け閉めができて温度調節がある程度できるようになっている。

夢中で芝生を堪能していたチャッピーだが、アンナがケーキスタンドを設置すると戻ってきた。

わたくしの足元に来ると、チャッピーは両手を広げて抱っこをせがむ。少し周囲を見渡すとハニーはいない。とりあえず膝に乗せようとしたが、アンナが無言に別へ移動させる。

そこにはちょっと分厚いマットがあって、小さな容器にお水とペットフードが用意されていた。

「お嬢様、動物に人間の食べ物を与えるのは病気の元です。今からでも躾《しつ》けなければなりません」

チャッピーはちらりとアンナを見て、フードトレイとわたくしのテーブルを見比べる。しかし、アンナの毅然《きぜん》とした態度を見て取り付く島なしと判断したようだ。背中を丸めてぽり、ぽりと物悲しげな音を立ててペットフードを摘まんで食べ始めた。

そもそも動物ではなく妖精や精霊に近いはずのチャッピー。散々人の食べ物をあげていたのだから、今更ではないのでしょうか。

チャッピーも、結局お父様に紹介できなかった。可愛《かわい》らしいわたくしのお友達。

もしも、と想像する。

きっとお父様は少しだけ困った顔のまま優しい目で「仕方ないね」と許してくださる。そして、ラティッチェに連れていったら自慢の庭を一緒に散歩して、時々転んでしまうチャッピーを抱き上げるのだ。花の香りにつられ、庭に蝶《ちょう》がひらりひらりと舞っている。チャッピーは好奇心が旺盛だから追いかけそうですわ。

「なにも、何もできなかったわね」

王城に連れていかれなければ、お父様につられて謁見の間に来なければ、魔力切れを起こさなければ、先に逃げていれば――後悔は先に立たず。その通りだ。

音もなく頬を伝う涙はもう慣れてしまいました。

折角アンナが用意してくれたティーセット。屋敷にいた時は毎日が楽しみで、何が出るのかとワクワクしていたものです。涙に歪《ゆが》んで、霞《かす》んでいきます。

その時、誰かが少し離れた場所で膝をつく。

少し驚いて見れば、そこには庭師の老人がいました。

「ご無礼を承知でお伝えしたいことがあります。お嬢様、少々お見せしたいものが」

「ええ、よろしくてよ」

本来、庭師が声をかけるなんて許されない。でも、彼はラティッチェ公爵家からの付き合いで信頼しているし、それにここはプライベートな場所だ。わたくしが許せば、咎《とが》めるものはいない。

涙をぬぐい、笑みを作った。

スッと立ち上がったおじいさんの身のこなしは意外と軽い。あら？

「腰は大丈夫？　この前、随分大きなものを持っていましたが……」

「火事場の馬鹿力というやつですな。大丈夫ですぞ、お嬢様に気にかけてもらえるとは、この老体も悪くないものですな」

白いお髭《ひげ》のもっさりと生えたお顔はサンタクロースに似ている。そのお髭がふがふが動いて、目がちょっと細くなる。笑っているようですわね。腰を痛めていないならよかったですわ。

この庭師はアグラヴェインという元兵士で、腰を痛めて引退したそうなのです。以前持ち上げていた斧《おの》は随分大きかったですし、力持ちで名を馳《は》せていたんでしょう。

「これを。公爵邸から持ってきました」

「……レイヴンの……薔薇《ばら》？」

「ええ、あの騒ぎでちっと弱っちまいましたが、何とか持ち直しました」

「まあっ！　蕾《つぼみ》がこんなに！」

頷《うなず》くおじいさんに、わたくしは駆け寄る。恐る恐る近づけば、まだ蕾は固そうですがしっかりとあります。

ピンと張った茎や瑞々《みずみず》しい葉っぱはきちんと手入れをされているというのが判る。

「あの襲撃さえなきゃ、もっと早くお見せできたんですが」

「何色が咲くのでしょうか、あの、心なしか蕾の色が違うような気がしますわ」

「恐らく虹薔薇です。咲いてみなきゃわからんのですが、色とりどりの花が咲くって珍しい薔薇です。まあ、色の種類が庭師の腕の見せどころですな」

「ふふ、楽しみにしておりますわ」

なんでも、あの襲撃の余波で、最初にできた蕾はぽっきり折れてしまったそうです。

本当にろくなことしませんわね、ヒロインさんは。薔薇はレイヴンがわたくしへと貰《もら》ってくれたものです。あの子が、わたくしのためにというのが嬉《うれ》しかった。

レディが薔薇をはじめ、花を貰うのは珍しくないですわ。貴族ですもの。でも、ちょっと人の感情の機微に疎い子が苗を貰ってきてくれた。袋に土を入れた素朴な苗は、どんな花束より嬉しかった。

あ、お父様やキシュタリアやミカエリスは除外ですわ。だって家族と幼《おさな》馴染《なじみ》ですもの。

たまにですが、商談に来たはずの男性がわたくしに花束を持ってきます。その、正直引きますわ。商談の場に何故花束。しかも突き刺さる熱視線。下心満載ですわ……まあ、ラティッチェ公爵家はネームバリューも財力もピカイチですもの。お近づきになりたいのは解《わか》ります……。

魔王と恐れられるお父様に、社交界で精力的に動くラティお義母《かあ》様、次期公爵として優秀なキシュタリア、そして箱入りポンコツお嬢様のわたくし……うん、狙いどころですわ。

ですが、そんなことをした方は、次から来なくなりますわ。かといって花に罪はないのでジュリアスやセバスに預けるのですが……そういえば、その花がわたくしの部屋どころか、屋敷の中に飾られているのを見たことないですわね。

「この花が咲いたら、教えてくださいまし」

「ええ、咲きましたら朝摘みをご用意します。お切りして、部屋にお持ちしますよ」

「いえ、そのままを見たいの。ダメかしら？」

「いえいえ、喜んで。こりゃあ大仕事ですな！」

嬉しそうなおじいさん。第一印象こそは体が大きくて寡黙でちょっと怖かったけれど、わたくしがアリの観察をしていようが、花冠づくりに勤《いそ》しみ手を緑に染めても心配してすっ飛んでこない人でした。わたくしにとって過保護すぎずに、令嬢モードをちょっとログオフしてまったりしたいときにありがたい存在でした。

わたくしは、もうあの屋敷の裏庭のクローバーに触れることはできないのでしょうか。

でも、この薔薇で心が少しだけ満たされます。お父様のいない穴はまだぽっかり空いています。

レイヴン……元気でいるでしょうか。その、もしかしたら近くにいるのではないかなと思った時期はあります……でも、はっきりと姿を見たことはないのです。物音すらないのです……。

結界魔法の応用で周囲を詮索できるのですが、あれで確かに誰かいるというのはひっかかるのです。全く嫌な感じはしないので、多分レイヴン？　という感じです……。

ですが、一つ問題が……。

わたくし、結界が張れなくなってしまいました。

途中までできるのです、その周囲の把握や感知までは……ですが、構築ができないのです。

目が覚めてから結界魔法が使えなくなってしまったのです。

由々しき事態です。

これは、非常にまずい状況なのはわたくしにもわかります。

唯一無二のわたくしの抵抗力がないのです。

これはまだ誰にも話していません。アンナにすら。アンナなら……話してもいいけれど、離宮を囲っていた結界が壊れて以来、わたくしには常に複数の護衛とメイドがついている状態です。

タイミングがつかめず、どうやって言おうかと頭を痛めています。

アンナはちらちらとしたわたくしの視線に何かを感じ取っているようですが、いつも手薄になる気配がありません……。

その、全く使えないわけではない気がするのです。誰かがいる気配は頑張ればわかります。建物構造チェックはかなり時間をかければできますが……結界自体がうんともすんともできない。

お医者様たちにも気づかれていません、ラティッチェの主治医が来てくださっていますが、メイドも控えているので迂《う》闊《かつ》なことを伝えられないわ。

お父様がいないと思うと、今も急に足元から崩れてしまいそうな感覚に陥る。ふと見た花に、紅茶に思い出がよみがえって泣き崩れる。

わたくしは感覚型の魔法使いです。理論よりも感覚で、イメージにより魔法を構築するタイプはピーキーで感情の揺れにも左右されやすい。

メンタル雑魚なわたくしには致命的な欠点。まさか、この状況で魔法のスランプに陥るとは思いませんでした。理由なんてわかり切っていますが、治し方はわからないのです。

内心悩みながら、時折哀しみに囚《とら》われて呆然《ぼうぜん》としてしまうばかり。

キシュタリアは守るといってくれました。それ以外の方も。でも、ほとんどは信用できません。わたくしは名ばかりの無力な存在です。

くやしさと歯がゆさ――わたくしに何かできることは？　とりあえず、気になって部屋に運んでいた本を少しずつ読むことから始めました。不自然でないように、色々な分野の物を読みます。それこそ手あたり次第――読書に没頭している間は、哀しみがまぎれます。現実逃避なのかもしれません。

そんなわたくしを見て、王宮から人がやってきました。

これも王女教育なのでしょうか。

慰めになればと送られてきたのは大量のドレスと宝石類。このドレスはどの王女が式典に使った、この装飾品はいつの王様がどのお妃《きさき》様に贈ったとどこか誇らしげに語ってきます。

なるほど――普通のご令嬢ならこの豪華絢爛《けんらん》な衣装や眩《まばゆ》い貴金属に目を光らせてのぼせ上がる方もいるかもしれない。

でも、わたくし目が肥えておりますの。

こんな古臭い埃被《ほこりかぶ》りまくりのレトロデザイン好みではありません。

というか、散々見飽きておりますの。ヴァユの離宮には、多く絵がかけられております。歴代の王妃や王女たちの御衣装、本当にお変わりなくて……歴史と伝統は解りますが目に焼き付きすぎて食傷ぎみですわね。

そもそも、お父様がお誕生日やことあるごとに用意してくれた品の方がずっと素敵ですわ。この顔が覆われそうなほどの大きさの超ど級なネックレスなど、どんな時に使いますの……？　美術館や博物館に展示するには見栄えするとは思いますが、普通の人がこんな眩いキンキラなものをジャラジャラつけていたら紅白歌合戦であるあるな衣装がすごすぎ＆演出がすごすぎで歌や本人が頭や耳に入ってこない現象が起こりそうですが。

鼻高々と言わんばかりにお話しなさる、御年輩よりの中年女性。

アンナとベラが心なしか冷えた空気を出している気がしますわ……。

えーと、確かこの女性は王宮の古株のメイドです。ベラよりは若いですが、本来ベラは年齢を鑑みればお暇を貰っていいくらい。女性の年齢をとやかく言うのは良くないかもしれませんが、やはり齢《よわい》を重ねれば体に徐々にがたが来ますもの。この国には定年退職なんていうシステム、ありませんしやめるとなれば……クビ、もしくは自己申告が多いのですわ。

何はともあれ、歴史あるジュエリーとドレスを持ってきたメイドは鼻息荒く売り込んでいます。

眼《め》が血走っていてちょっと怖い。

でも女性だからまあ何とか……それに、ちゃんと礼儀はありますし持ってきた品はともかく、歴史に含蓄に富んだ小話も悪くないのです。

ドレスの趣味は受け入れ難いですが。

どうしたのかしら、この方。何がしたいのかしら、この方。

だんだんヒートアップして、ドレスから歴代王族のスキャンダラスなお話に。良いのかしら？　少し、いえ、ものすごくお話は面白くはありますの。でも、ちょっと間違えば不敬罪では……？　でも、ドレスのお話よりずっと面白くありますの。ちょうど離宮の書架にあった本にも認《したた》められていた内容でもありますし。

この方、この時代の歴女というものなのかしら。

「つまりは！　このヴァユの離宮には歴代の王妃や王女たちの秘密の部屋があると言われておりますわ！　どんな密会が行われたのでしょう！　どのように歴史が動いたことでしょう！　ああ、是非拝見したい！　そうでなくても、その形跡、あった場所をアリのように這《は》いつくばり見てみたい！」

なるほど、このお方はわたくしではなくこの離宮を調べたくて来ましたのね。

ですが流行には少々疎くて、でも若い女性が食いつきそうな話題として持ってこれたのがこのドレスや宝飾品。

この熱意はわたくしの考えた前世の品を何とか商品化しようと必死に説得する商会の皆様を思い出しますわ……ジュリアスがわたくしをたまに転がし損ねたときに使う手ですわー。幼気《いたいけ》ではないですが、熱意溢《あふ》れる商魂ゴリゴリなパワーに圧倒されてよく頷いてしまった記憶が。

身振り手振りで熱意を伝える様子は舞台女優のよう。ミュージカルにしては歌が少ないですが。

ちょっと先代国王の王妃と側妃、寵姫《ちょうき》について教えて欲しいとお願いしたら、まあ出るわ出るわ。詠唱かお経のように女性の名前がツラツラと出てきます。

「どちらがいいかしら？」

「二十七番目の愛人、のちの十四人目の寵姫ハリエット・メルゥスは踊り子で――はい？」

「メイドと教師、どちらがよろしくて？　この離宮で働きたいのでしょう？」

「まことにございますか!?　やった！　やりましたわー！」

　小躍りしながらぴょんぴょん飛び回る姿が、最初に来たちょっと厳しめな年配女性という雰囲気はなくなっている。

　そんな女性ことセシル・カルマンにベラが冷めきった氷河のような視線を向け、アンナはわたくしがいいというならばと無言です。

「メイドとなれば、わたくしに付き添っていただいて色々多くを見ることができると思いますわ。ですが教師となると特定の時間だけですわね、ただし」

「ただし？」

「教材として、ある程度の便宜は図っていただくようフォルトゥナ公爵や王家にも申し伝えますわ」

「教師！　教師で！」

　っしゃー、と両手を握りしめてガッツポーズ。

　なんだか、ちょっとだけジブリールに似ていますわ。カルマン女史は。

「あの、さっそくお聞きしたいことが」

「ええ、ええ！　なんなりと！」

「この国の結界魔法について、歴史学的観点からでもいいの。どれくらいご存じかしら？」

セシル女史は笑いました。悪戯《いたずら》っ子のガキ大将みたいに。淑女としてはあるまじきにやり、と形容してもいいほどイイ笑顔です。

王都に来てろくなことがなかった。嫌なことばかり。嫌な人ばかりと会ってきた。

「お任せください、このセシル・カルマン！　伊達に歴史書と結婚した女とは言われておりませんわ！」

生き生きと輝く榛《はしばみ》色の瞳は、とても心強かった。

久々に笑みを浮かべ——ぎこちなさはあるがいつもよりは明るい声で話すアルベルティーナ。ラティッチェの使用人たちには及ばないが、今までになく好感触だ。

新しいお茶の用意が必要だろうと廊下に出ると、うろうろと不安げなクリフトフがこちらに気づいてすっ飛んできた。

「ベラよ、本当にあのセシルをアルベルティーナに会わせたのか？　言っとくがあれは、その、確かに知識量は豊富だが素っ頓狂だぞ？　ヴァニア卿《きょう》に並ぶ変人ならぬ変女だぞ？　あの可愛いアルベルティーナの心労を倍増させせないか？」

「いえ、私の見立ては間違いありません。アルベルティーナ様はシスティーナ様やクリスティーナ様に劣らず、本来ならば好奇心旺盛な方でしょう。確かにセシルは結婚指輪の代わりに古文書を差し出されて飛びつく女ですが、人柄は腐っていません。人間としてのモラルはぎりぎり残っています。ヴァユの離宮に勤められるだけでも十年は忠誠を尽くすはずです。下手に権力に興味を持った人間より、別の欲望のニンジンにしか目のない人間のほうが姫様も安心するでしょう」

「問題大ありじゃないか？」

不安しかないとクリフトフの顔には書いてある。

「クリフ坊ちゃま。アルベルティーナ様はなんとか自分で立ち上がろうとしていらっしゃいます。……心身ともに薄弱な方と聞いていましたが、芯は強い方でしょう。ならば、その手助けをするのは私たちの役目です」

それに、と言葉を飲み込みベラは思う。

アルベルティーナの読書量とその幅は広い。一介の貴族令嬢は嗜《たしな》み程度に詩集やその国の歴史や自分や婚約者の領地を覚える。中には勉学嫌いで、社交という名の遊び場に入り浸りの若い娘も多い。マナーすら疎かに、爛《ただ》れた関係をもって失墜した人間をベラは幾人も知っている。無知はどんなことよりも恐ろしいことを招きかねない。

遠回りでもいいから、殻から出して外とつながりを持った方がいい。そして、アルベルティーナの味方を作らなければならない。怯《おび》えてばかりだと搾取されるだけだ。

ベラにはドーラという娘がいた。

クリスティーナの幼馴染であり傍《そば》付きのメイドだった。

ベラの家は代々フォルトゥナ家に仕えていたから、当然ドーラもそうなった。年もクリスティーナに近いので当然の流れだ。システィーナとベラのように主従であり、友人といった良い関係を築ければと思っていた。

だが、ドーラは違った。

ドーラはなかなかに美しい娘だった。だが、慇懃《いんぎん》の中に驕慢《きょうまん》さが鼻につく性格だった。フォルトゥナ公爵家に仕える娘として、躾《しつけ》はしていた。貴族令嬢としての、使用人としての教養を学ばせていた。もし、もう少し自覚や謙虚さがあればそれなりの家に娶《めと》られていただろう。

ドーラは野心があった。慎ましい幸せより、身の丈に合わない野心があったのだ。

ドーラが男爵家からの縁談を蹴り、クリスティーナの嫁ぎ先についていくことには驚いた。その男爵は新興貴族であったが商家から成り上がったので経済力はあった。良縁だったにもかかわらずクリスティーナについていくと聞かなかったから嫌な予感がしていたのだ。

フォルトゥナ家の勧めであった縁談を蹴ったドーラが、フォルトゥナ公爵家にいられるはずもない。

ベラの顔にも泥を塗ったようなものだ。もちろん縁談もなくなった。

ベラは口を酸っぱくして誠心誠意クリスティーナに仕えろと言った。もしラティッチェ家から暇を出されても、今更フォルトゥナ公爵家でも働けないと。

当然だとドーラは言った。ラティッチェ家で身を粉にして働くと言っていた。

だが、とある使いに出されていたベラは、そこでたまたまドーラを見つけた。

客を選ぶ一等地の高級ブティック。そこで執事を連れ、女性用のショールを熱心に見ているのはラティッチェ公爵だった。若き美貌の公爵は周囲の女性の視線を根こそぎ奪っていた。

公爵は一級品と分かるショールを指さして並べさせて、お仕着せを纏《まと》うドーラに言葉をかけている。すぐ横のケースにあるほっそりとした華奢《きゃしゃ》な手袋はすでに決定済みなのだろう。柔らかなスエード素材で、手首には暖かそうなファーがあしらわれている。流行色のライトグレーとオフホワイトで迷っているのか、二つ並んでいる。もしくは両方とも買うのか。

ベラは安堵《あんど》した。冷酷だと有名なラティッチェ公爵だったが、同時に妻を溺愛しているとも聞いていた。まだ肌寒くなる前だったが、誰に贈るなんてわかりきっている。

フォルトゥナから輿入《こしい》れした姫君が大事にされているなら、これほど嬉しいことはない。

だが、ベラは目を疑った。

ドーラは、仕える主人の夫にあってはならない熱の籠《こも》った目を向けていた。

ラティッチェ公爵のアクアブルーの瞳にはドーラはいない。ただの一人のメイドとしてしか映っていない。クリスティーナが喜ぶ品を購入するため、連れてきただけだと想像がつく。

グレイルにとって、ドーラはおまけだ。いてもいなくてもいいおまけ。

それは喜ぶべきことで、残酷だった。メイドとして、乳母としてクリスティーナを思えばこそ当然のことだが、親としてドーラを思えば苦い感情が広がる。

だが、強いのは哀しみより怒りと羞恥心だった。あのドーラをクリスティーナの輿入れの際、古株だったとはいえ侍女として送り出してしまった。

クリスティーナが亡くなり、しばらくしてドーラはラティッチェ公爵家からいなくなったという。後妻を諦めたのか、はたまた不相応な野望に身を焼き尽くされたか——ベラは知りたくもなかった。

恋に破れ、仕える主人を喪《うしな》って憔悴《しょうすい》して帰ってきたなら、まだよかった。他に愛する人を見つけて暇《いとま》乞《ご》いをしたのなら、許せた。そうでなかったら考えたくもない。

主人を裏切った使用人の末路など、ろくなものがない。

良くて手切れ金もなく、次への紹介もなくそのまま追い出される。

最悪手打ちにされ、殺されることだってある。酷《ひど》い時は、見せしめにされることだってあるのだから。

（ドーラのことを気にしても仕方がないわ……少なくともアルベルティーナ様は使用人にとても大切にされておられる方。とても愛されていらっしゃるお方よ。きっと、クリスお嬢様と同じように使用人を大切にする方のはずだわ。ドーラがよほどのことをしない限り手打ちにはしないでしょう）

ただ、グレイルは解らない。

ベラはため息をついて首を振る。ドーラだって子供ではない。物事の善悪の判断はつく年齢だった。

（至らなかったドーラの分も誠心誠意お仕えするのが私の仕事。クリスお嬢様の忘れ形見を、強欲爺《じじい》たちの餌食にしてたまるものですか）

決意も新たにベラは顔を上げる。とりあえず、暴走列車と化したセシルを後でシメて、お嬢様の嗜《し》好《こう》を徹底的に覚えねばと息巻いた。


夢を見た。

幸せな夢だった。

広い敷地にシロツメクサが一面に広がっている。

子供のわたくしは、一生懸命小さな手で花を摘む。そして、不器用に結び合わせて花冠を作る。

何とか花冠が出来上がった。

隣にやってきたお父様の頭に乗せた。

首が落ちた。

花冠は真っ赤な血糊《ちのり》となり、シロツメクサの野原は赤い絨毯《じゅうたん》と瓦礫《がれき》が散らばる謁見の間。

呆然とあたりを見渡すと、床が崩れ始めた。

わたくしは崩れていく足場に焦りながら、お父様の首を抱えて走り出した。

嫌だ、嫌だ。捕まりたくない。守らなきゃ。

真っ黒な手が伸びてくる。

渡したくない。捕まりたくない。嫌だ、嫌だ。連れて行かないで！

真っ暗な道を走る。どこからか漏れだす光を目印に、走り続ける。

間に合わない！　捕まる！

「――いや!!」

薄暗い深夜。ぼんやりと魔石の明かりが灯《とも》る寝台。

静寂に響く荒い息と、汗で肌に張り付く髪や夜着。起き上がると、嫌な倦怠《けんたい》感がまとわりつきます。

ノックに許可を出せば、アンナが心配そうに顔を出す。

「どうなされましたか、アルベルお嬢様？」

「……ア、ンナ……ごめんなさい、少し夢見が悪くて」

「では……よろしければ、落ち着くようハーブティーかホットミルクなどいかがですか？」

「ううん、大丈夫、このまま寝ますわ。ありがとう」

「いえ、何かありましたらお呼びください。おやすみなさいませ」

「ええ、おやすみなさい」

アンナが傍にいると思えば、気が楽だった。心配かけて申し訳ないという罪悪感と、メイドの心遣いにほっとする。

枕に頭を預けると、左右からチャッピーとハニーが顔を覗《のぞ》き込んできた。

「ふふ、貴方《あなた》たちもいたのね。心配してくれたの？　ありがとう。大丈夫よ」

「ぷ？」

「ピー？」

それぞれの頭を撫でると、首を傾《かし》げながらわたくしのお布団にもぐっていきます。どうやら、二匹とも心配で起きてしまったようです。もぞもぞと布団の中で体勢を整える気配に笑みが漏れた。

今度こそ、ちゃんと寝なきゃと目をつぶります。

ああ、でも夢でもお父様に会えたのは嬉しかった。

キシュタリアは週に一回は必ず会いに来てくれます。

忙しいのはずなのに、そんなそぶりも見せずにいつもの優しい笑みを浮かべてやってくるのだ。当然、先触れがあるのでその日はいつも楽しみにしています。

キシュタリアの好きな胡桃《くるみ》とナッツのタルトや紅茶を用意して待つ時間は嫌いじゃない。

アンナもキシュタリアが来るのを楽しみにしているみたいで、色々と用意を積極的にしてくれるのです。とてもできた侍女で頼もしいですわ。

心はどこかで、哀しい、痛い、寂しい、と悲鳴を上げている気がするのです。いつもいつも泣き喚《わめ》いています――ですが、そんなわたくしを抱き上げて涙をぬぐってくれる方はもういないのです。

甘く落ち着いたアンバームスク、細身に見えてしっかりした肩幅。優しい玲瓏《れいろう》としたテノールと、頭を撫でる広い掌。両手を広げればいつもある。飛び込んでいた、わたくしだけが許された場所。

――お父様はもういないのです。

下手に弱っているところを見せたら、付け込まれるのではないかと気を張ってしまいます。

最近よく眠れないし、大好きなアロマオイルやお香も効きが良くないのよね。なんとなく真夜中に起きて読書をしていたら、気づいたアンナが眠るまで付き添ってくれた時もあった。申し訳ないですわ。本当に我ながら軟弱な……。

気を取り直して、お茶の準備をします。ラティッチェの料理人も来ていて、ローズブランドのケーキがトレイに並んでいます。

「キシュタリアはチーズクッキーやペカンナッツショコラも好きよね」

ペカンナッツショコラは、ペカンナッツ（ピーカンナッツともいう）をチョコレートで包み、ココアパウダーでさらにコーティングしたお菓子です。まだローズブランドの製品にはなっていないのですが、おねだりしてわたくしがレシピを完成させたものの一つです。ちょうどいいナッツを仕入れるのには苦労しましたわ……ジュリアスが。最初は胡桃で代用していましたが、より渋みがなく甘みの濃いものを探し求めました。ドミトリアス領で品種改良をし、何とかペカンナッツを作り上げたのですわ……。

わたくしが求める味に若干ジュリアスが引いていた気がしましたが、ペカンナッツショコラができたら即座に商品化をもぎ取ろうとあの手この手でわたくしを転がそうとしてきました……しかもココア、キャラメル、ビターなどとフレーバーを複数作る羽目になり、本当に大変でしたわ……太るかと。それはもう。ナッツとチョコなんておデブちゃんへの最強タッグですわ。

「でもビターはキシュタリアが好きなのよね、お父様も……」

美味《おい》しいって言ってくださった。

甘い物をそれほど好まないお父様に褒められたのが嬉しかったのです。

お父様が執務の息抜きにとそのお菓子をお召し上がりになると、そっとセバスが教えてくれた時など、一人でニヤニヤしてしまいました。

思い出してじわりと眼窩《がんか》が熱くなり、視界が歪む。流したくもない涙がこぼれ落ちそうになり、口を押さえて嗚咽《おえつ》を飲み干す。

「お嬢様……」

気づかうアンナの声に顔を上げて笑みを作ります。だめですわ。心配させてしまいます。シャンとしないといけませんわ。

優しいメイドや使用人たちはわたくしの味方。四面楚歌《しめんそか》ではないのです。

「ごめんなさい、アンナ。大丈夫よ」

そのとき、ベラが「お嬢様」と少し強張った表情で声をかける。

ベラは昔いたメイドのドーラに似ている。お母様だそうですわ。キシュタリアはそれを知った時、顔を歪ませていました。その、やはりと言いますかドーラに良い印象は残っていないのですね……でもベラはわたくしに優しいです。その、たまにうっとりと見つめている気がするのですが。

怖くはないので、まあいいです。ベラとクリフ伯父様から紹介いただいたカルマン女史は、今後色々頼りになりそうですし。その、ちょっとアレな感じですが。

ですが、わたくしを『悲劇の令嬢』や『王太女』として見ていない目は好感が持てます。

絨毯に這いつくばって「歴史を感じていますの！」と真顔で言われたときは、軽く引きましたが……無言でベラが回収していきました。

「何かしら、ベラ」

「……こちらを」

そっと銀のトレイに載せられた一通の封筒。真っ白で少し厚手の上質紙で作られた封筒は、王家の封蝋《ふうろう》が捺《お》されている。

この王家の封蝋を捺せる人間なんて、本当に一握り。陛下、もしくは殿下と呼ばれる方だけである。

しかし、わたくしは家族と愛顧している商人や職人、ドミトリアス伯爵家以外とやり取りなどしたことない。

そっと持ち上げ、誰からのものかを見極めようとする。

「恐らくは陛下かと。封筒に入った緑の文様の組み合わせは陛下がお使いになるものです」

「ベラ、知っていますの？」

「ええ、システィーナ奥様とクリスティーナお嬢様に宛てられていたものとお変わりないので」

ラウゼス陛下ならまだ、とだいぶ警戒心は下がった。これでメザーリン妃殿下やオフィール妃殿下でしたらちょっと怖かったです。

あの二人からは連絡は来ていません。アンナやフォルトゥナ公爵がそっと破棄なさっていなければの話ですが。一応、わたくしは喪に服していますので、華やかな場所にはあまり行けない立場です。

そもそも……全く行きたいとは思いません。

それでしたら、お父様の死を悼み、お父様の御冥福をお祈りしとうございますわ。そちらの方がよほど有意義です。喪というのは、そのための期間ですし。

「これは、部屋でゆっくり読んでもよろしいものかしら？　今すぐ目を通した方が良くって？」

「至急、とまではいきませんが早めにとのことです」

「……解りましたわ」

あまり気が進まないが、国王陛下からの文を無下になどできない。重大なことが書いてあったら、うっかり信用ならない者の耳に入っては困る。一応、フォルトゥナ公爵家や王家が厳選したという使用人たちだが、たまに三流以下が交じっているときがある。でも、ベラやカレラス卿のようにきちんとした人たちもいるのです。

すごくできるのとできないのが交じり合うのは、水面下でフォルトゥナ公爵家と王家――の裏にいる元老会が争っているからだろう。

その、セシル女史のような特例もいますが……。

恐らく、尻尾が出やすい人間を入れることによって、元老会の要請にも対応していると上手《うま》くかわしているのでしょう。三流使用人は、たった数日でわたくしの視界から消えることが暫しあります。

今のところ、王家や元老会は大人しいです。

しかし、キシュタリアの話では喪が明けたと同時に一気に事態が動くことは確定。まごうことなき事実です。喪の明けるまでの一年で下準備をしようと画策し、仕掛けてくるのは間違いないでしょう。

そして、わたくしに対して色々と周囲に制約を掛けている。

抜け駆け防止というか、取らぬ狸《たぬき》のなんとやらに近いだろう御上の高尚な話や位という奴です。不愉快ですわ。誰が思い通りになってやるものですか。

お父様はわたくしの幸せを、最後まで望んでくださいました。

できることなら、今すぐ出家なりなんなりしてお父様の御冥福をお祈りしながら穏やかな日々を過ごしたいですわ。

ですが、現状のサンディス王家には王家の瞳はいないのです。そこでわたくしを引っ張り出したいのは知っています。王家の都合で子供を作れと言われるのでしょう。見ず知らずの男を宛《あて》がわれて？　冗談ではありませんわ。

そもそも、わたくしが触れる異性は本当に一握り……きつい。本当にきつい。

見ず知らずの人間に肌を見られ、体を暴かれるのはぞっとしますわ。

キシュタリアにも自衛を心掛けてと心配されています。うん、全くその通りなので気をつけますわ。

その後やってきたキシュタリアはやっぱりとても心配していて、優しい義弟にとても癒《いや》されました。

なんだかベラとアンナが微妙な顔をしていましたが、なんででしょうか……こんな姉想《おも》いのいい子のキシュタリアになにがあるというのでしょうか？


確かに弟としての心はあったかもしれないが、アンナはそれ以上に恋慕を抱いて余りあるのを知っていた――十年以上の熟成モノの初恋だ。だが、アルベルティーナにとってキシュタリアは未《いま》だに異性というより弟のイメージが強いと知っているアンナをはじめとした使用人たちは黙った。野暮なことは言わない、できた使用人だからだ。


「アルベル、その手紙なに？」

「これ？　ラウゼス陛下からいただいたのよ。あとで部屋で読もうと思って」

「ふぅん、見ていい？」

気になるのかしら。

にこりと笑うキシュタリアに、その手紙を渡す。

そういえば、ラティッチェ家にいた時もお父様かラティお義母様、もしくはセバスかジュリアスが確認してから見ていたのよね。

……そのせいで、修道院や平民の生活を調べていたのがすぐにばれてしまったのですが。

うーん、そう思うとラウゼス陛下のお手紙をキシュタリアに渡さない方が良かったのかしら？　でもわたくしだけで判断できないかもしれません。

「あ、宛先人しか見られない魔法があるみたい。アルベルが開けなきゃ燃えるかもな……」

「それは危ないわ。わたくしが開ければ問題なくて？」

「うん」

アンナがすぐにペーパーナイフを差し出す。

すっと封筒に滑らせる。中の手紙、ひっかけてないわよね？　中から一通の手紙を取り出すと「気をつけてね」とキシュタリアに渡す。紙でスパッと切れると結構深くて治りにくいのよね……。

なんだかキシュタリアの顔が心なし引きつっているような？　あら？

「……ダメだ、アルベルはやっぱり僕が守らなきゃ」

「え？」

「ううん、こっちの話。じゃあ見るね」

「ええ、どうぞ。何の御用事だったのかしら？」

なんでしょうか。わたくし、何か間違えたのでしょうか。

キシュタリアだけでなく、ベラや護衛の騎士が何とも微妙なお顔をしているような気がしますわ。

アンナは平然としているのですが。

キシュタリアは手紙を広げて視線を走らせています。

じっくり読んでいますわね。何か難しい内容だったのかしら。わたくしはティーカップを傾ける。

今日の紅茶はアンナが淹《い》れてくれたものね。うん、さすがわたくしの専属侍女。大変結構なお味ですわ。

　キシュタリアは席を立つと、わたくしの前に手紙を広げて耳元で囁《ささや》きました。

「会いたいんだって、アルベルに。直接。陛下自ら足を運んでも構わないから、時間を貰いたいっておっしゃっている」

「まあ……」

「必ず二人きりで、できるだけ内密にって」

　陛下がわざわざいらっしゃるってこと？

　耳元で囁かれるのでちょっとくすぐったい。頬にキシュタリアのアッシュブラウンの髪があたる。日差しに透けてきらきらと輝く色は、お父様に似ている。何度、この色を羨んだことでしょう。わたくしは、お父様に似ているところが少ない。特に容姿は。髪も、瞳も、顔立ちもお母様によく似ている。お父様は喜んで、とても褒めてくださっていたけれど……ない物ねだりをしても詮ないことですわ。

　陛下個人に対してはそんなに嫌な思いはないのです。ミカエリスの剣術大会でお会いしましたけれど、お優しそうな方でした。

　メザーリン正妃殿下は怖かったですし、エルメディア王女殿下は衝撃的でした。

　ラウゼス陛下はとても、その、なんだか頭を撫でていただいても嫌な気持ちにならずむしろほわほわとしました。

ですがこの呼び出し、何か重要なことがありそうな気配がプンプンとしますわ。

「アルベルはどうしたい？　ある程度なら気持ちが整わないって誤魔化せるよ」

「……いえ、お受けいたしますわ」

「そう、あとで話を教えてくれる？　ダメなら無理にとは言わないけど」

「ううん、わたくしだけでは判断できないかもしれない。相談させて？」

「……ありがとう、アルベル」

なんでわたくしが感謝されるのでしょうか？

首を傾げると、額にキスを落とされる。キシュタリアは困ったような、嬉しいような複雑な笑みを浮かべている。すみません、わたくし本当にポンコツで。

「そうだ、アルベル。ちょっと確認したいことがあるんだ」

「なにかしら？」

「分家から、へんなちょっかい掛けられてない？　手紙とか、社交場に誘いとか。こっちでも対応しているけどなりふり構わないのも出てきたから、アルベルに不作法な介入をしてくるかもしれないんだ」

「分家？　ごめんなさい。わたくし、お医者様のクロイツ伯爵は叔父様だとはお聞きしましたの。でも、それ以外の方は誰も知らないから、教えてくださいまし」

キシュタリアが黙った。

あのお父様モドキさんは、お父様の実弟だそうですわ。最近は顔を見ませんの。なんでも、お父様が抜けた穴に宛がわれて大変多忙だそうですわ。

でも、わたくしはラティッチェの主治医が一番安心で信頼できます。適材適所ですわね。

「お父様から、誰も聞いたことない？　クロイツ伯爵家以外だと、マクシミリアンやバルカス、カイディンスキーが有名なんだけど」

どちら様……？

全くもって聞き覚えのない家名？　人名？　それとも領地？　思わず首を傾げますわ。

「あー、うん。お父様が気に食わない者をアルベルに寄せ付けないことはよく知っていたけど。そっか、家名すらか……まだ続いていたんだ……」

お父様が知らせる価値なしと判断した家の人間を、わたくしが知るはずがありません。

お父様は信用できる人間を選《え》りすぐっていました。恐らく、名家であろうとお父様のお眼鏡にかなわない方々だったのでしょう。ならばわたくしが特別に覚える必要はあるのかしら？

「その方々、キシュタリアに何かしていない？　その、ちょっと聞きましたの。分家が、最近随分と貴方《あなた》やお義母様と対立しているって……」

これは、結界魔法を再度使おうと頑張っているとき、情報収集を兼ねていたらたまたま耳に入ったことです。簡単に言ってしまえば、この宮殿内を魔法でスキャンしています。

噂《うわさ》好きの人間とは、どこでもいるものです。そして、休憩中なんかは特に隙ができます。

やると疲れるのですが、最近やり始めました……。

じっとしていても、情報は入ってこない。わたくしに入る情報は制限されている。それは、わたくしの弱い身心を気づかってか、それとも蚊帳の外にされているのかはわかりません。

アンナにはすぐに気づかれてしまいましたが、これしか方法がない。

それに、一刻も早く結界魔法を取り戻さなくては。やはりこれが重要なのです。

「そんな話……いえ、その通りです。元は養子であり、そして遠縁であることを理由に正統な後継者ではないと不満を表す者たちがいるのは事実だね。そして、公爵家に繋がりのあるところへ、自分たちこそは正当なラティッチェの人間だと不穏な呼びかけをしている」

なんて恥知らずなのでしょう。言葉を失います。

お父様がお選びになり、育て上げられたキシュタリアを差し置いてなんてことを。

「また、母様も元は貴族でもない後妻だと排斥しようとする輩《やから》もいる」

酷いわ。そんなことない。ラティお義母様は、立派に公爵夫人として動いていました。

義理の娘であるわたくしにも、非常に良くしてくださった。クリスお母様の記憶などほとんどないわたくしにとって、ラティお義母様の存在がどれだけ心強かったことか。

そんな表情を読み取ったのか、少し困った顔のキシュタリアがチーズクッキーを一枚取る。そして、それをすぐ食べずに少し眺めていた。

「大丈夫だよ、アルベル。そんな軟じゃないから」

くす、と冷ややかな笑みを浮かべる。なんというか、悪戯っぽいというにはぞくりと肌が粟立《あわだ》つような蠱惑《こわく》的な笑み。さくりとチーズクッキーを食《は》む姿は、なんとも言い難く惹《ひ》きつけるオーラがあります。

……やっぱり、キシュタリアはわたくしよりお父様に似ていますわ。くやしい。

「アルベルは心配しないで。元々これは想定内のことだから」

「想定内って……」

「父様が生きていても、絶対これは起きたことだ。僕がお父様の実子じゃない以上はね」

「ラティッチェの後継は貴方よ。キシュタリア以外、わたくしは認めない」

「貴族に血統主義は多いから。ありがとう、アルベルにそう思ってもらえることが何よりも心強いよ」

引き籠ってばかりのわたくしが、そう思っていても対外的には？

心ない言葉がたくさん、優しいキシュタリアに向けられていると思うと己の無力さに腹が立つ。少し俯《うつむ》いて、きゅっと唇を引き結ぶ。

わたくしは、無力だ。何の影響力もない小娘。面倒くさがり、怖がって逃げて社交を疎かにしたツケがこれ。いざという時に、わたくしは力になれない。お父様がいないと何もできない。

「キシュタリア、わたくしにできることはある？」

「アルベル、安易にそんなこと言ったらだめだよ。うーん……そうだ、僕のお嫁さんになってとか？」

伸ばされた手が、するりとわたくしの指に絡む。

先ほどとは違う輝きを宿したアクアブルーの瞳が、搦め捕るようにこちらを見つめています。

護衛が動こうとする気配がしたが、この手のことは定期的に言われるので……。

わたくしの婚姻一つでキシュタリアやラティお義母様、ラティッチェが守られるのなら安いものですわ。でも、本当に血筋以外役に立たない公爵夫人のできあがりでしてよ？

「キシュタリア、確かに家のために婚姻を結ぶのは貴族の、当主としては正しいのかもしれません。ですが、わたくしは貴方には無理な結婚はして欲しくないわ。本当に好きな方がいたら、わたくしも協力しますわ」

もし、わたくしがラティお義母様やジブリールのように社交界でも役に立つのならまだよかった。ですが、今のわたくしは爆弾のようなものです。

絡められた手に、もう片方の手を重ねてぎゅっとする。少しでも、この手に不幸が降りかからないように。

ですが、その言葉にカラーンと音がします。ベラは信じがたいものを見るようにわたくしを見ています。手に持ったトレイを落としたのでしょう。

「いいんだ、判《わか》っているよ。この程度では挫《くじ》けない。解っていた。解っていたよ。また変な翻訳や気づかいやおせっかい精神が斜め向こうに発動したんだってわかっている。うん、まだ傷は浅い。アルベルの寂しさに付け入る気はなかった。なんかまた変な方向に盛大にこじれた気配がするけど僕はめげない。うん、がんばれ僕」

「ど、どうしたのキシュタリア？　何かありましたの？」

「いいんだ、アルベルはアルベルのままだった。うん、正気でいただけ喜ばしいいつものアルベルティーナだ」

「な、なんですの？　どうしたの？　お腹《なか》が痛いの？　頭？　どうしたの？」

「――ねえ、アルベル」

「なに？」

「僕を好き？」

「ええ、もちろん。大好きよ、キシュタリア。貴方はとても大切な人よ」

何故でしょうか……ベラが目頭を押さえています。アンナは「それでこそお嬢様です」と頷いて、護衛たちは男泣きをしそうな感じなのは。

キシュタリアはわたくしの肩口にぽすんと頭を乗せるとぐりぐりとすり寄ってきた。頭を撫でて、よしよしと甘えるキシュタリアを抱きしめる。わたくしが力になれればいいのですが……墓穴を掘りそうな未来しか予測できませんわ。

大きくなってもまだ甘えたなところが可愛いわ。

それにしてもキシュタリアったら、プロポーズみたいな……昔もあったわね、告白してくれたことが。あの時は林檎《りんご》みたいに真っ赤にした頬が可愛らしかったけど、十年後に同じように思ってくれるならって誤魔化した記憶が。あの頃は未だ、キミコイのゲーム補正や強制力があるんじゃないかってちょっと疑っていたわ。

その、レナリアの処遇を見る限りなさそうですが。一番酷いエンドでも、可哀想《かわいそう》な立場にはあったけどああいった外道に成り下がってはいなかったですわ。

困ったように微笑《ほほえ》むキシュタリア。

今、キシュタリアは岐路に立たされている。ここ一番の正念場でしょう。

そこで気づく。

「キシュタリア、わたくしが貴方と婚姻をすれば、邪魔されずラティッチェを継げる？」

血の繋がりを主張するなら、わたくしは一番正統性がある。

その、わたくしの身分はどうしても高いので本命の方がいたら、第二夫人になっていただかなくてはならないわ……いえ、キシュタリアが婿養子？　わたくしが嫁ぐの？　そうしたら王家のほうは？

「できるね」

「なら――」

「でも、同時に君は王家に熱望された存在だ。サンディス王家は、王配となる人物が『ラティッチェ公爵』となることは許さないだろうね。少なくとも王位継承権を持たせたくないはずだ。サンディス王家がラティッチェ公爵家にとって代わるようなものだ。それくらい、ラティッチェは力が強すぎる。他に王家の瞳を持った王位継承権がある人間がいたならともかく、僕や他の王子や王女と違って君のスペアは一切いない。現王家と元老会は反発間違いなしだね」

ラティッチェ公爵家は名家。それが逆にネックになるということ？

わたくしを王女と擁したとしても、元がラティッチェ公爵家の人間であるのは事実。そのうえ、夫までラティッチェ公爵家であるのは……そうですわね、王家がサンディスではなくもうラティッチェになってしまうくらい要素が強い。

……では、わたくしが不快ながらもラティッチェ以外の家と婚姻して、王家の瞳を持つ子供がいれば何とかなる？

「ごめんね、変な話を振ってしまって。アルベル……特に君からは不用意なことは言わない方がいいし、考えない方がいい。僕だってそれなりに考えているよ。ごめんね、少しふざけすぎてしまった。僕だって、アルベルには幸せになって欲しいよ。分かり合える、好きな人と一緒になって欲しい」

それが、僕であれば――と小さく聞こえた。

顔を上げると泣きそうな顔。

違うの、そんな顔をさせたかったのではないわ。

己の浅はかさに今更ながら強烈な罪悪感を覚える。少しでも力になりたかった。結果、キシュタリアを傷つけてしまいました。彼の想いを踏みにじってしまった。ふざけたふりと言わせて、誤魔化させてしまった。

「キシュタリア、あの、あのね――」

とん、と唇に指が置かれる。思わず口を噤《つぐ》んだ。

「僕はね、気が長い方なんだ。十年待った。まだ待てるよ。いくらでも、可能性があるならね」

その可能性が、現状限りなく際どいものになっている。それをキシュタリアは知っている。

「君を守れるだけの、隣に並べるだけの力が僕にはない。だから悪いのは僕だ」

そんなことはない。軽率なのはわたくしだ。都合の良いことに目をとられてしまう愚か者は。

「気づいてくれただけ重畳っていったら、意地悪だね――また来るよ、愛しているよ。僕の大切なアルベルティーナ」

そう言って笑ったキシュタリア。

昔から伝えてくれる『好き』や『愛してる』が、今更になって重さを持った気がする。

わたくしは、キシュタリアに何も返せないのに。


いつのまにか使用人も護衛も距離を取っており、大分離れた場所にいた。

たぶん、後半の会話は聞かれていない？　同情の視線が突き刺さるキシュタリアは、ひらひらと手を振って去っていった。呆然と見送るわたくし。

わたくし、ほんとダメ令嬢……元気づけることも中途半端。役に立とうとして空回っていますわ。ハムスターの滑車の玩具《おもちゃ》のようにカラカラと。

キシュタリアは甘えてなんていなかった。わたくしに甘えたふりをしてくれただけなのだと思う。わたくしが、そう望んだからそういうふうにしてくれている。

わたくしは自分が思っている以上に子供。そして、キシュタリアは大人です。

「お嬢様？」

「ぴぁ!?」

物思いにふけりすぎて、すぐ傍にいたアンナに気づきませんでした。い、いけない……令嬢らしからぬ声が出てしまいました。

心配そうにわたくしの顔を覗き込むアンナ。ええーと……？　びっくりしすぎて色々すっぽ抜けてしまいましたわ。

「大丈夫ですか？　かなり放心していらっしゃいましたが…………」

「手紙、そうですわ！　お手紙です！」

「お嬢様？」

「ラティッチェと、商会の関係者に手紙を出します。用意してくれますか、アンナ？」

　急なわたくしの発言に、微笑を浮かべたアンナは「仰せのままに」と恭しく頭を下げる。

　確か、ローズブランドはジュリアスたちが実質的に動かしていますが、名義はわたくしだったはずです。知っている出入りの商人たちにも、手紙を出しましょう。

　余計なことかもしれないし、大した力にならないかもしれない。

　でも、何もできないわけではないはず。

　認めたあと、ちょうどやってきたクリフトフ伯父様に「くれぐれもお願いします」と渡したら、何故かものすごく張り切って請け負ってくれました。

　キシュタリアと仲が悪いけど、わたくしにはいい顔したいらしい。ですが、いつも何かしたいことはないかとか、手伝えることは、欲しいものはないかと無駄にうろうろされていましたので追っ払う口実にちょうど良かったです。髭《ひげ》の熊さんもよくうろうろしていますわ……距離は弁《わきま》えているようですが。

　……うう、好意を利用しているようで心苦しいですわ。なんというか、キシュタリアを愚弄したのは許せないのですが、ああも必死に機嫌を取ろうとしている姿には同情してしまったのでしょうか。

　ですがクリフトフ伯父様はわたくしにデロ甘です。やってくれるはずですわ！　高位貴族ですし、顔も広いはず！　そして、いざとなったら熊公爵の盾になってもらうのです！　時間稼ぎでもいいのです！

　そのためにアンナからも必殺技を伝授いただきました……効くのかしら？

「あ、あの、お願いいたしますわ………ク、クリヒュ伯父たま！」

　滅茶苦茶噛《か》んだ。

　恥ずかしい。羞恥で死ねます。ごめんなさい、キシュタリア。ポンコツヒキニートの姉は最後まで役立たずでした……。

　ですが、折角のここぞ！　というところで失態したのにもかかわらず顔面がモザイクかかる勢いで相好を崩したクリフ伯父様。

「も、もちろんだよ！　アルベルティーナ！　伯父たまに任せなさい！」

　ええい、お黙りあそばせ！　蒸し返さないでくださいまし！

　内心悔しさを感じつつ、きっと睨《にら》むがますます嬉しそうなクリフトフ髭伯爵。

　スキップしそうな勢いで有頂天な髭オジサマは、ご機嫌極まったご様子で出て行きました。

……ちゃんとやってくださいますよね？

　失敗してしまったとアンナにしょんぼりと伝えたら、なぜかベラとアンナは間違っていないと太鼓判を押してきた。いえ、滅茶苦茶しくじりました。

「さすがです、お嬢様」

「クリフ坊ちゃまが暴走しすぎないよう、こちらで押さえますのでご安心を」

サンディス王国の王宮。その中でも最も警備が厳しいだろう一角、王の私室。

広々とした室内。高い白亜の天井には、シャンデリアがいくつもぶら下がっている。そして、天井自体にも緻密な彫刻が施されている。深紅の壁は重厚な鮮やかさを持っており、金の装飾が輝いている。その装飾はよくよく見れば、均一に描かれたサンディス王国の紋章で、職人の素晴らしい技量を感じ取れた。床には毛足の短い絨毯が全面に敷かれている。大きく複雑な文様が描かれている。どれもこれも、惜しげもなく最高級のものが使われているのは言うまでもない。

豪奢だが、息苦しい。慣れたものの、いまだにそう思わずにはいられない。

ラウゼスは、大きな鏡台に向かい合う。そこにいたのは疲れた顔をした壮年の男がいた。

肉体的な老いのせいか、それとも王としての長年の重圧か、はたまた信頼する優秀な臣下を喪った悲しみか――きっとそのすべてだろう。

鏡台の装飾に触れる。一つ、二つとカチリかちりと微妙に押されて動く。そして、かちりと小さな音がしたのを確認して引き出しに手を伸ばす。二重構造の下を押し上げると、中から長方形の宝石箱が出てきた。縦二十センチ、横十センチ、五センチほどの深さである。黒漆に黄金の装飾。蓋には緻密なサンディス王国の紋章が施されている。螺鈿《らでん》とともに散らばるダイヤは小ぶりだが質が良く輝いている。魔力を通すと、蓋が開く。

蓋の中には、八つサンディスライトがあった。裸石の状態でベルベッド張りの上に鎮座している。澄んだ深いサンディスグリーンは、この国の王色。ラウゼスの瞳と同じもの。

（少しでも、あの娘のためになれば……）

これはもう自分には必要のないものだ。

あの子の未来が、少しでも明るいものになればと願う。

老王の固く閉じた瞼《まぶた》の裏に、どんな思いが去来しているのかは彼しか分からない。だが、手が白くなるまで強く握りしめる指が、その覚悟を物語っているようだった。

幕　間　反撃の狼煙

数日後、その効果が覿面《てきめん》に表れることなどアルベルティーナは知りもしない。

大貴族ラティッチェの姫君、そしてローズブランドの幻のトップ。ラティッチェの至宝と呼ばれた姫君直筆の手紙は絶大な効力を持っていた。

しかも、持ってきたのはフォルトゥナ伯爵。次期フォルトゥナ公爵である、身元の安全性が抜群に高い生粋貴族の一人が持ってきたのだ。アルベルティーナの後見人候補と名高いフォルトゥナ家所縁の人物だ。

流麗で美しい文字で綴《つづ》られた手紙は、キシュタリアやラティーヌをくれぐれもよろしく頼むという、とても丁寧な願い出だった。

貴族というのは無理難題を吹っかけた挙句やっぱりやめたと踏み倒し、思った通りじゃないとゴネるのも少なくない。

豪商だろうが一流職人だろうが、たかが平民と侮るのも多くいる。

自分たちを労《いた》わりつつ、自らが出向けないことを謝罪しながらも頼み込まれれば、悪い気はしない。

連日、我々はラティッチェ公爵家の正統な後継者だとデカい顔をしていた馬鹿どもに悩まされていた商会などは特にそうだ。

最も力ある人物から、そんな奴らは知らないから叩《たた》き出していいと許可が出たのだ。

アルベルティーナ・フォン・ラティッチェは顔も見たこともないが、使用人や雇っている職人や店員の職場の待遇を非常に気に留めてくれている人だ。

ローズブランドや、彼女の手掛けた工房はずば抜けて待遇がいい。求められるものは高いが、給金や休日はもちろん福利厚生などもしっかりしている。結婚し、子供ができたと暇乞《いとまご》いをしても、子育てに一段落がついたら再雇用もしてくれる。怪我《けが》をして退職しても、働けなくなったらサヨナラではなく退職金という支度金や当座の生活には困らない金子をくれるのだ。

それに、働く人間に一時金といったシステムもありアルベルティーナの関わる事業に飛びつく人間は多い。だが、そのブランド力の高さに好待遇とくれば狭き門だ。

この辺はアルベルティーナの前世の記憶の福利厚生に基づいている。こちらでは画期的でも、アルベルティーナの中では普通のこと。傍《そば》にいるジュリアスが全然休んでいないのでぴーぴー訴えた結果である。だが、ジュリアスは無駄な休日を貰《もら》うより自称ポンコツに構っているほうがよほど有意義で楽しいので生かせていない。だが、アルベルティーナの求める勤務形態を読み取ったジュリアスは、言われる前に自分の手に及ぶ範囲は変えた。彼が有能たる所以《ゆえん》だ。

ちなみにジュリアスの一時金は、すべてアルベルティーナの渋るアイディアの商品化で消費されている。いつの間にか丸め込み、巧みにすり替えているのだ。アルベルティーナは扱《しご》き使って申し訳ないといっているが、概《おおむ》ねジュリアスの狙い通りだったりする。

エリート従僕がアルベルティーナの関わる商品開発にとても積極的だ。むしろ他人にゆだねるのをとても嫌がっているのを、当の本人だけが知らない。

「なるほど。ここ最近、妙に商会の被害報告や問い合わせが減ったと思ったらそういうことですか」

ラティッチェの血筋、という点では最も正当性のある人物がキシュタリアを全面的に擁護している。生まれた血筋のみがよりどころで大きな顔をしている連中は、さらに正当性のある人物から認められていないとお達しがあればどうしようもない。

しかも相手は商会、ラティッチェ公爵家のヒエラルキーで間違いなくトップに名を連ねている。ほとんどの人間からみれば、アルベルティーナの身分は殿上人だ。そんな相手から、直々の要請だ。

「しかも使者にクリフトフ・フォン・フォルトゥナ伯爵。アルベルティーナ様個人の薔薇《ばら》の封蝋《ふうろう》付きの正式な書状。代筆ではなく直筆でサイン入り。ここまでくれば、分家がどう騒ごうが何もできませんね。これ以上、下手に主張しようものなら墓穴を掘ることになりましょう。アルベルティーナ様に反意ありと見なされ、信用をもって言伝《ことづて》役をしたフォルトゥナ公爵家からも睨《にら》まれる羽目になる――さて、あのお嬢様はどのあたりまで計算に入れたのやら」

「考えてないんじゃない？　少しでも力になったら、程度にしか考えてないよ。自分の立場の重大性は知っていても、一度も使ったことがない。どれだけの影響力かを知らないから、職人たちや商人たちに直筆の書状なんて出しちゃうんだよ」

貴族と平民に間にあるものは大きい。

わざわざ書面という後に残る形で、しかも直筆でそんなものを出すという発想自体少ないだろう。

この手紙は他にも多大な影響を与えた。

ラティーヌも最初、ラティッチェ公爵邸にやってきたクリフトフに怪訝《けげん》な顔をしていたが、アルベルティーナから預かってきた手紙を貰うなり膝から崩れ落ちた。

何故この男が持ってきたと思ってもアルベルティーナの手による筆跡を間違えるわけがない。

クリフトフはさらにセバスやジュリアスといったヴァユの離宮に勤めていない使用人たちに、手紙を渡した。ラティーヌやセバスに代表して渡すのではなく、本人に。

手紙を読んで感極まって泣き出したのは一人二人という数ではない。

使用人全員というわけではなく、ある程度の地位にある人間に代表しての形だったが、連日不作法者たちの対応に追われていた身としてはそのありがたみは染みただろう。

ましてや、長年ラティッチェで大事に囲われて守られてきたアルベルティーナを知る人間たちにとっては心配も絶えなかった。

ジュリアスは使用人でも数少ない、個人宛で手紙を貰った一人である。

すました顔をしているが、細心の注意を払いながらも、すぐさま封筒をペーパーナイフで開けようとした。そして随分丁寧に切っているところからして嬉《うれ》しいのだろう。

「はあ、大丈夫だっていったんだけどな。信用ないのかな」

「信用というより、これ以上なくしてたまるかというのもあるのでは？」

ジュリアスの言葉にハッとしたキシュタリア。

苦々しい顔をしたものの、納得したようだ。最愛の父を失ったうえ、大事な義弟《おとうと》や義母《はは》まで見ず知らずの分家貴族に食いつぶされるのは恐怖でしかなかったのだろう。

ラティッチェを愛するアルベルティーナの家族への思いは人一倍だ。

青年と言ってもいいほど成長し、この年齢になってもアルベルティーナのキシュタリアへの溺愛ぶりは、やはり変わらない。あの時もキシュタリア以外にラティッチェは任せられないと言っていた。なまじ入ってくる情報の少ないアルベルティーナは、余計こじれたのかもしれない。

「じゃあ、ありがたくアルベルの好意を受け取って、次に進もうか」

「そうなさってください。まだまだ忙しいのですから」

不敵な笑みを浮かべる主従。

アルベルティーナのために生きて、アルベルティーナのために死ね。

それが、ラティッチェ公爵家に来る時に言われた言葉。言われたばかりの頃は、絶望的な呪いのような言葉だった。しかし、それが今では当然のことと受け入れている。私情があるのは否定できないが、誇らしくすらある。

アルベルティーナの敵は徹底的に排除する——それはラティッチェ家にいる者の絶対的な使命とも言えた。

そのアルベルティーナが、キシュタリアだけを後継者として望んでいる。それだけで力が湧くし、俄然《がぜん》やる気が出た。

「さぁ、反撃といきますか」

血は繋がらなくとも、骨の髄まで魔王の薫陶を受けた青年が凄絶なまでの艶笑を浮かべた。

ラティッチェの霊廟《れいびょう》での出来事で、分家内ではほぼキシュタリアが公爵であることが内定したと言っていいらしい。

そのことをミカエリスから聞いて、ほっとする。

見ず知らずの人間が、今更しゃしゃり出てきてラティッチェ公爵家をいじくり回すのは本当に嫌でしたもの。

「わたくしは今回行けませんでしたが、次の月命日は行けるでしょうか……」

「それは……恐らく難しいかと、貴女《あなた》の身柄は王家とフォルトゥナ家が全力をもって守っています。先の謁見の間での魔物、そして無法者を考えれば許可が下りるのは難しいでしょう」

ほんの少し眉を下げ、申し訳なさそうに言うミカエリス。

ミカエリスのせいではないというのは、わたくしも十分わかっておりますわ。

ですが、その事実を口にするのも罪悪感を伴うのは、ミカエリスの優しさ故でしょう。

最初はジブリールと一緒に来てくださったのですが、ジブリールは「ちょっと探検してきますわ！」と数人のメイドと護衛を連れて行ってしまいました。

何故《なぜ》かミカエリスに謎のアイコンタクトをしていました。何かあるのでしょうか。当惑気味のミカエリスをつつき回すのは可哀想《かわいそう》なので黙認したのですが。

ミカエリスの服装は紺色の貴族らしく仕立ての良い礼服だ。揃《そろ》いの色のトラウザーズも似合っている。一見地味だが、光の当たり具合によって微妙な模様が浮き上がるのでかなりモノがいいと分かる。鮮やかな紅《あか》い髪を三つ編みでまとめ、流している。どちらかといえば、そのまま下ろしていることの多いのに。

わたくしも負けず劣らず暗い色です。黒いドレスは控えめですが、マーメイドラインで腿《もも》あたりからたっぷりのドレープが螺旋《らせん》状に入っている。

もういっそ、修道服でいいのですが……そして出家させていただきたい。

気分が重くなりかけますが、来ていただいたミカエリスを心配させたくない。

そう思っていると、ついついとスカートが引っ張られます。

視線を向ければ、そこにはとても可愛《かわい》らしいぬいぐるみのような怪獣さんがいました。

「ピギャっ」

「まあ、ハニー。どうしたの？」

「確かチャッピーでは……名前を変えたのですか？」

「この子はハニーよ？　チャッピーではないわ」

「増えたのですか？」

「チャッピーのお友達よ。とっても可愛いの。ほら、ハニー。カヌレよ。スコーンはいかが？　クロテッドクリームとジャム、どちらがお好き？」

手を伸ばして膝に乗せると、ふんぞり返るようにして座る。

チャッピーはチャッピーでとっても無邪気で、少しおっちょこちょいで可愛らしいけれど、ハニーの元気いっぱいでおマセさんなところも魅力的ですわ。

あれ、といわんばかりに蜂蜜レモンのクリームを指さす。スコーンを手に取って、たっぷりと塗ってお口に運ぶ。ぱくりと一口で食べてしまう、小さな体の割に大きなお口。

ミカエリスは微妙な顔をしている。

「……差が判《わか》らないのですが」

「そうですの？　ちょっと吊《つ》り目なのがハニーで、おめめがくりくりなのがチャッピーですわ」

ほら、とよく見えるようにするがミカエリスはじっと数十秒見つめたものの、首を傾《かし》げる。

「声も違いますわ。柔らかい甘えたな声がチャッピーで、強めのきっちりした声がハニーですわ」

「………あの、アルベル以外に見分けられる人間はいますか？」

「そういえば、いないわね」

何故かしら。

アンナもジュリアスもキシュタリアもベラも髭《ひげ》伯父様もみんな首を傾げるの。

こんなに違うのに。確かに種族は同じようですが、大分個体差があると思いますの。ですが、皆さん納得していただけないの……どうしてかしら。

ジュリアスなんて、軽く蹴って泣くのがチャッピーで怒るのがハニーという極めて許しがたい判断基準です。

さすがに止めました。なんて酷《ひど》いことを。強めにメッとしましたが「あざといの塊が」とわたくしが怒られる羽目に！　相変わらず、訳の分からない罵倒をされました。

ミカエリスはハニーをしげしげと見つめ続けていました。解《わか》っていただけたでしょうか？　あとからやってきたチャッピーを並べてあてっこをしましたが、どうやらわからないようです。

ですが「いじめられているほうがチャッピーなのはわかりました」と力関係によるジャッジが下されました。チャッピーは、頻繁にハニーに小突かれてぴーぴー泣いています。

合っています……合っていますが、もう少し別の判別方法を覚えてください。

午後になると名残惜し気にドミトリアス兄妹《きょうだい》は帰っていきました。

何故かジブリールがぷんすかしていました。ミカエリスはぷんすかジブリールに謝りながらも、宥《なだ》めすかしながら帰っていきました。

しかし、今日の本番は午後からです。

何故なら、陛下がいらっしゃるからです。

先日いただいたお手紙にお返事をし、今日来るとお達しが来たのですわ。

あまり大ごとにせず、それでいてできるだけ内密に――まるで機密事項でも伝えるような雰囲気での席を希望されました。

最初から、ものすごく不穏だと思うのはわたくしだけかしら？

ラウゼス陛下の人柄は、それとなく好意的で同情的なのは察しています。ですが、陛下も国王として、時に非道になる時もあるでしょう。そう思うと、今日の訪問はとても怖くあることです。

あとで、キシュタリアたちとも相談しなきゃ。

できれば午前中にいたミカエリスやジブリールも同席していただきたかった反面、巻き込むことは恐ろしいし、国王陛下にも失礼ではないかと考えあぐねます。

頼っていい、とミカエリスに言われたのは覚えています。

ですが、彼が努力して築き上げたもの、功績を潰しかねないことをしたくない。

ドミトリアス家は伯爵家の中でも伝統があり、それでいて今代において一気に力を持ったといっていい。ですが、向かうところ敵なしというわけではないのです。

「お嬢様、陛下がお見えです」

「ありがとう。応接の間へ御通ししてください。すぐに向かいますわ」

言うまでもなく、最も上等な応接の間にお通しする。

この部屋だけはわたくしの私室と同時進行くらいに真っ先に直されたの。

離宮だけあって、応接室にあたるものだけでも五つくらいあるのよね……。

改修すればもっと使える部屋は増えるといっていますが、わたくしお友達は少ないですし、来ていただける人も限られているので必要性を感じないのですが……。

ゆくゆくはここでサロンや茶会、夜会などのパーティを開けるようにしたいとクリフ伯父様は息巻いていらっしゃいます。

……他人が入るのはすごく嫌なのですわ。しかも大勢。恐怖以外の何物でもない。

わたくしが快適に過ごせるようにとの気づかいは随所に感じます。

わたくしに近しいほど、使用人が厳選されているのも。

気づかいの延長はたくさんあった。庭や宮殿が綺麗《きれい》になっていくのは嬉《うれ》しいです。働いている使用人たちにも、過ごしやすい場所にしていただくのはありがたく思っていますの。

どことなく歩きにくさを感じながらも静かにスカートの裾を捌《さば》いて、応接の間に向かう。

そこにはわたくしと同じ色の瞳をした、サンディス王国の最も高貴な方がいた。

「久しいな……少々痩せたか？」

柔らかい声音は、亡きお父様を思い出す。全然違うのに向けられる愛情の種類は似ているのです。

労《いた》わるような視線が合うと、スカートを摘まみ挨拶をする。どうしても緊張してしまいますわ。

「ようこそいらっしゃいました。我が国の太陽の栄華と御心に感謝します。ラウゼス国王陛下……御足労頂き恐悦至極。そしてお会いできて嬉しく存じます。ラティッチェ公爵家が長女、アルベルティーナ・フォン・ラティッチェにございます」

「堅苦しいのはよい。さあ、座りなさい」

「はい、ありがとう存じます」

鷹揚《おうよう》に頷《うなず》かれ、着席を促されます。向かい合ってソファに座ると、素早くティーセットが配膳されます。

ほとんど音などせず、衣擦《きぬず》れと絨毯《じゅうたん》に半ば吸い込まれかけた足音だけが聴こえます。

芳《かぐわ》しい紅茶の香りに、ほんの少しだけ気が解れる。互いの紅茶に口をつける。

思いのほか口が乾いていたようで、広がる芳醇《ほうじゅん》な香りと喉を滑る温かい紅茶にホッとする。

ラウゼス陛下は軽く視線を走らせると、騎士もメイドたちも音もなく退席した。

緊張が走ります。

「アルベルティーナ」

「はい」

「国王として命ずる。アルベルティーナ・フォン・ラティッチェを、元老会の承認をもって王家の瞳の持ち主として認め、サンディス王家の一員として籍を設けることとする。我が長女とし、アルベルティーナ・フォン・ラティッチェ・サンディスと名を改め、王太女として迎えることと決定した」

その言葉に息は止まり、心臓が引き絞られるような気配がした。

嫌な鼓動が鳴り響き、思わず胸を両手で押さえる。

これは決定事項であった。打診ではなく、もうすでに決まったこと。ラウゼス陛下の言葉が一つ一つ、鋭利な刃物のように心臓に突き刺さるようだった。

「公爵であり、実父のグレイルの死もある。貴族内では公表されるが、国民に伝えるのは喪が明けた披露式典の時と決まった。今は籍を変えるだけだが、披露式典に合わせて婚約者も発表することとなる。婚約者はまだ決まってはおらぬが、候補は出揃っておる。王家所縁の者たちと、四大公爵家から選定し、調整中だ。婚姻は披露から早くて半年、遅くとも一年後にはすると決定している」

情報量の多さに、眩暈《めまい》がしそうだ。

噂《うわさ》は確かにあった。そして、キシュタリアからも言われていた。

　王家はわたくしを引き込みたがっていると。ですが、もう婚約者の選定まで始まっている？　そして、それを喪が明けた――一年後にわたくしの王族のお披露目と一緒に、公表するということ？　そして、早くて来年には結婚？

　ぐるぐると思考が回っている。

「アルベルティーナ」

「……はい」

「誰か、想《おも》うものはいるか？」

　のろのろと顔を上げると、そこには真摯でこちらが苦しくなるほど心配そうに見つめるラウゼス陛下がいた。

「想う、もの？　ですか？」

「恋人ないしは、それに準ずるようなものだ。恐らくではなく、必ずアルベルティーナに最も求められるのは次代の王族。王家の瞳を持つ子供を産むことだ……できるならば、せめて憎からず想う男の方がよかろう」

「その、しかし……元老会がすでに選定していると」

「……それは一人ではない。とりあえず、一年後にそなたに付けられるのは最低でも三人、最終的には十人ほど選ばれるだろう」

　言葉を失う。

　じゅうにん。

わたくし一人に対し、十人？

予想以上の数字に、意識がどこかに吹き飛びそうですわ。おそらきれいと言いたいですが、あいにくこの部屋には天井しか見えません。

「その、婚約者候補がですよね？」

「違う、夫だ」

「わたくし、男性ではありませんわ。何故、そのような無意味なことを？」

男性であれば、複数の女性を相手にしても同時にお子を成すことが可能です。

ですが、わたくしの体は一つ。プラナリアのように分裂もしなければ、増殖もしないのです。

「一つに、少しでも子を産ませる可能性を上げること。男でも良い胤《たね》、悪い胤があると聞くからな。そして、何よりも貴族同士のバランスを保つためだ。王家の瞳と生家を鑑みれば、王位継承権を持つ中でもラティッチェは圧倒的すぎる。少しでも分散させるため、苦肉の策だ」

王配という絶対的な立場。

その候補者を多く選出することにより、一所に権力を偏らせないというためだけに多くの夫を付けるということ。

確かに、歴史をひもとけばほんの僅かですが王女が複数の夫を持つこともありました。ですが、これは特例です。わたくしはよりによってその特例に当てはまってしまっている。

特例は――王族が、王家の瞳の持ち主がほとんどいないこと。

三殿下は王家の瞳の持ち主ではないのです。

そして、王族に近い分家にもいないのでしょう——先代、先々代がかなり性に奔放な方とお聞きしたので、身分が低くともいると思っていました……。

「陛下、今現在で王家の瞳の持ち主は何人いますか？」

「私と、そなただけだ」

ひゅっと息を飲む。

最悪な事実だった。お父様が隠したがるはずだ。あそこまで徹底的に、私を甘やかしながらも外に出したがらなかったお父様。

「クリスが存命だった頃は、まだ数人いたが……年寄りばかりだったからな。子を成せる若さを持つ者は、そなた一人だ。王族分家や、降嫁先をたどり探しはしたが期待した結果は得られなかった」

「ですが、だからといってこんなにも少ないのでしょうか？　何故そこまでこだわるのですか？」

「確かに諸外国も似た体制を取るところはあるが、ここまで厳密なのは我が王国くらいだ。同時に、建国以来ずっと血統魔法、王印と身体的特徴をずっと引き継いでおるのは。だからこそ、我が国の魔法はずば抜けておる——防御のみの力だけでも、他を寄せ付けないほどにな。隣国はいずれかが欠けて久しいと聞く。王族が数人がかりで一つの魔法の行使ができるか否かという国も珍しくない……だからこそのプライドや固執もある」

お父様、ご存じだったのですね。

涙が溢《あふ》れそうになる。役立たずどころか、とんだ爆弾のような存在だったのだ、私は。

この決定は覆らない。変えられない。私一人に、国民の命が懸かっている。

ならば、わたくしの権利や意見など国の総意の前ではないにも等しい。

それでも、陛下は少しでも慰めになればと最大限の譲歩と提案をしてくださっているのです。

ラティッチェの名を残してくださったのは、きっと温情。

家に帰りたいとずっと嘆いていたわたくしへの、せめてもの罪滅ぼし。

「アルベルティーナ、これを」

差し出されたのは小さな箱。

開けると、そこには白銀に輝く台座に縁どられたサンディスライトがいくつもある。数は全部八つ。

間違いなく一級品と分かるほどに澄んだ深い輝き。

「……これは？」

「これは王配に贈る宝飾品だ。そのミスリル銀は魔力を通せば形状を変えられる。指輪でもピアスでも、カフスでも。想う相手がいれば、贈るとよい」

「で、ですが！　わたくしの相手はもうすでに――」

「あくまで最初の候補は三人のみだ。最大は十人。余地はある――ねじ込みようはいくらでもある。候補は出揃っているが、とてもではないがまだ十人の枠に収まっていない。水面下で泥仕合の真っ最中だ。私はこれでも国王だ。何とかしてみせよう。王配用のサンディスライトは極めて特別なものだ。猶予期間は、この純度の石をかき集めるためでもある」

「その、陛下はどのようにしてこれを……」

「私もかつて元老会から求められたからな――メザーリンと子宝に恵まれず、オフィールを娶《めと》った。

その後、ルーカスたちが生まれたから収まったがな。だが、元老会はもっと多く妃《きさき》を娶り、子を残させたかったのだろう」

「では、二つは妃殿下たちに？」

「そうだ。だが、側妃や愛妾《あいしょう》を多く持てば、それだけ争いの火種も増える。守るべきものが増えれば、それだけ身動きもできまい。そう思えば、多くは望まなかった」

　このサンディスライトは、王配のみに贈られるもの。

　ラウゼス陛下は、王配が増えれば権力が分配され、火種も増えると分かっていらっしゃるのに。

「渡す相手は、慎重に選びなさい。決して裏切らない、本当に信頼している者のみに渡すのだよ？」

　隣に来たラウゼス陛下は、そっとその箱をわたくしの膝の上に置きます。

　悪戯《いたずら》っぽく目をつぶり「秘密にな」と念を押すように唇に指を立てる。

「……これがあれば、身分が低い人間だってなんとかなる。まだ時間の猶予があるから、もし高位貴族でない相手を引き立てたいのなら、早めに根回しをした方がよい」

「ねまわし……？」

「しかるべき場所に養子縁組をし、貴族としての格を整える必要がある。王配となれば、最低でも伯爵程度はないと難しい。そして、養子先は選びなさい。声を掛ければこぞって手を挙げてくるだろうが、長い付き合いにならざるを得ないだろうからな……くれぐれも、元老会や妃たちの実家に関わる家だけはやめておきなさい」

「陛下、お待ちくださいませ。何故、わたくしにこんな大事なものを……っ」

「君が、グレイルの、そしてクリスの娘だから」

「お父様と、お母様……？」

「後悔先に立たずというが、その通りだ。あの二人に貰《もら》い、返せなかったものを少しでも彼らの愛する者へと向けたいのだよ。私の我儘《わがまま》だ。懺悔《ざんげ》のようなものだな……なに、おいぼれの自己満足だ」

こんな優しい自己満足、あっていいのでしょうか。わたくしが受け取っていいのでしょうか。

「私がもう少し、力があれば……グレイルはもっと長く生きられたかもしれん。アルベルティーナも誘拐されず、クリスティーナも……」

「陛下のせいではございませんわ。その、お父様は随分好き嫌いの激しいお人でしたの。ですが、陛下のことは悪く言わなかったのです。きっと、お父様は陛下のお人柄をとても敬愛していたのですわ」

ルーカス殿下の断罪の仕方、そして妃殿下たちを語る時の物言いを考えれば察して余りあります。ですが、王家は嫌っていても陛下のことは嫌いでなかったと思うのです。

わたくしの言葉に、皺《しわ》の深い目元を震わせて呆然《ぼうぜん》となさる陛下。サンディスグリーンの瞳の奥に、感情が揺れ動くのが判ります。

「……そう思うかい？」

「わたくし、こう見えてとてもファザコンですの。父離れできない、お父様が大好きな娘です。きっと、陛下のことは御恨みしていませんわ。お父様、贔屓《ひいき》が激しい方ですもの。気に入っている人間には、甘いのですわ。お父様をずっと見ていたわたくしの言葉、信用できませんか？」

「……いや、信じよう。他でもない、グレイルの娘の言葉であれば」

こうして、わたくしはラウゼス陛下からとんでもないものをいただきました。

そういえば、陛下に帰り際にハグをされやけに頭を撫《な》でられたのは何だったのでしょうか？

下心ゼロの親愛の抱擁はぎこちなく、少しだけ嬉しくて、陛下の背にかかる重圧が恐ろしかった。

わたくしは、あの目に見えぬ重圧が怖い。そして、自分の身に降りかかる現実を受け止めきれない。

陛下の来訪から数日後、正式にわたくしは王籍へと変わった。

親しい人ほど、それをめでたいと言わないのは気のせいではないと思います。

怖くて恐ろしくて煩わしい。厭《いと》わしいとすら思う。

書状を持ってきた元老会のミイラさんが喜色満面で、わたくしのことを舐《な》め回すように見ていたのがとても気持ち悪かった。

フォルトゥナ公爵と、髭伯父様がすぐに追い払ってくださいましたが、あの目は何度見ても慣れない。むしろ、見るたびに怖さが増します。

わたくしの手には、陛下からいただいたものがある。そのことを、まだ誰にも言えないでいる。

まだ、自分が王族になったのを認めたくないからであり、自分が結婚しなくてはならないのを認めなくてはいけないから。

恩情でもあるサンディスライトを渡したのなら、その人はわたくしの我儘に一生付き合わせる羽目となってしまうのです。

候補がいないわけではない。自惚《うぬぼ》れでなければ……このような面倒な身の上であるわたくしに手を貸してくださる男性たちはいます。

陛下の恩情を無視するのは、無力なわたくしがそのまま食い荒らされるのを黙認するようなもの。

無知なわたくしにもわかる。わたくしに、少しでも味方を増やせればというご厚意。

それが、陛下の周囲に波風を立て、貴族同士の軋轢《あつれき》を生むと分かっていても、陛下はその苦渋を飲んでわたくしを選んでくださったのだ。


もともと、ラティッチェ公爵家からサンディス王家への移籍の話は再三あった。グレイルの死をきっかけに、さらに激しさを増した。そしてついに、打診という名の命令は来た。

慶事は来年まで持ち越さなければならないので、内密に籍だけ動かすことは了承していた。

ここで抵抗しても、ラティッチェに反意ありと見なされてしまう。現状、立場がまだ収まりの悪い状態のキシュタリアとラティーヌは、受け入れるしかないのだ。

一人でも、王家の瞳の王子か王女がいれば抵抗できた。

そして、改めて来た書状を見て鼻で笑う。

「アルベルティーナ・フォン・ラティッチェ・サンディス……ねぇ。二兎《にと》を追う者はって知らないんだろうね、これを決めた奴らは。露骨すぎだろう、強欲すぎだとは思わない？」

「しゃぶれるものは徹底的にしゃぶり尽くしたいのでしょう」

「まあ、予想はしていたよね」

「往生際が悪いですよね」

「はあ、問題はアルベルにどう説明しようかな。絶対、気に病むよな。ヤダヤダ、泣き顔だけは絶対見たくない」

ラティッチェとサンディス。二つ並んでいるのは、アルベルティーナがその家の人間であると示している。

アルベルティーナは王族でありながらラティッチェの継嗣としての立場を残している——つまり、アルベルティーナを使ってラティッチェに介入しようとしている。

今まで散々、力を振るってきたラティッチェを、少しでも引きずり落としたいのだろう。

「余裕ですね」

「そりゃそうだよ。解っていたことだ。僕からラティッチェを奪うより、アルベルティーナの夫としてラティッチェに介入する方が楽に決まっている。もともと、アルベルに子を複数産ませる気満々なんだろう。目が何色していようが、アルベルの子である以上は限りなく真っ当な血筋のラティッチェの子だ。相手が屑《くず》だろうが、アルベルの人気を考えればラティッチェ公爵家の使用人たちはその子供を無下にはできない。分家が外野で喚《わめ》くより、覿面《てきめん》に効果がある」

「そんなこといって、渡す気ないのでしょう？」

まあね、と肩をすくめるキシュタリアの顔に暗い影はない。

キシュタリアが公爵地位を望んでいる本当の理由を知る者は少ない。

美貌の貴公子であり稀代《きたい》の魔法使いとして嘱望されたキシュタリア・フォン・ラティッチェ。麗しい彼が絶対的な姉至上主義者だということは、あまり知られていない。

だが、彼に近しい人ほどいやだというほど知っている。

ジブリールも同類なので、しょっちゅう取り合いをしている。

「アルベルが嫌がることはしない。でも、正直アルベルの子なら、ラティッチェを継がせるのを許せる。クソ分家に使われるより、ずっと腹が立たない」

「はあ、呆《あき》れるくらいベタ惚れですね」

「今更。何なら、養子として別に引き取っていいしアルベルの子供なら絶対可愛い。僕だって養子だった。余所《よそ》者の僕と母様を、アルベルは大切にしてくれた。僕に至っては溺愛されている。まあ、一番公爵家を荒立てないには、アルベルと僕の子供であればベストだけど」

「それ、元老会が一番忌避している奴ですよ。全力阻止したがっていますし」

「僕とアルベルが結婚してしまえば、ましてや子供が王になったら誰も意見できなくなるからね。王家はサンディスではなくラティッチェになる。ぎりぎり、フォルトゥナが口を挟めるかなってところだよね」

「でしょうね。元老会は王配や王位継承権にまつわることに口出しし続けて、あの権力を作り上げた老害ですし。分家の由緒ある甘ったれたお坊ちゃま育ちたちとは違い、キシュタリア様は操縦しにくいでしょうしね。それどころか、元老会自体を大きく衰退させられる可能性があります……グレイル様にもだいぶ煮え湯を飲まされていたようですし」

「ならちゃんと王家の跡継ぎ管理しとけよ、ボケ老人どもが。なんでアルベルが糞爺《くそじじい》の尻拭いに身を削るような真似《まね》しなきゃならないんだ」

「ラウゼス陛下の前に乱交三昧の馬鹿王や殿下もいましたから、絶えないだろうと管理を怠ったツケですね」

それが回り回って、よりによってアルベルティーナに一点集中した。

最愛の父親と義弟や義母のためならと若い身空で修道院へ行くことすら辞さないほど家族思いの彼女にとって、これは地獄であろう。

キシュタリアにしてみれば障害がグレイルから王家や元老会に変わろうが、さして気にしない。今まで通りアルベルティーナを支えながらも口説き続ける所存である。

「で、アルベルの結婚に口出ししようと俄然《がぜん》張り切っているってとこか」

「でしょうね。すでに四大公爵家のアルマンダインとフリングスは婚約者候補の内定をしているそうです。あとは王家の分家筋から選出すると思われます。この辺は露骨に元老会の息がかかっていますよ。現時点、およそ二十名まで絞られているとのことです」

そういって差し出された一枚の紙。

そこには、名前、年齢、爵位と備考としてどこの派閥かが書いてある。

ジュリアスの手から受け取ると、キシュタリアは視線を通す。そして、鼻で笑った。

「へえ、僕のところには一切来てないなぁ。打診」

「アルベル様自体がラティッチェですから」

「笑えるくらい露骨だよね――だけど分家には行っているみたいなんだよねぇ、笑える」

魔王ジュニアと噂が立っているキシュタリアより、担ぎやすい盆暗をラティッチェの椅子に割り込ませることによって傀儡《かいらい》にしたいのだろう。

分家も、本家に成り代われるならと息巻いている。そこに伴う重責など考えておらず、求められる能力も足りていないと分かっていないおめでたい連中。

マクシミリアン侯爵家を筆頭に、未《いま》だにキシュタリアの傘下に加わろうとしないのはそれが理由だろう。一見従順ぶっていても、裏で何を考えているか分からないのもいる。

「……何故、私の執務室でその話をする」

頭上で軽口のように語られるぶち込み気味の会話に、とうとう口を挟むミカエリス。

そもそも、ここは王都に構えたドミトリアス伯爵家の別邸である。

「情報を分かち合おうかと。この不愉快さを」

「キシュタリア様の公爵継承の書類、未だに貴族院が承認しないんですよ。不備はないし、継承に問題ないはず。何故でしょうね。まるで、誰かが強引に押しとどめているようなんです。ねぇ？」

「誰がやってるか知ってるから、仲が悪いところにチクったけどね。さてと、あちらがどれだけ暴れてくれるか見ものだね」

性格が悪い。

アルベルティーナには、このキシュタリアを見せられない。

可愛くて優しい大切な弟と常日頃から溺愛し、信じているのにこのスレきった会話など聞かせられない。キシュタリアはとても優しいのよ、と自慢げなアルベルティーナの無垢《むく》な笑顔を思い出す。いろんなところが痛い。

　だが、現実目の前にいるキシュタリアは、自分よりいくつも上の大人たちを掌で操っている。悪びれることなく、罪悪感も欠片《かけら》もない。むしろ楽しそうだ。

　しかも、火種だけばら撒いて高みの見物するつもりだ。手を汚さずしてという奴である。

　グレイルも相当にアルベルティーナを溺愛していたが、キシュタリアも相当拗《こじ》らせている。

　ちなみに毒舌をぶちこむ従僕であり子爵のジュリアスは始終とてもいい笑顔である。

　こっちもこっちで色々と手を回していそうだ。

「……旗色は良くないと思うが？　仕方がないとはいえ、アルベルティーナを押さえられたのは痛い。本人の意向はともかく、彼女を取り巻く派閥はお前を排斥したがっている奴も少なくない」

「ただでやられてやるつもりはない。今後、功績作りには事欠かなそうだからね」

　キシュタリアに足りないのは実績だ。未だ子息である彼は、ラティッチェ内ならともかくサンディス王国という単位ではまだ貢献度は少ない。

「まあな」

　紙にペンを滑らせているミカエリスは、唸《うな》るように同意した。

　真紅の万年筆は、数日前にローズ商会から贈られてきたものだ。ジブリールは濃いピンクであった。揃いのデザインでドミトリアス家の家紋である交差した剣が刻まれている。

　光沢があり、どことなく鋭さの感じられるデザインは剣をイメージしているのだろう。赤といっても濃淡がありミカエリスは煌《きら》めく炎のようであり、ジブリールは薔薇《ばら》を連想させる美しいグラデーションだった。ペン先は白銀に輝き、よく磨き上げられていた。それがまた、よくできておりシャープなラインはミニチュアの剣を思わせる。

「どうするつもりだ？」

「どうもこうも、後は実力で黙らせるよ」

「――戦場で？」

「もちろん……そっちにも来ているだろう？」

頷くミカエリス。国境沿いの砦《とりで》や、噂からゴユラン国の動きがますますきな臭い。

まるで、開戦の準備をしているように色々と買い集めているそうだ。

情勢に敏感な商人たちは、慌ただしくその国から脱出していると聞く。恐らく、狙っているのはこの国だ。

サンディス王国最強の剣である、グレイル・フォン・ラティッチェの死。

それが、戦争という形になろうとしている。

まだ小競り合い程度だが、着実に緊迫したものへと変わりつつある。

「豊富な水と肥沃な土地。サンディスは、砂漠地帯の多いゴユランからしてみれば喉から手が出るほど欲しい物だろうね」

「奴隷産業国としても、大量の高品質商品がありますからね。サンディスは奴隷を禁じておりますので、奴隷が容認されている国から逃げ出した者たちが多く亡命してきています。食料、産業、人材という国の基本すら事欠いているゴユランは、すぐにでも新しく奪い取らねば国の存続すら危ういでしょう。あのような薬が流行《はや》ってしまった時点で、もうどうしようもないとは思いますが」

「はあ、呆れる……よくそれで、サンディスに戦争を仕掛ける気になったな」

「王家の魔法が攻撃魔法でないだけやりやすいのでしょう。ちょうどお誂《あつら》え向きに、最も大きな障害だった元帥閣下が亡くなったところですしね」

グレイルは幾度となくあった小競り合いを、その圧倒的な頭脳と魔力でねじ伏せてきた。

一騎当千以上の価値がある国防の担い手だ。

存在だけでも十分なほど、周囲を威圧していたのだ。

「この国はどうも甘ったるい貴族が多いからね。父様たちが先に叩《たた》き潰して、若者は実戦を知らない。徴兵されたことのない連中ばかりだ。かといって、積極的に討伐遠征に加わるわけではない。ミカエリスや僕みたいに、家が騎士であり軍と関わり合いの深いところなら心得や覚悟はある。というより、僕らみたいにダンジョンに置き去りにされたり、スタンピードの収まりきらない場所に投げ捨てられたりするなんてそうそう体験してないだろう」

思い出して、三人は遠い目になる。

それは、幼い頃からのグレイルのしごきが原因としてある。

アルベルティーナがいない状況で、珍しくグレイルから近付いてきたら危険だ。

気まぐれに試験が行われる。もはやあれは死験だ。魔封じを付けられ、現地で武器を調達してこいと叩き出されたこともある。

三人の身分を超えた友情は、幾度となく修羅場と死線を潜り抜けたグレイル被害者の会だからだ。

何かあったらどうすると言いたいが、何かあってもその程度なのだろう。グレイルの中では。

ちなみに、その間にグレイルは愛娘《まなむすめ》を堪能している。

血反吐《ちへど》を吐く思いで泥水を啜《すす》り、傷だらけで這《は》いずり回っているキシュタリアたちを知っていて自分だけが楽しんでいるのだ。

むしろ嫌がらせと訓練を兼ねながらも可愛い娘に近づく羽虫を追い払えて、一石二鳥にも三鳥にもできると思っていそうだった。

なにせ、どうにか戻ってきたら大抵つまらなそうな顔をしていたのだから。

「第五師団もそうだけど、国中枢軍ですらお飾り以下枠ができているくらいだ。フォルトゥナ公爵がかなり厳しく律しても、名を変え姿を変えてのらりくらりと居座り続けている。処罰しようにも、そういうのに限ってやたら大層なご身分の連中ばかり。父様がいない今、国軍の指揮や戦力の低下は否めない。その状況で、僕を手放せる？　僕は自分が人間兵器並みの能力を持っているって解っている。王宮魔術師にだって負けはしない。アイツらだって、僕の実力は謁見の間で見ているはずだ。それを放っておいて、自分が前線に出なくてはいけないリスクを取りたがるとは思えない。無理だね。僕に軍を牽《ひ》かせるためにも、ある程度の肩書がついた大きな力を持たさざるを得ない」

そうでなければ、貴族として己や自分の子供たちを差し出さなければいけない。

王都で有閑貴族をしている連中が、血と土埃《つちぼこり》が飛び散る場所で功績を上げるなんてできやしないし、できるだけ理由を付けて逃げたがるだろう。

笑いながら饒舌《じょうぜつ》に語るキシュタリア。

嫣然《えんぜん》と咲き誇る笑みは蠱惑《こわく》的でありながら妖しい。歌い上げるように朗々と響く声は甘さと冷酷さを併せ持ち、それだけで酩酊《めいてい》してしまいそうだ。

慣れない人間が見れば、まるで魅了されたようにキシュタリアに跪《ひざまず》いてしまいそうな存在感と凄絶な雰囲気に飲まれるだろう。

「アイツらは無能な以上、僕に諂《へつら》うしかないんだよ。戦場では貴賤《きせん》なく死は平等だ。力ない者から死んでいく。指揮官でも何でも、最後には強いのが勝つんだ」

個人戦ならともかく、集団戦であればキシュタリアのほうが強い。

彼の本領は、広範囲そして高威力の大魔法だ。まさに、戦場向きの能力である。しかも、四属性使えるのは敵からすれば非常に厄介だ。

大規模な戦闘やスタンピードの対応の時、キシュタリアは「新しい魔法の試し撃ちしていい？」といってバカスカ放ったのを何度も見ている。魔王の教育はこんなところまで行き届いている。

地形が変わっても、変えた本人は「ただ更地になっただけじゃん」と首を傾げていた。

上に人外魔境がいると、普通の定義がブレるのを理解した。

「キシュタリア様、ご機嫌麗しくあるのは大変結構ですが……アルベルお嬢様にちゃんと説明なさってくださいね？　あのポンコツ、他所から入れ知恵されたらまた変に暴走しかねませんよ」

「解っているよ。アルベルのことだし、ラティッチェの家名が残ってることを単純に喜んでそうだしな……無駄に凹《へこ》ませたくないし僕から言う。フォルトゥナ側にもそれはもう言ってある。あっちも、僕をどう扱えばアルベルからの心証が良くなるか理解しているようだしね」

「あまり虐《いじ》めすぎるなよ？　アルベルの後見をしている家だし、フォルトゥナ公爵家は歴史も実力も本物だ」

「心得ているよ」

幼《おさな》馴《な》染《じみ》の言葉に、手を振ってこたえるキシュタリア。

軽口のような対応だが、ミカエリスがキシュタリアを心配していることは解っている。

同時にキシュタリアを信頼しているからこそ、必要以上に手を貸さないのだ。


王妃殿下二人から、手紙が来た。

サンディス王国には正妃メザーリン殿下と側妃オフィール殿下がいらっしゃいます。

たった二人のお妃様たちは、二人でラウゼス陛下を支え合おうと手に手を取り合うのではなく、日夜問わない女の争いを宮殿を巻き込んでやっているらしいのです。

これは結界魔法が使えなくなってしまって、できる範囲でと結界チャレンジした時に得た情報です。

お二人に同じ年齢の王子がいるのも、また苛烈さを増す原因ではあると思います。

そして、このお手紙はその王子たちを売り込むためのものでしょう。

一か月待っただけ、まだ良心的なのかしら。プライベートの小さな御呼ばれならば喪中でも行けるらしいのですが、なんというか……お手紙が随分華やかな気がするのです。

封筒と便箋は揃いのものです。色鮮やかな花びらと金粉を練り込んだ紙には、香が焚《た》き染《し》められているのか甘い匂いがします。

開いた瞬間ふわりと香るものではなく、封筒の状態で香ってきます。ちょっと強いですわ。わたくし、ここまで強い香りは苦手なのですわ……これが王宮のお作法なのかしら？

そもそも、そういったお話はセバスやジュリアスが予定と範囲をもとに相手の家柄と格式を込みで、グレードや規模を確認しているものです。

多分……その、キシュタリアは夜会にもお茶会にも行くのですが、わたくしはヒキニートでしたので、そういったものにあまり明るくないのです。

特に、死亡フラグと破滅フラグが満載の王家主催のものは断固拒否しておりました。

もし、ルーカス殿下やメザーリン妃殿下が関わるものに出たら、間違いなくレオルド殿下とオフィール妃殿下の催しにも出なくてはならないでしょう。

そうでないと、わたくしがどっち派かと勝手に周りに判断されて、肯定されてしまう。

困ったわ。どうしましょう。はっきり言って行きたくないわ。

もう考えるだけでもストレスマッハで気持ち悪いですわ。頭痛すらする気がする。麗らかな陽気すら鬱陶しく感じてしまいそう。

「お嬢様……いえ、失礼いたしました、アルベルティーナ殿下。お顔色が悪くございます。まだ喪中ですので、お茶会はすべてお断りしてよろしいかと」

「ベラ、いいのですか？　その……王族の義務などは……」

「陛下より一刻も早い心身の快気をと仰せつかっております。御身を大切にしていただくことを優先するようにと、予《かね》てからお達しがあります。……そのお手紙は王妃殿下たちから、御自分の離宮へとのお誘いですね？」

「ええ、そうですわ」

「殿下、だとしたら赴いてはなりません」

「何故？」

「恐らく、そこで妃殿下たちはアルベルティーナ殿下との序列をはっきりさせたいのです」

「陛下の伴侶である妃殿下たちと、養子のわたくしとで王族でも立ち位置が違いますわ。それに、その、わたくしは王太女としての命を受けておりますわ……」

「ですからです。妃殿下たちは『アルベルティーナ殿下に喪を押して離宮に挨拶に来させた』という形をとらせたいのです。少しでも、御自分の立場を優位にしたいのでしょう。王族として先輩なのだからという形でマウントを取りたいのですよ」

「ひぅぇ……」

もう駆け引きが始まっているということですか？

思わず情けない声が出ます。震えてしまいそうなわたくしを、ベラが痛ましげに、ですがしっかりと目を捉えるように言います。

「お二人とも男児の殿下がいらっしゃいます。それを足掛かりに接点を持たせ、何とかして選ばせたいのでしょう」

「アルマンダイン公爵令嬢と、フリングス公爵令嬢は？　確かお二人ともまだご婚約中ですわ」

「義兄弟は婚姻可能です。特にメザーリン妃殿下は必死ですよ。学園での失敗でルーカス殿下の王位継承権は大きく下がりました。もはや挽回《ばんかい》するチャンスは姫殿下からの寵愛《ちょうあい》をいただいて、王配に引き立てていただくことのみ。もし子が一人でもできれば、それが王家の瞳でなくとも王族として扱われますので。場合によっては、ラティッチェに婿入りも十分可能です。大公もあり得ますし、最低でも高位貴族として盤石な地位は約束されるでしょうから……」

　必死すぎて笑えない。

　絶句するわたくしに、ベラは頷いた。冗談ではなくわたくしは狙われているのです。

「王家の一員として便宜を図って差し上げるといった形で親切にはしてくださるでしょう。ですが、その見返りは姫殿下自身を求められる可能性があります。それでも、行きたいですか？」

　フルフルと首を横に振った。

　そんな魔窟には行きたかないでござる。手助け or 結婚とか悪夢ですわ……。

　王族の話が出る前から、わたくしの血は厄介だと感じていましたわ。

　もし、夫となった人が……キシュタリアを引きずり下ろしてラティッチェから追い出そうとするならば、堕胎薬でも飲んで阻止してやる。絶対に権力を与えてなるものですか。そして復讐《ふくしゅう》しますわ。

　人道に悖《もと》るとは分かっていますが、そのような人間と手を取り合える気はしません。

　絶対に嫌ですわ。王家より、わたくしはラティッチェ公爵家のほうが大事ですの。

　結局、お茶会のお誘いは丁重にお断りしました。

　一応、初回であるから、こういった話がもう舞い込み始めているという意味を込めて、ベラとアンナはあの手紙を持ってきてくださったのです。

宮中での戦い方を知らないわたくしに、少しでも教えるために。

元々断っていいもので、断る予定だったのです。ですが、判りやすい形で一つ一つ説明することによって、少しでも身を守れるようにという配慮を感じます。

ですが、一難去ってまた一難。

わたくしを自分の宮に来させられないのなら、王族用の別の離宮に招こうとしてきました。しかし、それも同じ理由で断りました。すると、ついにはヴァユの離宮に来たいとご連絡があったのです。

「……これは、いいのかしら？　その、ご挨拶だけでもした方が良いでしょうか？」

「そうですね、こちらであれば……あちらも大きく出ないかと。王妃である方々で、女性たちのトップにいらっしゃる方です。これ以上、撒くことは後にこちらの不利になるかもしれません」

「お姉様、ご安心なさって。わたくしもフォローしますわ。フォルトゥナ伯爵夫人も来てくださるそうですし、全力でお守りいたします」

「ありがとう、ジブリール。心強いわ……その、どうもラウゼス陛下以外の王族の方は恐ろしくて。妃殿下たちは……なんというか、お顔は笑っているのですが、目が恐ろしいのです」

「悪くない勘です。女狐《めぎつね》と女豹《めひょう》ですからね。ルーカス殿下もレオルド殿下もお二人ともラウゼス陛下というより、お妃様方に似ていますしね。外見が似ているせいで、余計そう感じるのかもしれませんが……どうして、あのお優しい陛下の御心を受け継がなかったのかしら？」

切れがあるジブリールは今日も絶好調のようです。その姿に少しだけ安心して、笑みを浮かべる。

「ふふ、わたくしの可愛いジブリール。あまり良くない言葉は使ってはダメよ？　貴女は笑っているのが一番素敵よ」

「はい、お姉様！」

はうう、ジブリールの向日葵《ひまわり》のような明るさと薔薇も霞《かす》みそうな鮮やかな笑みに昇天してしまいそうですわ。

可愛い、ジブリールがすごく可愛い。可愛いはジブリール……語彙が溶けてしまいそう。

ぎゅう、と隣に座っていたジブリールを抱きしめる。華奢《きゃしゃ》でいい匂いで凄くきゅんきゅんしてしまいます。癒《いや》されますわ。

ここ最近、気疲れするようなことばかりだったから余計に。

アンナはいつものことなので流していますが、ベラは呆気《あっけ》にとられているみたいです。

「はあ、これからはお姉様をお姉様とお呼びすることも憚《はばか》られるのですね。悲しゅうございますわ」

「わたくしも悲しいわ。でも、ヴァユの離宮やラティッチェ邸でプライベートな場所ならいいのよ？　わたくしはジブリールを大好きなのだから」

「嬉しい！　では、内々の場所ではお言葉に甘えて、このまま呼ばせていただきますわ！」

「ええ、もちろんよ」

あんまりにも悲しいことを言わないで欲しい。可愛い妹分からすら姉呼びがなくなるなんて！

王太女の立場になり、公私はつけないとは分かっています。というより『私』の時間ばかりが多かったわたくしは逆にならなくてはならないと言っていいのでしょう。

「そういえば、ジブリール。貴女はいつの間にフォルトゥナ伯爵夫人とお知り合いに？」

「ふふ、これでも顔は広いのですわ。夫人もお姉様に会いたいとこぼしていましたし、きっと力になってくれますわ！　……できればラティーヌ様もお呼びしたかったのですが、少々お忙しそうですので。あと、どうも誰かが公爵家からの手紙を一部握りつぶしているようですわ。ラティーヌ様なんて、手紙ばかりでしたから特にそう。今度、お持ちいたしますわ」

「え!?　……酷いわ、誰がそんなことを」

「お姉様の御心を、ラティッチェから離したい愚か者の仕業でしょう。すでにセバスさんやジュリアスを通して働きかけてはいるはずですわ……全く、嘆かわしいわ」

一応、念のため検閲は入るそうですわ。

キシュタリアやラティお義母《かあ》様のお手紙に変な事があるはずもありませんのに！

「お姉様は心配せず、どうかお体と御心を御休めくださいまし。あの三馬鹿、ここにきて役立たずだったら、本当にあいつらを締め上げて差し上げますわ！！！」

ぐっと握りこぶしが勇ましいジブリール。頼りになって可愛らしいのですが……。

三馬鹿ってまさかキシュタリアとミカエリスとジュリアス……？？？

何故こうもジブリールは時折辛辣なのでしょう。

クリフトフ伯父様――フォルトゥナ伯爵の奥様はとても可愛らしい方でした。

チャキチャキとよく動く、小柄でちょっとぽっちゃりめの御婦人です。

胡桃《くるみ》色の髪と、生き生きとした瞳はブラックベリーのような深色です。光の当たる角度によって赤みや青みを帯びるのですが、一見すると黒ですわね。ふっくらとした頬は、ほんの少し笑い皺があって夫人の豊かな表情を物語っているようです。

豊麗な身にまとうエンパイアドレスは濃いグレーに銀糸の刺繍《ししゅう》が入っています。一見すると地味に見えるかもしれません。ですがよく見ると非常に繊細な模様が描かれていていてとても上品です。

にこにこと人好きのする笑みで、ちょっとした仕草がチャーミングなおば様でした。

「まぁまぁまぁ！　本当にクリスちゃんそっくりで可愛いのね！　あらあらあら～」

わたくしを見るとぱっと瞳を輝かせて、御付きのメイドたちを置いて駆け寄ってきます。

そしてしげしげとわたくしを見る目は悪戯っぽく、でも子供のように輝いています。フォルトゥナから来たメイドたちは「奥様！　奥様、落ち着いてぇええ！」と声を抑えて必死に止めています。

ベラは満足げに頷いていています。同類という言葉が頭をよぎったような。気のせいですわね！

「お義父《とう》様とクリフがデレデレしているはずだわぁ！　あの二人、昔からシスお義母様とクリスちゃんを溺愛していたんだもの～。構いすぎないように何発かどついておいて正解だわぁ～」

クリフ伯父様は確かに甘っちょろい気配を感じますが、熊公爵には一切感じませんわ……相変わらず睨《にら》みがきついですわ。

その、たまになにか物言いたげな気配は感じますが……溺愛？　まさか。

しかし、このお優しそうなおばさまがあの二人をどつく？　それこそさらにまさかですわ。

「あら、ごめんなさいね。ついつい暴走しちゃったわ……ご拝謁を賜りますこと、誠に嬉しく存じます。改めまして、初めましてアルベルティーナ王太女殿下。フォルトゥナ伯爵が妻、パトリシア・

フォン・フォルトゥナでございます。お父様であらせられるラティッチェ公爵……誠にご愁傷さまでございますわ。あの方は非常に素晴らしい方でした。貴族として、政治家として、軍人として、父として。最後まで貴女を守り通したのです。今はまだお辛《つら》いと存じておりますが、どうかお父様の思いをお忘れにならないでくださいね」

　優雅なカーテシーと、柔らかくも凛《りん》とした滑らかな口上。

　先ほどまで気さくなおば様だったのが、一瞬にして伯爵夫人として、貴族の一女性として塗り替わりました。

「いえ、お気遣い痛み入りますわ。アルベルティーナ・フォン・ラティッチェ……サンディスでございます」

　どうしても、最後の王家を示す家名には違和感しか残らない。

　何とかカーテシーを返すものの、その名を出さなくてはいけない時には、胸に鉛玉でも溜《た》まるような気分になります。

「無理をなさらないで。少しずつ、少しずつ慣れていってちょうだいな」

「は、はい……あの、伺ってもよろしいでしょうか？」

「ええ、どうぞ。なにかしら？」

「フォルトゥナ伯爵夫人は、クリスお母様のことをご存じですの？」

「よければ、パトリシア伯母様と呼んで？　トリシャおばちゃまでもいいのよ？　夫のクリフトフとの仲も、クリスと知り合ってからなのよ。まさかあの時、辺境伯の家とはいえ、特に器量よしというわけでもなく大して美人でもない私にこんな良縁が来るなんてね」

「では、その、パトリシア伯母様はもともと婚約者ではないのですか？　貴族の多くは幼い頃から婚約者を定めると聞きます。高位貴族ほど、家同士での取り決めがあると聞きますが」

「そうよー、いたわよぉ。私にもいたわ。金で爵位を買った子爵家のドラ息子が！　うふふーっ、そしたらそのバカ子息がよりにもよって親友のクリスちゃんに手を出そうとしたから、思いっきり花瓶で殴ってやったの！　クリスちゃんは読書友達でね。女性には当時はあまり流行ってない冒険譚にド嵌《はま》りしていて、よくお泊まりして語り合ったわー」

　意外と過激だ⁉

　ほんのりと上気した丸いほっぺたに手を当てて、ニコニコするパトリシア伯母様の発言に、わたくしは目を真ん丸にして白黒させてしまう。

「貴族の令嬢が、爵位が下とはいえ婚約者を殴ったなんてそりゃもう顰蹙《ひんしゅく》モノよ。あの子爵家、当主様は立派な方でねぇ、なんであんな息子ができたか分からないほどやり手の商人でしたのよ。人情深くて、でもとても資産家でねえ。殴った瞬間青ざめたのは今でも覚えているわ。お父様もお母様も、もうカンカンに怒ってしまって、婚約も流れてしまったわぁ。悪いのは浮気したあっちなのだけれど、当時戦争で流れてきた流民や賊が多くて、領地が荒れてしまっていてね。うちもあまり裕福じゃなかったから、融資と引き換えの婚約だったのよ。当てがなくなって、真っ青。修道院に入れられるのかしらと思ったら、フォルトゥナ公爵家から御呼ばれがあってね、そこでクリフがね、見事なダリア園の見えるバルコニーで『結婚して欲しい』といきなり膝をついて一輪の真っ白なダリアを差し出してきたの」

早くない!?　展開が早すぎではなくて!?

「あとで聞いたら、もともとクリスちゃんから色々私のこと聞いていたみたい。でも、婚約者がいたでしょう？　あまり評判の良くない人だったけど、クリスちゃんに強引に迫ったことであっちはフォルトゥナ公爵家にコテンパンにされたそうなのー。ずっと前からクリスちゃんの信望者で、付き纏《まと》っていたみたい。どうりで婚約者ほってどっかにほっつき歩くはずだわ。その癖、クリスちゃんと話していると割り込むし、私の屋敷に急に来たりして。必死に牽制《けんせい》はしていたけど、馬鹿はダメね。子爵子息風情を公爵令嬢がまともに相手にしてくれる理由も解らなかったみたいよ。わたくしとの縁の切れ目が決定打だったみたい。本当、びっくりしたわぁ。婚約の申し込み吹っ飛ばしてプロポーズですもの～」

「クリフ伯父様、意外と情熱的な方なのですね……」

「違う違う！　すっごいシスコンなの！　選んだ理由っていうのもクリスちゃんと仲良くできて、体を張ってクリスちゃんを守ったってところに感動したのよー。あの人！　婚約中も結婚後もしょっちゅうクリスちゃんを取り合ってたわぁ」

「あの、クリフ伯父様に婚約者はいらっしゃらなかったのでしょうか？」

「いたけどシスコンすぎるクリフにドン引きしていて、常々婚約破棄の機会を虎視《こし》眈々《たんたん》と狙い続けていたの。気づいたら全力で外堀埋められたわ～。彼以外とは結婚はあり得ないってくらいに……。曰《いわ》く、他所から見ている分にはいいけど、傍《そば》にいたらストレス多くて無理だそうよ。引き取ってくれてありがとうと、あの子爵家の代わりに融資を申し出てくださって、盛大にお祝いしてくださったわ」

何故でしょうか、公爵子息のクリフトフ伯父様の残念臭。

でも分かる気がします。わたくしに対する顔のユルユル具合からして、お母様に対してもそんな勢いだったのでしょう。

元婚約者さんのコメントが辛辣ですわ。高みの見物希望なのですわね。

そしてそんなロマンスかコメディか分からないような結婚の経緯を、パトリシア伯母様は「うふふ～」と朗らかに笑って話しています。

そのお顔はちっとも嫌そうではなくて、むしろ楽しそうなのです。

結婚を何だと思っているんだと怒っていいと思います。妹基準ですよ、あの髭様。

パトリシア伯母様は初対面ですが、とてもお話がしやすい。チャーミングでこんなに素敵な方ですのに。

「でもねぇ、前がすごいクズ男だったから全然平気だったわ。なんか部屋の周りをうろうろしていると思ったら真っ赤な顔して花束用意して待ってたり、ちょっと遠くの街の視察に行ったと思ったら王都で店でもやるの!?　ってレベルのお土産持ってきたりしてね。辺境伯であっても貧乏貴族でしたのよ？　四大公爵家の資産にびっくりして縮み上がったわ。これは私の手に負えないって、世界の違う方だとすら思ったわ。それなのにダメね、すっかり絆《ほだ》されちゃった。強引でもやっぱりまんざらでもなかったのよ、シスコンでもクリフは私に優しくしてくださったし、エスコートは完璧だったわ。やることとワンパターンなんだけど、本当に真面目に悩んで私のために贈り物を選んでくださっていると思うと、ね？」

「まあ」

からからと笑うパトリシア伯母様は、ふんわりとした雰囲気に似合わずなかなかに過激な人生を歩まれていたのですね。

しかし、あの髭伯父様が花を持ってプロポーズとは。

意外ですわね。貴族の慣例や風習に対しては堅物そうですのに。

「とても家族思いな人よ。貴族としての誇りも持ってらっしゃるから、目つきが悪くて余計に冷たい言動に見えてしまうけどね。ラティッチェ公爵や、公爵子息にわざわざ毎回嫌味を言いに行っていたけど、貴女やクリスちゃんが心配だったのよ」

「そう、ですか」

「うふふ、そんなに硬くならないで、我儘言って振り回しちゃいなさい？　大慌てになりながら尻尾振って喜ぶわよぉ。この前だって手紙を託《たく》されただけで、すっかり舞い上がっていたもの～。手元にあるものはガンガン使って慣らしておいた方がいいわ」

「ふぇ……？」

いいのでしょうか、奥様。貴女の旦那様をこんな小娘に扱《こ》き使わせて。

乙女のようにふわふわと微笑《ほほえ》んでいらっしゃいますが、髭伯父様を売り飛ばしてませんか？

「あ、ごめんなさい。ついつい馴《な》れ馴れしくなってしまったわ。殿下、申し訳ありませんわ」

「い、いえ……その、できれば私的にお会いする時は畏《かしこ》まらないでいただけた方が嬉しいです。そのパトリシア伯母様が嫌でなければ」

「まあ〜、カーワーイー！　伯母ちゃんもう張り切っちゃいそうだわ〜。これじゃあクリフのこと言えないわねえ！　うふふ〜」

伯母様、テンションが高いですわ。

やーん、といいながら紅潮した両頬に手を当てて身を捩《よじ》っています。

そして、私に手を伸ばしたかと思うとぎゅっぎゅっとその豊満なお胸に顔を押しつけます。オギャりそう……ハッ、わたくしにはラティお義母様がいるのに！！！

ダメですわ、驚きの包容力とママ力に屈しかけました。

ジブリールはずっとにこにこと笑っていました。

気配を完全に消さないでくださいまし！　ずっと圧倒されっぱなしでしたわ……。

あうあう……姉、姉の威厳が……オットセイかアシカのバブちゃんになりそうですわ。

始終笑顔と、所によりマシンガントークのパトリシア伯母様との楽しいお茶会はあっという間でした。

ジブリールはずーっとニコニコとその様子を微笑ましげに眺めていました。

姉　の　威　厳　が　!!

「姫殿下」

「なに、ベラ？」

「パトリシア様にはお気をつけください」

「え……？　何故？　とても優しい方に見えましたが」

「パトリシア様の元婚約者ですが。花瓶でぶん殴られただけではなく、そのままみぞおち、顔面、背骨に飛び膝蹴りを喰《く》らい、肋骨と鼻骨を骨折し、両肩を脱臼しております。そして、そのまま屋敷を闊歩《かっぽ》、庭園まで引きずり回され、庭でも数年間は水を入れ替えていないヘドロのような噴水に真冬の寒空の中、公衆の面前で突き落とされたそうです。そして、パトリシア様も水の中に入り、クリス様が追い付いて止めるまで、靴をなくすほど蹴っていたそうです。パトリシア様の祖先は騎馬民族で、かの辺境伯家は男女ともに武勇に優れています。一見朗らかに見えますが、一度怒ると手が付けられません。パトリシア様の別名は『フォルトゥナの狂犬』です。解き放つ時は、相手を殺すつもりで」

　ふわもこのポメちゃんみたいな伯母様は、まさかのケルベロスだったでござる。

　呆然としてしまいます。

　狂犬……？　あのにこにこのおばちゃまが？

　アンナがそっとわたくしの肩に手を置きます。

「ジブリール様と懇意になったきっかけも、とある貴族の求愛を決闘ではねのけた時です。その貴族男性は負けを認めず、ネチネチと言い訳をしていたそうです。それを一喝して黙らせたのがパトリシア伯爵夫人です。あの二人、見かけのタイプは違いますが、根っこは近いです。同類です」

　後日、毎度のごとくわたくしの顔を見に来たクリフ伯父様に「そんなことないですわよね？」と伺いましたが、クリフ伯父様はちょっと照れながら頷いていました。

　あ、クリフ伯父様は大好きな方には痘痕《あばた》も靨《えくぼ》になるタイプですのね。知っていましたわ。

そして、他にも伯母様の武勇伝を聞かせていただきました。にこにこと完全のろけモードでした。

その内容というのが、手作りクッキーがお上手であること。そして器具を使うのを面倒くさがって片手で胡桃を粉砕するとか。あの小柄な体で馬を華麗に乗りこなすとか、それが軍馬の中でも使い手が限られる魔馬であり、狩りをやらせたらフォルトゥナ公爵にも勝る腕前だとか。腕相撲をさせたら、並の男より全然強いとか。

数日後、クリフ伯父様はこってり絞られたご様子。しょんぼりとしながら怒られたと報告しに来ました。

大丈夫です。わたくしも大人です。ちゃんと胸にしまって封印しておきますわ。

後日カルマン女史にもフォルトゥナ伯爵夫人列伝をお伺いしました。

引き換えに、ヴァユの離宮の書庫から色々とカルマン女史の興味を引きそうな本を探しましたが。

学生時代は同学年だったので、知っているそうです。

あのふわふわにこにこで人畜無害そうなところが、悪い貴族たちの鬱憤の捌《は》け口に目を付けられやすいそうです。

酷い話もあったものですわ。

「いや、でもすごいのよ。トリシャは昔っから変わらないわよ。ニコニコしながら相手をコテンパンに叩きのめすことを常に頭の中で考えているような奴よ？　腕っぷしだけでなくメンタルが強いの。その分、裏表のないクリスティーナ様を随分可愛がっていたとお聞きしますわ」

「伯母様はすごい方ですのね……」

「それでコテンパンにした相手から弱みを搾り取るタイプですわ」

　敵に回したくないですわ！

「アルベルティーナ殿下のことは完全に可愛がりたい枠というか甘やかしたい枠でしょうから、概《おおむ》ね無害でしょうね。だから野に放つ時はお気をつけくださいね？」

　情報が多いですわ。

　とても情報が多いですわ。わたくしを敵視してらっしゃらないのはとてもありがたいですわ。

「でも結婚する時はかなり旦那を吟味するでしょうね。下手な男は諦めてください。これは確定です」

「……わたくしの結婚は王家が決めるのでは？」

「それを全力で阻止したいからフォルトゥナの狂犬が解き放たれたのだと思います。この手の根回しはフォルトゥナ公爵様よりトリシャのほうが得意ですので。トリシャが姫殿下を気に入ってしまったから、義務ではなく本気でやりますよ。恐らく、婚約者に収まっても全力で躾《しつけ》が待っているかと」


　おかしいですわね。

　わたくしは人見知りのはずです。

　人見知りですわよね？

　なんでかあっさりとフォルトゥナ伯爵夫人——義理の伯母様に当たるパトリシア様とは一度で仲良くなれましたわ。

パトリシア伯母様の意外な過去には少々驚きですが、伯母様はお父様やラティお義母様、キシュタリアのことを悪く言わない方ですもの。

いえ、悪くないことですわ！　一歩前進ですわ！　ポジティブに考えましょう。

悩んでいても解決しません……わたくしに残された時間は一年です。なるべく無駄のない時間を過ごさなくてはなりません。

なので、暇を見つけては結界魔法が使えるか確認しています。

「ねえ、姫様。どっかで結界使ってます？　なんか回復遅い気がするんですよねぇ」

お医者様の一人のヴァニア卿《きょう》が、玉虫のように輝く不思議な目をぐりんとこちらに向けて問います。

「結界は作っていませんわ」

嘘《うそ》ではありません。それができなくて相当焦っています。

空間把握まではできるのです。相変わらず情報過多にはふらっとしますわ。なので、寝る前など気絶してもいい状況で行います。

「体力の回復は順調って聞いていますよ。食事量が減っているので、そこは注意してくださーい」

ヴァニア卿って不思議ちゃん属性ですわよね。

ひょうきんとはちょっと違うと言いますか、一般とは推し量れないタイプです。

確か、ゲームではカイン・ドルイットのライバルキャラでもありました。ですが、ゲームのシナリオから大きく外れ、カインの立場は失墜しきって死亡した。

最初は怖かったのですが、彼はカインルート以外では悪役として出てこないのです。安牌《あんパイ》だと思われますわ。

ヴァニア卿は男性です。解っています。身長も結構あります。猫背ですので、判りにくいです。

なんというか基本わたくしの診察はするのですが、研究室に早く戻りたいオーラがすごいのです。だからか、あまり怖くないのですよね。

ですが、出されたお茶とお菓子はしっかり食べます。ケーキスタンドがあれば、八割が彼のお腹《なか》に収まります。痩せの大食い……ダイエットに励む世のレディの敵ですわね。

一応は王太女であるわたくしの前でも服を着崩し、平気でお菓子を貪り食べるその態度を見咎《みとが》めたベラに怒られているのを見ます。そのせいか、ベラのことは少し苦手みたい。

一度わたくしそっちのけで本を読んでいたことがありました。その時、アンナは紅茶をドンと置いたと思ったら、無言で角砂糖を全部ティーカップに流し入れました。そして、半ゲル状になった紅茶もどきを、無言で啜る？　舐《な》める？　まあ、とりあえずは口を付けるヴァニア卿は悪戯を怒られた子供のようでしたわ。

なにかを思い出します。

「ああ、ヴァニア卿はチャッピーに似ていますのね」

「ちゃっぴー？」

「わたくしの可愛いお友達ですわ。チャッピー？　いないかしら？」

声をかけてみると、にゅっとスカートの裾から出てきました。え？　あれ？　スカートの中にいた？　そんな気配なかったのに……それとも椅子の後ろにでも隠れていたのかしら？

わたくしを見上げながら、可愛らしく首を傾げています。

「ぴぎゃ？」

「うっわナニコレぇ！　妖精!?　精霊!?　いや、霊獣や幻獣かな？　これちょっと連れてってい
い!?」

「ぴやあああああああああっ！」

「チャッピーが嫌がっていますわ。おやめくださいまし」

お顔から掴《つか》み上げるヴァニア卿。チャッピーは悲鳴を上げて手足をばたつかせますが、そんな抵抗も何のそので、チャッピーをいじくり回し始めます。

虐待！　虐待ですわ！　ヴァニア卿をきっと睨みつけると、何故かわたくしの背後を確認してからぱっと手を離しました。

後ろはアンナやベラ、護衛くらいしかいなくてよ？

まったくもう！　チャッピーはぬいぐるみではなくてよ。乱暴はおやめくださいまし。

「ちぇーっ」

「ヴァニア卿、この子が何かわかりますの？　迷子のようなのだけれど」

「……見たところ成体や完全体に分類できる状態じゃないねぇ。属性も特殊か複合的なものだと思うよぉ。強すぎて、僕じゃわかんないねぇ。かなりの鑑定能力がある人ならわかる可能性はあるけど、この国でそういうの得意なのはラティッチェ公だしー。魔物？　龍種か？　いや、この質感はどっちかっていうと両生類や水棲《すいせい》哺乳類に近いかなー？　龍種は基本、鱗《うろこ》がはっきりしているからねぇ。こ

れファスナー？　どういう仕組み？　って、ハンカチ巻き込んでんじゃん。馬鹿じゃんこれ。開かなくなってる……え？　まさか有袋類？　うーん、合成獣にしちゃ、流れや形が整いすぎてるし……それなりに古いものに根差した存在だと思うよぉー。サンディスもそうだけど、城っていうのは建国の際やそれをきっかけに『大いなる存在』と契約したり、悪いものと戦ったり、対立して封印したり、倒したりした時、特別なものを生み出した場所になることが多いんだよぉ」

「それは所謂《いわゆる》、それぞれの国に伝わる魔法や魔道具、魔法具の類《たぐい》ですか？」

「そうそぅ、どでかいパワースポットの上に建国してぇ、お城置いている感じ？　万一使い手が弱っちくても、ある程度補助できるようにとか、その魔力の循環で魔法や道具を劣化させないためだねぇ。そーいう場所は力ある存在が良くも悪くも集まりやすいんだよぉ。でも、そーいうのって警戒心強いの多いし、好みが激しいから、あんまり人に顔出さないね。この子はすっごく馬鹿か、すっごく姫様が気に入っちゃったんじゃないかなぁ？」

　どっちでしょうか……確かにチャッピーは少々おっちょこちょいな子。
それにわたくしを気に入ってくださっているというか……おやつをくれる人を好きな気がします。

「この子以外には見たことありますか？」

「ルーカス殿下なんかは、魔法の練習中に一度だけ小さな炎の精霊を見たことあるって聞いたよぉ。あの人はねぇ、火炎系の魔法が得意だからねぇ」

「まあ、すごいですのね」

　ルーカス殿下、宮殿内での評価は散々ですけれど本来は優秀な方のはずなのですよね。

あくまで、わたくしが知っているゲーム設定ですが。今は貴賓牢《ろう》で真面目に反省していらっしゃるとお聞きします。

ですが、やってしまったこともありまだ公務には復帰されていません。

このまま、一年後に廃嫡、もしくは蟄居《ちっきょ》が濃厚だそうですわ。お父様がいたら処刑の可能性があったそうです。

「でもぉ、メザーリン妃殿下は結界魔法を使えないことには変わりないから、すっごい切れてたらしいよぉ。怖いよねぇ」

コメントしづらい！！！　ヴァニア卿はケタケタ笑っています……。

ちょいちょいお妃様方の強烈エピソードがあるのです。昔から二人の立太子争いは過激だとは知っていましたが……。

「そのあと、オフィール妃殿下も張り合っちゃって朝から晩までレオルド殿下に魔法の練習させて、使用人たちに精霊を探させたんだよぉ？　すごくない？　見栄のために山狩りする勢いで精霊捕まえてこーいって！」

「あ、あの。妖精や精霊って捕まえられるのですか？」

「高位術式を組めればできなくないけど、弱いのをとっ捕まえてしまったらその妖精や精霊は死ぬだけだねぇ。自分に合う環境から引きはがされて、知らない場所に連れていかれるってすごい消耗するからぁ。どっちかというと、見目のいいのを捕まえて観賞用に封印して瓶詰にするのが多いかな？

これってどの国でも共通の犯罪で、密猟になるから闇オークションとかですんごい金額で出てるよぉー。要は死体を保存している剥製かホルマリン漬けみたいなもんなんだけどねー。容器も、魔宝石の類や、それこそ聖水晶じゃないとすぐ劣化しちゃうから完全に一般向けじゃないですよぉ」

うわぁ。ファンタジー界の闇を見ましたわ。

いえ、確かに乙女ゲーム舞台でしたがキミコイの悪役令嬢は強烈ですし、死人も犯罪も奴隷もてんこ盛りでしたわ。主にアルベル関連。

「姫様、欲しーんですか？」

「嫌ですわ。いらないですわ。自然に自由に動いているところは見てみたいとは思いますが……」

チャッピーを抱きしめて首を横に振ります。チャッピーはわたくしにくっついて離れません。

死体を鑑賞する趣味はないでござる……。

「じゃあいいこと教えてあげよーかぁ？」

「いいこと？」

「サンディスの王宮や離宮の下には、古代遺跡が眠っているらしいですよぉ。そのせいか、運がいいか悪いか入り込んでしまった人間は二度と出られないって噂がありましてぇー。でもサンディス王家だけは入っても出られるし、なんならその遺跡を起動できるって伝説がありまーす」

脱出用の裏通路はアリの巣のように張り巡らされていますわね。もしかして、誰かがうっかり閉じ込められたのかしら？

もしやそれのこと？

事実か、何かしら機能がありそれがきっかけで妙な風に歪《ゆが》んだとか？

うーん、そういえば地下はあまり調べてませんわね……。

カルマン女史もそうでしたけど、やはり王宮の周辺って調べる価値ありですわね。

でも、わたくし一人で探索なんて無理ですわ……精々、避難路の確保が精一杯。

「気になる？　気になっちゃいます？」

「危ないことはしないってアンナやキシュタリアと約束していますの」

フルフルと首を横に振るとヴァニア卿は口を尖《とが》らせた。何を唆《そそのか》そうとしていますの。

なんだかこの方、本当に子供っぽい方ね。

「あ、そうそうこれ」

「なんですの？」

「大抵はなんとかなる解毒薬。魔法薬だから、蓋を外しちゃうと劣化が早いでーす。使い切るしかないよ。王妃様たちとお茶会するんですよねぇー？　ヤバいって思ったら使ってくださーい」

物騒。物凄く不安ですわ！！！

盛られるんですか？　何かを盛られるんですか？

ノリが軽い……。

始終チャッピーに対して下心たっぷりのいかがわしい視線が……何をするつもりですが！　うちの子に！　ダメですわ！

しっしと追い払わせていただきました。

そういえば、ハニーは来ませんでしたわね。お菓子の気配を察知すると、二匹揃ってくるのですが。

幕間　迎え撃つ準備

アルベルティーナは引き籠《こも》り令嬢だ。

社交に出たことがなく、お茶会に誘ったことがあるのは家族か幼馴染《おさななじみ》だけというごく狭い範囲。

そんなアルベルティーナがメザーリンを十分にもてなすのは難しいだろう。相手は腐っても王妃である。当然ながら、その役目はフォルトゥナ伯爵夫人——パトリシアが買って出た。

ヴァユの離宮は改修工事まっただ中で、すべての部屋が使えるわけではない。離宮の主人たるアルベルティーナが出入りするところは真っ先に直したが、それ以外は後回しになっている。

庭はアルベルティーナが散歩に出るため、真っ先に整えられた区画だ。

美しい花や緑は、悲しみに暮れるアルベルティーナの数少ない慰めの一つである。それもあって、

「天気の良い日なら、テラスや庭でやったほうがいいわね。茶菓子はローズブランドで固めましょう」

正直、王宮お抱えのパティシエよりよっぽど美味《おい》しい。アルベルティーナはかなりの美食家だし、慣れた味がいいだろう。

「パトリシア様。調度品はいかがいたしましょう？」

ベラが意見を仰ぐ。パトリシアは庭を一望したあと、うんと頷《うなず》いた。

「白にしましょう。真っ白ではなくて、オフホワイトやクリーム色がいいわね。柔らかくて、明るく

清潔なイメージがいいわ」

　どうせあのメザーリンことだ。頭からつま先まで盛大に飾り立ててくる。自分は尊いサンディスの王妃だと主張する、深い緑のドレスを着てくるはずだ。

　派手に盛装したメザーリンと、黒い喪服のアルベルティーナの姿が目に浮かぶ。

　白い調度品もあって、はっきりとした対比になるだろう。

（あの女には、そんな嫌味気づかないかもしれないし、気づいても気にしないでしょうけどね）

　王妃の立場に溺れたメザーリンは強欲で高慢ちきだ。エルメディアの問題行動に目が行きがちだが、彼女の性格も相当なもの。

　権力の亡者となったメザーリンは、アルベルティーナを食い物にする害虫。当然、パトリシアはそれを黙って見ているつもりはない。

　ベラにいくつか必要事項を伝えると、有能な彼女はすぐに理解した。

「では、そのように」

　ベラの頭には、ヴァユの離宮で埃《ほこり》を被《かぶ》っていた調度品が頭に入っている。次々と使えそうなものをリストアップしていた。

　ガンダルフやクリフトフがアルベルティーナへと喜んで買い集めた調度品もあるが、あれは愛らしすぎる。アルベルティーナと同年代の令嬢を招くにはいいが、王妃相手では少々子供っぽく軽薄に見られかねない。

「来客はメザーリン殿下一人の予定だけど、何があるかわからないわ。茶菓子は多めにね」

「かしこまりました」

是と頷くベラに、微笑《ほほえ》むパトリシア。

ベラの目には見えていた。ポメラニアンの皮を被ったケルベロスが、闘志をめらめらと燃やしている。敵を見つけたら、サーチ＆デストロイ。一度噛《か》みついたらスッポンより放さない。

予定はあくまでもメザーリンだけだが、先を越されたオフィールは快く思わないはずだ。理由をつけて席をねじ込んでくる可能性がある。

パトリシアはアルベルティーナを溺愛している。可愛《かわい》い義姪《ぎてつ》を守るためなら容赦はしないだろう。

少しでも揚げ足を取れる気配があれば、足首を噛みちぎらんばかりに襲い掛かる。

そんなパトリシアの空気に、周囲も緊張に張り詰めている。これは失敗できないミッションなのだ。

そんな時、ほっそりとした人影がやってきた。

「パトリシア伯母様、準備をお任せしてしまい申し訳ありません。わたくしにお手伝いできることはありますか？」

アルベルティーナである。喪服を纏っていても、優美さは変わらない。アンナの持つ日傘の下を、しずしずと歩いている。

その姿を認めた瞬間、パトリシアからはみ出ていたケルベロスが殺気とともに引っ込んだ。

あっという間に眦《まなじり》が下がり、テンションが上がったポメラニアンが顔を出す。

「あら、まあ。ありがとう。そうだわ。お菓子なんだけれど、おすすめはあるかしら？」

パトリシアは申し出に便乗して、アルベルティーナの好みを把握しようとしている。

アルベルティーナはそんなことも知らず、素直におすすめを伝えていた。

甘党なのかチョコレートの話をして表情がほころんでいる。それを聞くパトリシアはご機嫌だ。

アルベルティーナの目的は、手伝いの申し出だけでなくパトリシアからホストとしての姿勢を学びに来たようだ。

本来ならラティッチェ公爵夫人の役目だが、家督騒動が収まらず登城することすら難しい。

地獄の番犬が小型犬に擬態している姿を眺めながら、ベラは嵐の前の静けさを感じていた。

六章　お茶会バトル

お茶会はブリザードが吹いていました。

ダイヤモンドダストが綺麗《きれい》——実際は見えないのですが、それくらいギスギスしているのです。

最初は、序列に合わせて正妃であるメザーリン・オル・サンディス殿下をお呼びしました。

王妃殿下は二十人ほどの侍女と数名の従僕を連れてきました。あの、こちらにもメイドはいますからそんなには必要ないと思うのです。

淡い金の髪を結い上げ、白金にサンディスライトとダイヤモンドを花形にあしらったティアラと髪飾りです。同じ意匠とドロップカットのピアス二連ネックレスはデコルテを覆わんばかりの大きさで、陽に反射するたびに一層輝きます。

ドレスは深緑のプリンセスライン。大きく膨らんだパフスリーブの肩と袖口、スカートの裾には精緻な刺繍《ししゅう》が施され、露は真珠で花と蝶《ちょう》は色とりどりの宝石を使っています。

うん、眩《まぶ》しい。全体的に……すごくキラキラです。むしろギラギラです。

メザーリン妃殿下は子供を産んだとは思えないスタイルです。似合うのですが、白羽の扇から僅かに見える笑みが怖い。ラティお義母《かあ》様も子持ちとは思えない方ですが……お義母様の笑顔はもっとこちらも安心するような素敵な笑顔ですわ。

「ようこそおいでくださいましたわ、メザーリン王妃殿下。このような場所は不慣れですが、精一杯おもてなしをさせていただきますわ」

「ええ、もちろんこのパトリシアもお手伝いいたします。姫様もまだ喪中なのですから、王太女の御立場には徐々に慣れて行けばいいのですわ。無理はなさらないでこの伯母を頼ってくださいませ。あの事件からまだひと月ほどですもの！　メザーリン妃殿下からも何度もお手紙をいただいて、ご心配をおかけしましたわ。随分お待たせしてしまって申し訳ないですわ！　どうぞこちらへ！　ベラ、ご案内を！」

　口を開こうとしたメザーリン妃殿下ですが、その前ににこにことしたパトリシア伯母様が前に出て口を噤《つぐ》む。そして「ええ、お願いしますわ」と繕った。

　侍女長のベラが、いつもより三割増しくらいに近寄りがたいオーラでしずしずと案内を始める。

　すっとアンナが横に来ました。

「姫様、あれは『まだ一か月しか経《た》ってないのにネチネチ連絡しやがって糞《くそ》アマ。つーか目が覚めてそう経ってない相手に非常識だろう、こっちの状況と貴様の立場を弁《わきま》えろや。こちとら喪中だし王太女様だから、態度を改めるなら今のうちだ。フォルトゥナが黙ってねーぞ』……という先制パンチです」

　結論：女の戦い最初っからクライマックス。

　パトリシア伯母様は、わたくしを気遣ってかやはり暗い色のドレスです。枯葉色のドレスは、飾り気がないがとても上品です。

うーん、舞踏会よろしく宝石とドレスの完全武装のメザーリン妃殿下と並び立つと落差が激しいですわ。わたくしも今日は黒いドレスですの。喪中ですし。

「あらまあまあ、今日の妃殿下はまた随分と御付きが多いですのねえ」

「ええ、人手が足りないとお聞きしましたの。よろしければ、わたくしもお手伝いできればと思いまして。アルベルティーナ殿下は義娘《むすめ》といっていいのだから、助け合わなくてはなりませんわ」

「お気遣いありがとうございますわ。妃殿下のその御心、陛下やルーカス殿下もお喜びになるでしょう！　ですが、王太女殿下は静かな場所を好まれますし、慣れるまで人に緊張してしまうかもしれませんの。お優しい王妃殿下の御心だけありがたく頂戴いたしますわぁ！」

「メザーリン妃殿下のあれは『人脈ない小娘とはいえ義理の娘になるんだからいいだろう。ありがたく受け取っておけ』といったところでしょうね、パトリシア様は『余計なことすりゃ陛下にもチクるぞ、つーか先におたくの盆暗王子の面倒を見てろや。こっちの人事に口出しするなバーカバーカ』でしょうか？」

言葉のエッジが……っ！

先ほどから無表情なのですがアンナの言葉のエッジがかつてないほど鋭くありますわ！！！　氷の刃が毒を纏《まと》ってフルスウィングですわ！

「……できれば姫様にはこのような争いを目に入れていただきたくないのですが、敵の本性と戦い方を知るには多少言葉汚くなってでも必要かと、このアンナは浅慮させていただきました」

「ぴゃぁ……」

「フォルトゥナの公爵夫人であったシスティーナ様がお亡くなりになったあと、女主人としてフォルトゥナを取り仕切ったパトリシア様です。伯爵夫人とはいえ、メザーリン妃殿下も迂闊《うかつ》に扱えません」

「わ、わたくしはどうすれば？」

「先ほどの通り、とりあえず観戦してください。何も知らないふりをして、微笑《ほほえ》んでください。手を伸ばしたらあのアオイロウツボは噛《か》み付いてきますよ」

「うつぼしゃん……あおいうつぼさん……」

わたしの中の幼女が溢《あふ》れ出てきそうですわ。

何度か優雅で毒にまみれた応酬の末、口に閉じた扇を添えて黙り込んだのはメザーリン妃殿下でした。

ですが、次の瞬間には優雅な笑みを張り付けて切り替えておられます。

……本来なら、ジブリールも一緒のはずが「野暮用ができてしまいましたわ」とのことでした。

ただ、それにしてはすごく笑顔だったのです。なんというか、不自然なくらい。

温かい湯気すら凍り付くような上っ面だけが友好的なお茶会がスタートしましたわ。

わたくしは二歳児の幼女ちゃんです。自分は幼女ですと自己暗示を掛けながらお茶会に参加する。

いえ、ダメなのですが……二人の御婦人の空気がめっちゃくちゃ怖いのですわ!!

オホホ、ウフフと微笑とともに優美なオブラートで毒舌の嵐が吹き荒れます。

一見穏やかそうなのが一層寒気を感じるという。

時折、流れ弾のようにメザーリン妃殿下の毒蛇の微笑が飛んでくるので、ニコッと引きつった笑みを精一杯返します。

わたくしは幼女。何も知らない幼女たんになるのです。なりきるのです。

数分に一回蛇の笑みが飛んでくるのですが負けじと笑い返すたびにさっと逸《そ》らされます。

「アルベルティーナ殿下、パトリシア伯爵夫人……少々お耳に入れたいことが」

「まあ、なぁに？」

この微笑修羅場から逃げられるならなんでもいいですわ。

笑みを張り付けたまま、アンナのほうを向きます。アンナがそっと身を屈《かが》めて耳打ちする。

「えっ」

「まぁ、耳が早いこと」

思わず笑みが取れました。

アンナの耳打ちが聴こえたようで、メザーリン妃殿下と笑顔の応酬で優雅なぎしり合いをしていたパトリシア伯母様も振り向きます。

その時、誰かが制止を振り切って入ってくる気配がします。

いやーっ、さらなる修羅場!?

肉感的な体を包む若草色のドレスは流行《はや》りのマーメイドラインだが、肩と腕がむき出しのかなり前衛的なデザイン。スタイルや肌に自信がないとできません。陽の光に輝く白銀のかなり分厚い豪奢《ごうしゃ》な毛皮を纏い、胸元にドンと大きなダイヤモンド、そしてその周囲を真珠とサンディスライトがぎっしり囲って前掛けのようにみぞおちまで輝いております。ブローチなのか、胸当てといっていいのかわからないレベルですわ。

　メザーリン妃殿下に負けず劣らずに煌《きら》びやかな女性はオフィール妃殿下です。

　その後ろからビビッドでデラックスな人影が……あ、メザーリン妃殿下の顔が引きつりました。

「ご機嫌よう、楽しそうなお茶会をしてらっしゃるのね。わたくしたちも交ぜていただけると嬉《うれ》しいのですけれど、席は空いているかしら？」

「お母様！　こんな公爵家出身ごときの偽王女など、王太女として相応《ふさわ》しくありませんわ！　何故《なぜ》こんな女の宮殿へ来ているのですか⁉」

「なっ、オフィール……貴女は今日招待されていないはずよね？　不作法でなくて？　どうしてエルメディアを？　そしてエルメディア、王家の瞳を受け継いでいるのだからアルベルティーナ殿下は王族よ。そんなことを言ってはいけないわ。そもそもラティッチェ公爵家は――」

　王家の瞳、と聞いたところでエルメディア殿下がぶるぶると震え始めた。

　エルメディア殿下の御召し物は観賞用熱帯魚を思わせる真っ赤とオレンジのフリフリ重層厚めのドレスと大粒の桃色真珠のチェーンとサンディスライトの宝玉がついたネックレスです。

（い、以前より成長しておりますわ……っ）

　主に横幅が。

　エルメディア殿下はわたくしを見るなり、きっと眦を吊り上げた。

「なにが王家の瞳よ！　王太女殿下よー!?　そんなにその緑の目が重要なの!?　お父様の子供じゃないのに！　臣下の娘ごときが生意気よ!!」

大層お怒りになったエルメディア殿下は、子供のように両手を振り回しながらわたくしに突進してきました。

傍《そば》にあったティーセット入りのワゴンを吹き飛ばし、護衛の騎士を張り倒し、その重量級の体は予想外に機敏です。あっという間に肉薄します。

「アルベルちゃん！　危ない！」

叫ぶパトリシア伯母様、エルメディア殿下にカスタードパイを投げつけるアンナ、ワゴンごと吹き飛ばされるベラ。

凄《すさ》まじい音が響いたと思うと、わたくしはパトリシア伯母様の胸に守られるように芝生に座り込んでいた。

庭が良く見えるテラスでお茶会をしていたのでしたっけ？　吹っ飛ばされたのかしら……？

呆然《ぼうぜん》と見上げると、大破したテーブルと散らばったお皿やポット、カップ、ティースタンドや茶菓子の残骸。ケーキの上に転がってフーフーッと獣のように荒い息をしているのはエルメディア殿下。

そんな手負いの獣のようなエルメディア殿下を止めようと、メイドや護衛の兵や騎士たちが取り囲みますが、あっという間に蹴散らされます。

狼狽《ろうばい》して加減するしかない騎士と、我武者羅《がむしゃら》に暴走する巨体王女では違います。

わたくしのところに配属される騎士は女騎士が多いのです。男性恐怖症への配慮です。

真っ青になったメザーリン妃殿下と、エルメディア殿下を連れてきたオフィール妃殿下も血の気が引いている。

「う、うわあああ！」

王女らしからぬ雄たけびを上げながら、エルメディア殿下はクリームと果物まみれで立ち上がります。

あの前衛的なお化粧とクリームとジャムが溶け合ってすごいことになっています！

「いやーっ！　おばけーっ！」

騒動に駆け付けたメイドの誰かが悲鳴を上げて卒倒します。わたくしも気絶したかった！　控えめに申し上げてホラー！　猟奇的な仕上がりですわ！

涙を流しているのか、真っ黒なアイラインと真っ青なアイシャドウなどのアイメイクに色々混ざり合い最悪の最恐のコラボです。

迫りくるスイーツ肉弾頭に体が硬直します。エルメディア殿下はわたくしより年下だけど、非常に恰幅《かっぷく》の良い方です。そんな方に怒りのまま殴られたら、わたくしなど簡単に吹き飛びます。

「いい加減になさい！　この小娘が！！！」

小柄な体を捌いて、エルメディア様の頬を張り倒したのはパトリシア伯母様。

再び粉砕されたお菓子の中に突っ込んで転げるエルメディア殿下。

わたくし呆然、メイド唖然《あぜん》、騎士たちは青ざめています。ですが七割が肉弾頭で吹き飛ばされている有様。残り三割？　第二の肉盾になるために控えています。

「なんですか！　躾《しつ》けも礼儀もなっていない！　貴女は王族としての権利を主張する前に、自身の行動を顧みなさい！　今日お招きしたのはメザーリン妃殿下だけですわ！　お引き取りを！！！」

　小さい体から信じられない気迫が発せられます。

　パトリシア伯母様は、頬を押さえて呆然と見上げるエルメディア殿下を静かに、そして冷ややかに昂然《こうぜん》と見下ろします。

　ややあって正気に返ったエルメディア殿下は、顔を衣装に負けず劣らず真っ赤にして激昂します。

「あ、あたくしは王女よ！　それを叩《たた》くなんて……アンタなんて処刑してやる！」

「先に手を出したのはエルメディア殿下ですわ。そちらがその気なら、わたくしどもにも考えがあります。メザーリン妃殿下やオフィール妃殿下のお顔を立てるためにも内々にして差し上げようとは思いましたが……そこまでおっしゃるなら仕方ありません。王太女殿下への暴行及び殺人未遂を訴えさせていただきますわ」

　毅然《きぜん》と言い放つパトリシア伯母様に、真っ先に反応したのはメザーリン妃殿下です。

　血の気を失いすぎて土気色の顔をして、声を上げました。

「ま、待ちなさい、フォルトゥナ伯爵夫人！　何もそこまで……っ！」

「ことを荒立てたのはエルメディア殿下ですわ。ならば、我々フォルトゥナ、そしてラティッチェの方々に連絡して、今あったことを子細に報告いたしまして、沙汰を待つべきでしょう？」

　ぽかんとしたエルメディア殿下は、状況が分かっていないのでしょう。

　今まで誰かにぶたれたことがなく、こんなにも強気に言い返されたこともないのでしょう。

いえ、わたくしもアルベルティーナとして生きてからぶたれてことなんてないですわね。誘拐されたり、馬車から引きずり降ろされたりはしますが。

絶望したように真っ青になるメザーリン妃殿下と、がくがく震えて膝をつくオフィール妃殿下。

恐らく、オフィール妃殿下はエルメディア殿下をたきつけてこの場に来るのだけが目的で、エルメディア殿下がこんなにも暴走するとは思っていなかったようです。

以前とお変わりないのね、エルメディア殿下は。剣術大会の時と、何も変わってらっしゃらないようです。

きっとミカエリスの一件でわたくしのことを相当嫌っておいでのはず。公爵令嬢という、臣下の立場のはずのわたくしが王太女となったことで立場が逆転したのも気に食わないのでしょう……。

一応義妹に当たるのだけれど、仲良くなるのは難しそうですわね。

結局両妃殿下と、エルメディア殿下たちにはあのあとすぐにお帰りいただきました。

最後まで納得いかないエルメディア殿下を鬼の形相で睨《にら》んでいたメザーリン妃殿下。気まずげなオフィール妃殿下。そして、切れた笑顔で見送ったパトリシア伯爵夫人。

わたくしは突然の暴力沙汰に始終呆然としていました。

気がついた時には、少しひねったらしい手首に湿布が貼られていました。

そういえば、ベラや吹き飛ばされた騎士たちは大丈夫でしょうか。

アンナに怪我《けが》をしたメイドや騎士、兵士らに慰労金と怪我へのお薬や花を届けるように伝えました。

あのような悪夢の修羅場に巻き込んで申し訳ないのです。

仕事だとしても、可哀想《かわいそう》にも程があります。

彼らとしても、尊敬できない王族が護衛対象であり、忠誠をもって敬わなければならないのは大変でしょう。

翌日、顔をくしゃくしゃにしたジブリールがわたくしに頭を下げてきました。

「ごめんなさい、お姉様！」

「ジブリール？　まあ、どうしたの？」

「わたくしが甘かったですわ！　あの肉王女に礼節や常識などあるはずもなかったのに！　あわよくば二人纏めてもういっぺん失脚しろと仕掛けなければよかったですわ！」

「ジブリールが……？」

「エルメディア殿下が、お茶会を知って強引に席に着こうとしていたのを知りましたの。すでに動き出していると……。ですので、オフィール妃殿下に情報を流して介入させましたの。エルメディア殿下よりは権威があって頭が回る方なので、メイドたちも側妃とはいえ妃殿下を無下にはできないと踏んだのです。我儘《わがまま》お肉に振り回されて馬脚を露《あら》わせば……と浅はかなことを考えたばかりに！　まさか、あの肉王女があそこまで頭が悪いなんて!!　前と全く成長していないじゃないですの！　……ダメですわね、わたくしはまだまだ読みが甘いですわ」

うん、ジブリール。わたくしもエルメディア殿下があそこまで激情型だなんて思わなかったわ。

短絡的な方とは思っていましたが、あの錚々《そうそう》たる顔ぶれの中で暴れるなんて思いませんわよね……

挨拶なしに怒鳴り散らして暴れ回りましたのよ。

ジブリールが止めようが押そうが、あの人は暴れ回ったでしょう。

「大丈夫よ、ジブリール。テーブルは壊れてしまったけど……わたくしに怪我はないわ」

ジブリール、お姉様は妹分にそんな危ない仕事をして欲しくない。

ジブリールではなくともあそこまで暴走するだなんて思わなかったのでしょう。誰だって思いませんわ。そもそも、王族には思慮深さと判断力を求められるものではなくて？

かといってわたくしに足りているとは思いませんが……。

パトリシア伯母様は、この件をフォルトゥナ公爵家の人間として厳重に抗議すると息巻いていらっしゃいます。

妃殿下や王女殿下には言わないが、元老会には『貴様のところの王族教育どないなっとんねん』とカチコミだそうですわ。

でも、エルメディア殿下とオフィール妃殿下が抱き合わせ罪状セットになったおかげで、わたくしはしばらく相手をせずに済みますわよね。結果オーライ？

午後にはお帰りになるそうですので、それまでにはジブリールを慰めましょう。伯母様が帰ってきてくださったら、精一杯もてなして労《ねぎら》わせていただきますわ。

しかし二度目のお肉タックルはしばらく夢に出ました。

ホイップクリームデコレーションのドレスを纏ったエルメディア殿下がお菓子をまき散らしながらごろごろ迫ってくるのですわ。

なんで嫌なことこそ記憶に残るのでしょうか。

……お父様がお亡くなりになった時の夢も見ます。

それは謁見の間であったり、行けなかったお葬式でお父様の顔だけが何故か黒く塗りつぶされているものであったり――でもたまに、お父様とラティッチェ公爵家での楽しい夢もあるのです。

わたくしがよくうなされるのを見て、アンナが気づけば起こしてくれます。そして、目が覚めるとチャッピー、ハニー、そしてアンナが覗《のぞ》き込んでいます。

しっかりしなきゃいけないのに、上手《うま》くいかないのです。

ラティお義母様の手紙を鍵付きの宝石箱にしまう。

宝石より価値のあるものだから、誰にも見られたくないし、大事にとっておきたい。

その中にはジブリール、ミカエリス、キシュタリアの手紙もあります。ジュリアスはなかなかくれないのよね。

でも、時折ローズブランドの新製品が来るのはジュリアスが手を回しているからだと思います。

アンナにお願いして、わたくしの部屋の鍵の場所を伝えたのです。今まで公開できていなかったクッキーシューやエクレアのレシピや、流行らせようと思っていたドレスをはじめとする衣服や小物のデザイン帳が入っています。他にもこまごまと入っていますが、まあいいでしょう。

アンナは「ジュリアスにお嬢様の机に触れさせるなんて」と渋い顔をしていましたが、あれはローズブランド用ですもの。ジュリアスが持っているのが一番ですわ。

ラティお義母様の力になればいいのですが。

この世界は、男性優位社会です。基本的に当主や国主は男性が多いですわ。

女性蔑視ではないのですが、女性は守られるべきものと思っている男性が多いのも事実です。差別的なものをあまり感じないのは、乙女ゲームだから？　ただわたくしが世間知らずなだけかしら。

パトリシア伯母様もそうですけれど、その家の夫人は家宰や嫡男に負けず劣らず家を盛り立てております。女性同士の会話の中で様々な家の事情を読み取り、吟味しているのですわ。

ドレス一つ、宝飾品一つが勝負なのですわ。

なので、長年にわたり流行りを作り出し、それを纏い続けていたラティお義母様はご婦人たちからの支持も厚いです。

ラティお義母様を通して、新製品の融通や、流行を先取りできることは女性にとっては名誉です。

ジュリアスなら上手く使ってくれるはずです。わたくしなんかより、よっぽど。

それにしても……アンナとジュリアスって、長年わたくしやラティッチェ公爵家に仕えているからそれなりに浅からぬ仲だと思うのです。

たまに冷たい空気が吹きすさんではいますが、仕事仲間的な意味で戦友だとは思うのです。

「ねえ、アンナ。ジュリアスのことどう思っていますか？」

「仕事ができる人間の屑《くず》です」

ロマンスを求めていたわけではないのですが、ジュリアスの名が出た瞬間に能面を思わせる笑みに変わったアンナ。静かな圧を感じる拒絶が入りました。

それにしたって人間の屑って。酷《ひど》くありませんこと？

「アンナ、ジュリアスは確かに自分にも他人にも厳しい人よ。ちょっと意地悪なところもあるけれど、優しい人よ」

「お嬢様は騙《だま》されています！！！」

食い気味に否定されました。何故全力否定、かつそんな悲愴《ひそう》な顔なのですか。

わたくしが微熱を出した時並みですわ。アンナから見たジュリアスの人物像は、どうしてそんなに酷いのでしょうか。

「で、ではキシュタリアは？」

「敬愛すべき方です。優秀な方と思いますわ。難儀な方とも思いますが……是非ともあの外道が出しゃばらないように、あのままコントロールして欲しいです。キシュタリア様も、少々オイタが過ぎることもありますが」

「ではミカエリスは？」

「素晴らしいお方ですわ。あの年齢で伯爵家当主としても、騎士としても名を馳《は》せておりますもの。お人柄や家柄はもちろんのことですが、あの少々不器用でいて情熱的、そして真摯なところは女性にも好まれる美点かと。ジブリール様もおりますし、彼女であれば協力も得られるでしょう」

何故そんなに熱心なのかしら……？

何かしら、ちょっとずれているような？　でもキシュタリアもミカエリスも評価が高いですわね。

「姫様、ついに御婚約者をお考えなのでしょう？」

その言葉に、体が強張《こわば》る。

そうじゃないと内心思ったが、そうとも言えないと別の声が囁《ささや》く。

今のわたくしの状況から、複数の婚約者と夫が選ばれる可能性はけして少なくない。いえ、ほぼ確定といっていいでしょう。優先すべきは王家ですが、貴族の序列で最も高いラティッチェ公爵家を途絶えさせるわけにもいかないのです。

わたくしは平民になることも、修道院に行くことも許されない身です。

処刑覚悟の大罪を起こしても、貴賓牢に入るよりも離宮で謹慎でしょう。子供が産めなくなり、大病を患ったりすれば城を離れることもできるかもしれませんが……。

「姫様、私はアルベル様の御決断を尊重します。ですが、できればあの陰険眼鏡だけはおやめください。うっかり手が滑って毒殺したくなるほどあの男は根性が腐っています」

「どうしてそんなにジュリアスが嫌いなの……？」

「性悪なくせに、恐れ多くも天使のようなアルベル様に懸想するのが気に入りません」

とても優秀な人よ？　なんでそんなに嫌がるのかしら？

それにわたくし、天使と言われるほど優しくないのですが……自己評価と周りの評価が違いすぎますわ。

まさか……。

わたくしがはっとしてアンナを見た。するとアンナが顔色を真っ青にする。

「お嬢様、もし私があの男を好いているだの懸想しているだの慕っているだのという盛大な間違いに至っていたなら是非とも破棄してください。唾棄すべき妄想です。私にとってジュリアスは同僚ですが、それ以上に私の愛するお嬢様に近づく毒虫野郎なだけです」

「ぴゃぁ……っ」

思った以上に大否定されました。

アンナの鬼気迫る剣幕に、思わず悲鳴が漏れます。

アンナも必死なのでしょう。普段は姫様、公的な場であれば殿下と呼んでいるのですが、お嬢様呼びに戻っていますわ。

わたくしは、二度とこの話をしないように心に誓いました。

わたくしが婚約者に推せるほど信頼できる男性は先ほどの三名くらいでしょう。

未婚でいて、かつ婚約者のいない方ですわ。

ですが、わたくしの非常に厄介な身の上に巻き込むのは気が引けるのです。

何度も何度も考えたのですが、わたくしのために人生を棒に振ってくださいとお願いするのは非常に気が重い。断られたら、間違いなくわたくしは二度とその人には近づけないでしょう。

そもそも、現状好意を寄せられている……とは思うのですが、その気持ちを利用するようで心苦しいです。貴族には家同士の契約結婚が多いのですが、どうも前世の感覚のせいもあるのか馴染《なじ》みません。自覚が薄いのでしょうか。

それに三人のうち一人を選ぶにしても、それぞれに優秀です。

キシュタリアはラティッチェ公爵家を盤石にするためにも、そしてラティッチェの家の力はかなり強いです。発言力が貴族の中でも大きい。キシュタリアが当主として十全に動き、わたくしが気兼ねないという点では一番でしょう……今まで散々フォローをさせておいてなんですが。でも、王家や元老会はキシュタリアを迎えることには否定的でしょう――お父様がお亡くなりになり、衰退とはいかずともごたついて勢力が安定しなくなった。それにより、自分たちの力が増したのですから。

ですがラティッチェを揺るがせるのは危険です。キシュタリア以外当主はありません。

元老会は知りませんが、王家に貴族たちを統率できるとは思えない。お父様がラウゼス陛下に肯定的だったからこそ治世は安定したとわたくしは愚考しております。

ミカエリスであれば、キシュタリアの力になってくれます。そして、家柄、人柄も申し分ないです。王女が降嫁先として目を付けるくらい、伯爵家の中でもトップクラスの力を持っているのでしょう。

社交初心者は情勢に詳しくありませんが、ジブリールやパトリシア伯母様情報だと、上級貴族でも中の上から上の中あたりとのことです。評価の差異は実力で見るか、それとも若さと爵位によって判断するかによってだそうです。

伯爵家という点では少々公爵家より落ちますが、家柄は由緒あるものです。騎士、貴族層の二つに人脈もあります。

手堅さでいえば、ある意味一番はミカエリスかしら。

騎士としての家柄もあり恐らく軍部に一番影響力を持つでしょう。人徳もあり賛同者が多そうです。

ジュリアスは新興貴族、商人に特に顔が利きます。子爵という立場は、公爵や伯爵と比べれば少し心許《こころもと》ないですが、どこかのお家に養子に入れば問題ないでしょう。

彼のそつのなさなら、下手な家など傀儡《かいらい》にされそうですわ。ジュリアス自体も子爵当主であり、一代で地位と財力を築いた辣腕を轟《とどろ》かせています。ローズ商会も彼の手腕によるところが大きいです。

一番参謀向きですわ。小さな労力で最大の効果というのは一番得意そう。

とにかく彼は有能です。聡明というか姦計《かんけい》に長《た》けているというか、貴族の権謀術数はもちろん、あらゆる駆け引きに強いですわ。

ラウゼス陛下からいただいたサンディスライトは合計八つ。三人に配っても余りますが、予備としていくつか取っておきたいのです。あのサンディスライトは宝石としても魔石としても非常に良質。現在不調の結界魔法が使えるようになったら、アミュレットを作ってアンナやジブリールたちにも渡したいですわ。

ですが、先に誰かを選ぶか……それとも、選ばないべきか。

「困ったわね……どうしましょう」

こんな時、お父様なら一刀両断、快刀乱麻で物事を解決してくださいました。

そもそも、問題すら発生させる以前のことだったでしょう。

三人にお願いしますなどと厚顔無恥な要望を突きつけるなんてできません。

いくら血統がいい義姉とはいえキシュタリアも歓迎したくないでしょうし、恩人の娘とはいえミカエリスもいい気分ではないでしょう。ジュリアスなんて、そんなふしだらな女に育てた記憶がないとか睨まれそうですわ。一番きついのは露骨な嫌悪の視線、そうでなければ笑顔で拒絶されそうです。

わたくしは、結局怖いのです。

誰かを選び、誰かを捨て、自分の望みを押し付けた時——大切な、大好きな人が離れてしまうのが。

誰を選び、誰を捨てるか。

その選択が、わたくしの胸にのしかかる。

これはわたくしが決めなくてはならないこと。そして、結果がなんであろうと受け入れなくてはならないのです。

きっと、この決断はたくさんの人を巻き込む。相談したほうがいいかもしれないが、どうしてもその人の主観が入るでしょう。

アンナは恐らくキシュタリアを推すでしょうし、ジブリールはミカエリス、パトリシア伯母様は誰かフォルトゥナ家の方を押してくる可能性は大きいです。

そして、わたくしの様子から誰を選ぼうかと察されても困ります。

相談できる人がいないですわ。

痛い悩みを抱えながらも、別のことも考えます。

以前見つけた王宮にも離宮にも張り巡らされた、小さな通路。目に見えるものではなく、隠し通路というべき存在。これを使えば、内密に人を引き入れることも可能でしょう。

ですが、わたくしが判《わか》るのはあくまで簡単な見取り図程度。もしも罠《わな》や魔法陣が刻んであったら、危険ですわね。

なにか調べる方法はないかしら。

カルマン女史の歴史ロマンのお話や、ヴァニア卿の古代遺跡伝説から考えるに、この二つは全く無関係ではなさそうなのです。

真下だけにピンポイントに解析を掛けてみたら、なんか妙な空洞がいっぱい。通路かしら？　何度か紙に書き記したのですが、手書きではずれが生じます。素人のフリーハンドでは限度がある。

コピー機のように印刷できればいいのですが……この国にそんな技術はありません。

文明の割に確かに生活は豊かですが、これはファンタジーならではのチートアイテムの数々があってこそ。回復魔法とか、欠損とか治せるポーションとか。毒消しの草をかじるだけでパパっと解毒しちゃうのよ？

もちろんそういった品は非常に貴重です。ですが、実在しているのですわ。

蘇生に関しては特に難しくてかなり条件が限られています。蘇生魔法を試みた魔法使いはたくさんいましたが成しえていません。下位互換にもならない死霊魔法が生まれましたが忌術とされています。

やはりどの世界でもそのあたりは変わらないようですわ。

前世では血清とか、毒消しといっても効果が出るまで時間がかかりました。

それを考えると十分すごいのでしょう。

ダイナマイトがなくても、魔法で爆発を起こせます。個人の資質でどうにかなってしまいますのよ？

あ、ダメです。考えちゃダメな奴ですわ。

基本、本は手書きみたいなのです。魔導書なんかは特に厳しいですわ。材質はもちろん、書き手も魔法に精通していなくてはならないので、オールハンドメイド。

活版印刷は多分ないと思う……新聞はこの世界にあるのかしら？　近いものは開発されているのか

しら？　困った時のジュリアスがいないですわ。

あったとしても、一般的でないのかもしれない。お城は工業地帯とは大きく離れておりますし、あれやりたいこれやりたいと我儘を言いましたが、こちらの技術レベルをそもそも知らない……。

分からないモノ、ないモノを強請《ねだ》っても仕方ありません。

とりあえず、探す、調べる、確認する、ですわ。

基本的には信頼できる方々を周囲に置いているつもりですが、自分でも確認するのが大事ですわ。

この宮殿の本はだいぶ見ましたが、表現がふわっとしているというか曖昧に濁されているというか、不明な点が多くあります。

では、自分で調べましょうとなりました。

王妃殿下らの狼藉《ろうぜき》もあり、あまりアンナも良い顔をしませんでしたが了承をしてくれましたわ。

行き先が偏屈と知識の亡者くらいしか集まらないという『王宮図書館』だったのも理由の一つでしょう。一応は王女なので、かなり色々な場所を見に行けますわ！

カルマン女史も行きたいと立候補したので、あまり暴れないようにとベラが釘《くぎ》を刺していました。

本来なら欲しい本だけを指定して、持ってきてもらった方がいいとのことでしたが、それでは効率が悪すぎますわ。それに、読まれたくないモノを除外されてしまうかもしれない。

はあ、ラティッチェ公爵家より監視や護衛が多くて肩が凝りますわ。

ですが、忙しくしていれば心もまぎれます。あの圧《お》しつぶれそうな哀《かな》しみを意識せずに済むのです。

濃紺のシンプルなドレスを纏い、いざ出発——と思ったら、ベラが微妙な顔をしている。

「どうしましたの？」

「姫様、ドレスを新しく誂《あつら》えてはいかがでしょうか？」

「……必要ありまして？　わたくしはまだお父様の喪に服しておりますし、ラティッチェから運んだドレスやいただき物のドレスがありますわ」

「ですが、この宮殿にいらしてから一度も針子どころかデザイナーすらお声をかけていないと聞いております。姫様の好みを知っておくためにも、数着誂えさせてもいい頃合いかと」

必要性をあまり感じません。基本、わたくしの纏うものはローズ商会の『アンダー・ザ・ローズ』の商品のみ。

今あるドレスの傾向を見れば、なんとなくわかると思いますわ。欲しいと言わずともいつの間にか試作品が増えていくので気にしなかったのですわ。

そもそもドレスが増える理由っていうのが、お父様やラティお義母様の贈り物が多いのよね。

お誕生日とかも、お父様が厳しく規制していただろうし贈り物って、家族以外の人からの物って残らないことが多かった気がしますわ。

「その……姫様」

「なに、ベラ？」

「お嬢様は王太女として国から一定の金額をいただいております。その、あまりに使わないので少々不審がられております」

「……何故ですの？　わたくし、ほとんどこちらにいるのですし、茶会や夜会の参加や開催もまだできないはずですわ」

こぢんまりしたプライベートなものはともかく、王家のものとしての大きな催しは避けるべきかと思いますの。

ヒキニート令嬢からヒキニート王女にジョブチェンジしたにしても、着飾る気分にはなれませんわ。着飾ってそれを見せに行くのは、今までお父様、お義母様、キシュタリアといった家族をはじめアンナやジュリアス、セバスといった腹心の者たちだけでした。

そもそも喪中の人間が着飾るって意味がありますの？

「喪中でも、お買い物を好まれるご婦人は多いので」

オフィール妃殿下は、実父のミル・ドンス国王陛下が亡くなった時はひと月で予算を使い切ったそうです。

もはや買い物依存症では？

ちなみにミル・ドンスは我がサンディスの属国に当たる小国です。国の名は残っていますが、国王はいわば領主のような存在です。上下関係の優位性はサンディスにありますわ。

「……解《わか》りましたわ。考えておきましょう。あ、でもヴァユの離宮の修繕費などでは……」

「そちらは姫様の予算ではありません。そうでなくともフォルトゥナとラティッチェより、くれぐれも姫様に配慮をと金子を山のように積まれています。ほとんど国の懐も痛んでいない分、姫様の予算は上乗せが入っています」

「では、先日のエルメディア殿下の……」

「あれを弁償すべきなのは姫様ではなくエルメディア殿下か、彼女を呼び寄せる原因であり監督不行き届きである両妃殿下です。被害者は姫様なので、お詫《わ》びをいただく覚えはあっても姫様が負担されるべきものではありません」

「パトリシア伯母様や、怪我をした者たちへの……」

「パトリシア様は全くもって無傷なうえ、弱みを握れたと張り切っておられます。はち切れんばかりに心身ともにすこぶる元気です。お礼の品も何も、あの場を設けるように進言したのもパトリシア様です。そしてあの時の怪我人は姫様直々の指示をいただいておりますので、とっくに治療費や見舞いの品は手配済みです。みな、喜んでいましたよ。こういってはなんですが、そこまで使用人や護衛を気にかける方は少ないので」

何もないですわ？？？

というより、わたくし今まで何をしていましたっけ？

何をすればよろしいですの？　どうやってお金って消費するのですか？　あまり消費意欲がないのですが……。

「か、考えさせてくださいまし……」

「是非そうなさってください。浪費はよくありませんが、全く使わないのも貴族や民に示しが付きませんので」

ベラはしっかりと頷《うなず》いた。

あ、コレ誤魔化せない奴ですわ。きっとちゃんと使わないと、ベラの許せる額を使い切るまでちょこちょこ言われそうな気配が……。

色々考えた結果、貧困層にいる民たちの全寮制学校を作ることにしました。

貧困街にいる子供たちを引き取り、文字や数学を学ばせ、知恵と技術を付けさせて簡単な労働を対価に衣食住を保証するというものです。

仕事は清掃作業です。街中はもちろん、下水道なども含まれます。貧困街の清掃も含まれますわ。

ですが、子供でできることは限りがありますので大人でも希望者や見込みのある者たちは優先的に採用にすることにしました。一般な雇用としては不人気な職種ですので市民の反発も少ないはず。

特に貧困街の裏路地って犯罪の温床と聞きますし、不潔は病気の元ですわ。

戦災孤児やその子供たちが、ろくに生活基盤がないゆえに犯罪に走ることも少なくないのです。

最初は出費ばかりかもしれませんが、将来的に見れば人材は育成できますし、衣食住が安定すれば犯罪に走る人間も少なくなります。衛生的になれば、死人や病人も減ります。

中には働きたくても働けない、学びたくても学べない人たちもいるはずです。

やらない善より、やる偽善ですわ。

わたくしは、ラティッチェの名を持つ者としてお父様に恥じない人間でありたいのです。

お父様は実力主義の方でした。わたくしも、やる気や能力のある人間にはより広い間口をもって受け入れる体制を用意したいのですわ。

……別に、貴族が信用できないからもっと実力ある人たちにとって代われとか思っていませんわ。

貴族の中にはキシュタリアやミカエリスのようにきちんとした方もいます、王族の中にだってラウゼス陛下のような方もいるのですわ。

とりあえず、素案を作って誰かに相談したいと思います。

ラティッチェ領でもう少しシンプルにした、似たようなことをしていました。清掃活動で、子供や生活困窮者や立場の下層者にお仕事斡旋《あっせん》ですけどね。

うーん、こういうのって詳しいのはやはりジュリアス？　平民から貴族の仲間入りしたのですからこういったものに必要なものや、問題点も詳しそう。

キシュタリアに相談……ううん、忙しそうよね。まだ分家が抵抗していると聞きますわ。

仕方ないので、パトリシア伯母様……は現在別のところでハッスル中。

しょーがないので、髭《ひげ》伯父様で妥協しますわ。

一応、フォルトゥナ公爵家はわたくしの後見の立場です。あの熊公爵だけは絶対嫌ですわ。

ジュリアスを呼べるかと聞いた時に、アンナの眉の引きつり方——おやめなさい。わたくし余計なことは考えていませんわ。

「……ちょっとした事業を考えていますの。この手のことはやはりジュリアスでしょう？」

セバスはキシュタリアのサポートをしているでしょう。

ジュリアスもそうでしょうけれど『当主』の支え方は、セバスのほうが慣れているはず。そして、わたくしの我儘に慣れているのもジュリアスですわ。

モノづくりは何度もやらせましたけど、人の動かし方はイマイチわからないのですわ。

「これを渡してちょうだいな。時間が空いた時でいいので、読み終えたら来て欲しいと伝えてもらえる？」

秘儀『ジュリアスへパス』ですわ。

とりあえず、髭伯父様を巻き込んでパシ……ごほん！　お手伝いいただく予定ですわ。なんでもするって勢いですし、下手な貴族を巻き込むよりマシでしょう。

どうも、ラティお義母様宛の手紙といい、わたくしがラティッチェ家と交流をしようとすると邪魔も入りそうですし。余計な人間を斡旋されるなら妥協して手堅くですわ。

「姫様は随分素敵なことをお考えのようで。このジュリアス、粉骨砕身で助力をさせていただきます」

翌日の午後には来ました。

こわ!!　速いですわ！　わたくしがなんで王宮図書館にいると知っているのですか!?　というより、待ち伏せですの!?

どうやって入りましたの!?

わたくしが呆然としていると、こてりと首を傾《かし》げたジュリアスがさらに畳みかけてきます。

「このまま預けていただいても？　あと、フォルトゥナ公爵家への顔つなぎに、一筆添えていただければ何よりですが」

「そ、それなら部屋に用意がありますわ。パトリシア伯母様とクリフトフおじ……フォルトゥナ伯爵には、口頭では伝えておりますが……」

「では、それをいただいても？」

「え、ええ」

ひょいと奪われたのは、両手に抱えていた本たち。

それをちらりと一瞥《いちべつ》したあと、眼鏡の奥の瞳を細めるジュリアス。

「ところで、我が姫君は何をお探しで？」

「歴史ロマンと王宮ミステリーを？？」

「なぜ疑問形なんですか……」

「その、今まで王家関連のすべてを避けていたのですが、これを機に国の成り立ちや王家の歴史を学び直そうかと思いまして……」

「それは結構。敵を知るのは、打ち倒すに必要なことですから」

「倒そうとは思っていませんわ……」

敵というのはあながち嘘《うそ》ではないとは思います。

脱出ルート兼密会ルートを見つければ、今後色々とやりやすくなるはず。

わたくしの婚約者選定が王侯貴族たちの、ここ最近のトレンドらしい。純粋に不愉快かつ迷惑ですわ。それに伴い結婚適齢期の未婚男性の出入りは厳しくなっております。

その日、離宮まで連れ帰ったジュリアスをアンナがGを見るのと同じ目で見ていたのは置いておきます。

アンナの表情筋はやや硬めですが、目が雄弁に語るのです。

「アンナ、そんなジュリアスの背中を突き刺すように見ないでくださいな」

「本当に刺されればいいと思って見ておりますので」

「もう、アンナったら、ジュリアスはアンナになにかしたの？」

やけに完璧な作り笑顔のジュリアスと、安定の無表情のアンナの視線がかち合います。

そこには甘い空気は一切ない。シュガーレスどころかクールミントの雰囲気が。

ハートよりも雪の結晶が見えそうですわ。もしくは電撃かベタフラッシュ。意味の分からない人はそのままでもいいと思います。

「そうですわ。ねえ、ジュリアス。お義母様にお手紙を送りたいのだけれど、お願いしてよろしくて？」

「ええ、謹んでお受けいたします。では、こちらもお預かりさせていただきます」

よろしくね、と持ってきていたもう一通のお手紙を預けます。

一礼して、わたくしの手から受け取る――けれど、そのまま手を握るジュリアス。

何かしら？　首を傾げながらも、じっとジュリアスの視線を受ける。

「そうですわ。この前、貴方《あなた》に預けたレシピやデザインは使えそう？」

「ええ、ありがとうございます。商会も喜んでおりました。厨房《ちゅうぼう》も試作に励んでおりますよ」

「まだ描きかけや煮詰まっていないものも多くあったと思うの。気になったり足らなかったりするようだったら言ってちょうだい」

正直、あんなに中途半端なものを渡してしまうのは気が引ける。

だけれど、万が一にも他人の目に触れるようだったら、先に信用して預けられるジュリアスに渡したほうがいい。彼ならちゃんと管理してくれるし、問題なく使い切ってくれるでしょう。

「姫様のご配慮に心より感謝を」

　感謝されるようなことではないので首を振る。

「ジュリアス」

「はい」

「キシュタリアを支えてあげて。分家の余所《よそ》者に、ラティッチェもローズ商会も触れさせてはダメよ」

「御意に」

　軽く手を引かれた。片膝をつき、額に手の甲を当てるジュリアス。

　綺麗にきっちりと整えられた黒髪。フレームに差し込んだ光が少し反射する。曇りのないレンズ。伏せられた目、下りた瞼《まぶた》、長い黒い睫毛《まつげ》。通った鼻梁に、薄めの唇。静かでありながら、非常に端正な顔立ち。派手に惹《ひ》きつけるものではなく、見つけるとびっくりするような、見れば見るほど整った白皙《はくせき》の美貌。細めに見えて、肩幅はしっかりある。その腕が容易《たやす》くわたくしを持ち上げると知っている。体力もあって、その長い脚が結構な健脚であり、驚くほど静かに移動することを知っている。

　まるで宣誓のようだわ。

「お願いよ。わたくしには頼れる存在がほとんどいないの」

「……それは強烈な殺し文句ですね。全く、どこからそんな手管を覚えてくるのですか？」

「ダメ？　ズルい言い方だったの？」

「ダメではないです。満点合格です……お願いですから、ホイホイ使わないでくださいね」

はぁ――――っと細く長いため息をついたジュリアスが、顔を手で覆います。

折角ぴかぴかで綺麗な眼鏡のレンズに指紋がつきましてよ？

そこまで呆《あき》れるやり方のお願いしまして？　何をそんなに脱力されるかがわかりませんわ。

「当たり前よ。そもそも近づかないし、話しかけないし、部屋に入れるわけないし、手も取らせないわ。ジュリアスだから頼めることよ？」

「アンナ、姫殿下はこの通り非常に自覚がスッカラカンな方なのでお前が目を光らせてください」

「貴様に頼まれる筋合いはありません。もともとそれが私の仕事です」

絶妙にディスられました。

わたくし、これでも色々と考えて行動しているつもりですわ！　頼みごとをする人も、相談する人もちゃんと選んでいますわ！

なんで否定してくれないのですか、アンナ！


情報が足りない。

あと人手も足りない。

あと一手が足りない。

その届かない一手を今まで、周りの人に助けてもらっていたのだと悉《ことごと》く痛感します。

王宮図書館でも色々書物を調べましたが、やはりというべきかそう簡単に城の見取り図なんてないです。いくつか国の成り立ちに関することについては載っておりましたが、やはり先に聞いた知識以上の収穫は得られていない。

残るは禁書や、緊急時に王族のみが閲覧できる特別な書架。ですが、門外不出ですのでよほどのことがない限りは閲覧しない類《たぐい》のものです。

見ようとすれば司書や陛下の耳に入る可能性も高い。王族の一般教養を脱してしまいます。

過去の事例としてあったのは、大災害や大戦の最中、もしくは王位継承争いが熾烈《しれつ》を極めた時や、メギル風邪で直系王族が滅んだ場合。かなり遠くの王族を擁することになり、特別な祭事を行った時などが主なものです。

ちなみに、伝承や神話によれば我が国の聖獣は亀さんです。

だからお庭のお池に亀さんがいっぱいいたのですね。わちゃわちゃにいたミドリガメさんたちは、聖なる亀さんなのだそうです。

どうみてもお祭りの出店の亀さんと変わらない感じでしたが。

相変わらずチャッピーは水の中を覗き込んでは、お鼻を噛まれています。そして、わたくしに泣きついております。ある意味様式美と化した日常ですわ。

亀さんといえば……神話や伝承からなにか解るかしら。

サンディス王国の成り立ちは、聖なるミドリガメさんと邪悪なドラゴンさんが戦って、その果てに国が興った感じです。この土地はドラゴンさんとミドリガメさんの体でできている説が多いです。伝承によって、勝利だったり相打ちだったり、はたまたドラゴンさんは実は逃げ去って、倒れた亀さんを弔ってできたのがこの国という説もあります。

サンディス王家はその聖なる亀さんと契約したことにより、結界特化の魔法を扱えるそうですわ。

そしてそのミドリガメさんにあやかり、サンディス王家は緑の目、そしてそれが正統なる王族の証《あかし》。

これこそサンディスグリーン。そしてロイヤルカラーなのです。

すっかり没頭し読み耽《ふけ》っていると、誰かが肩に触れます。

「――!?」

「おや、失礼。そんなに怯《おび》えずとも……アルベルティーナ殿下。このようなところでお会いできるとは、実にありがたい。ご機嫌麗しゅうございます」

「……麗しく見えますの？　いきなり声をかけてくるなんて、不作法ですわね」

わたくしの経緯はどうあれ王太女であるはずですわ。

身分が下の者が、本来なら上の相手に声をかけるなんて――気安い仲ならともかく知らないわ。

形式だけでもせめて侍女や、侍従を通すべきです。当たり前ですが、先触れありきですわ。初対面であれば、なおさら。

警戒を込めて睨みつけてみますが、この身知らぬ中年男性は笑みをくっつけています。その笑みがとても厭《いや》らしいと言いますか、胡散臭《うさんくさ》い。

見たところ、貴族には違いないですが……あまり服の趣味はよろしくはないですわね。値は張りそうですが、少々デザインが旧式ですわね。

「これはこれは、失礼いたしました。わたくしはオーエン・フォン・マクシミリアンと申します。我が侯爵家は、王女殿下の生家であるラティッチェ公爵家の分家筆頭でございまして！　このたびのグレイル様の御不幸の御悔やみとともに、ご挨拶をと思いましてな！」

　マクシミリアン？　確かキシュタリアが相手をするなと言っていた家ですわ。

　分家という割には、こちらが露骨に嫌がっているのにぐいぐいと踏み込んでこようとします。

　逃げようにも、わたくしの背中には嵌《は》め殺しの窓と両脇に背の高い本棚がそびえたっています。つまり、袋小路です。唯一の逃げ道に、マクシミリアン侯爵がいます。

　恰幅の良いマクシミリアンの声は良くも悪くも朗々と響く。

　図書館でこれだけ騒いでいるのに、護衛やメイドどころか司書すら来ない。しかも、まだここは一般書架のはず。それなのに、その他の利用者の野次馬すら気配がない。

　謀られましたわ。

「そうですの。ではもう結構よ。お引き取りを願いますわ」

「まあまあ！　そのようなことをおっしゃらず！　是非ともアルベルティーナ殿下には我が自慢の愚息を紹介させていただきたく思いましてなぁ！」

　自慢の愚息って……間違っていません？　褒めているの？　貶《けな》しているの？

　浮かれ切ったこの顔に不快感しか覚えませんわ。扇があったら、顔を隠して背けたいくらい。

　しかし、今はアンナに預けております……持っているのはハンカチだけです。

　せめてもの意思表示に、口元を隠すようにハンカチを持って体や顔を、正面に向けないようにします。やろうとせずとも、眉間にしわが寄るのが判ります。

図書館という場所で静かにする、という最低限のマナーすら分かっていないご様子。貴族のマナーも酷いものですが、この男の頭には、不敬罪という言葉はないのかしら。

「不要ですわ。下がりなさい」

「……そう拒絶なさいますな。これから長い縁となるのですから」

わたくしが半歩下がれば、一歩踏み出す。背中にぶわりと広がった鳥肌の気配。

こんなのと仲良くするつもりはなくてよ。当然、その息子とやらとも。

マクシミリアン侯爵の後ろに黒いローブの男がいた。最初、王宮魔術師かと思いましたが、フードの刺繍――僅かに違う。でも似ている。似せている？　布地もペラペラしているというか、重厚さがない。恐らく質の落ちるものですわ。ヴァニア卿しか参考にしておりませんが……。

魔法使い風の男は何か差し出してきた。黒い布が掛かったそれは、少し大きな金魚鉢か鳥籠くらいの大きさ。中型の鳥なら入りそうですわ。

ですが、そんな生易《なまやさ》しいものが入っている気配がしない。

粘ついた笑みの侯爵は、興奮気味にそれを受け取るとわたくしの前に持ってきます。

はらり、とその分厚い黒絹が取り払われた。

息をのむ。

仄《ほの》かに浅黄色を帯びた液体の中に浮かぶのは、人の頭部。

水中に揺蕩《たゆた》うアッシュブラウンの髪が白い顔を縁取るように僅かに動いている。聡明そうな眉に、長い睫毛に縁取られた目。しっかりと下ろされた瞼から、その瞳の色を見ることはできない。でも、その色が宝石のようなアクアブルーと知っている。綺麗に通った鼻筋に、引き結ばれた唇。気難しそうというより、あまりの美貌に神秘と畏怖による近寄りがたさがある。

その顔立ちは覚えがあった。

忘れられるはずもない、わたくしの最愛の人。

「……おとう、さま」

声がかすれ、震える。

カラカラに乾ききった言葉は、思いのほか静寂に響いた。

目が奪われる。感情がせめぎ合う。お父様の死がよみがえる哀しみ、顔を再び見ることができた喜び――そして、お父様がこの男の手にあるという絶望。

「……お父様」

「ええ、そうです。殿下。貴女のお父様であらせられます。葬式にご出席できなかったとお聞きしまして、その後も会いたいと大層お嘆きだったそうですね」

怒りで目の前の色が真っ赤を通り越して、真っ黒になりそうだった。

まさか、葬式後にお父様の墓を暴いたというの!?　正気の沙汰ではない！　冒涜《ぼうとく》にも程がある！

「なんて無礼な！　お父様を離しなさい！　いえ、返しなさい！」

「おっと、手を触れないでください！　うっかり手が滑って、瓶を落としてしまいそうです」

「……卑怯《ひきょう》者」

憎しみや怒りで人を殺せるなら、わたくしは真っ先にこの男を殺しただろう。

　こぶしを握り締め、喉から絞り出すような声で罵るがマクシミリアン侯爵の笑みは深まるばかりだ。

　両手にしっかりとお父様の首が入った容器を持っている。力ずくで奪い取るのは難しいでしょう。

マクシミリアン侯爵は勝利を確信したように、にやついた不愉快な表情を浮かべている。そして、容器を後ろの男に預けると、もったいぶるように手を差し出した。

「殿下、私とお話をする気になりましたかな？」

「……ええ、判りましたわ。要求は何？」

「おやおや、そんなに急《せ》かさなくとも」

「まどろっこしいのは嫌いなの。要求は何？　お金？　爵位？　それともわたくしの夫となる権利？」

「話が早くて助かります。我が息子、ヴァンを殿下の婚約者候補として推していただきたい。どうもファウストラ家が推す小倅《こせがれ》が少々厄介でしてな。殿下がお望みとあらば、ラティッチェも我が息子も安泰です」

　わたくしが手袋をしていたら、この男の顔に叩きつけた。愉悦に脂下《やにさ》がった卑怯者。

　本を読むのに邪魔だから、今日はしてこなかったのが悔やまれます。

　何故ラティッチェが出てくるのですか。お前などの息子に、ラティッチェを預けられるわけがない。

「では、ご理解いただけたのならさっそくこの契約書にサインを。他にもいくつか飲んでいただきたい条件がございますので、ちゃんと目を通してください」

「……見せなさい」

古い羊皮紙を思わせる、少し黄色がかった用紙。あまりの怒りと不愉快さに、胃から酸がこみ上げてきそうな思いの中、目を通す。

サインをさせたがる契約というのは、大抵こちらに不利な条件や相手に一方的に有利なものがあると考えていい。

書いてあることはこうだった。

・マクシミリアン侯爵の息子、ヴァン・フォン・マクシミリアンを婚約者候補とすること。
・ヴァンを王配にし、その父オーエンを宰相もしくは摂政として置くこと。
・月に一度はヴァンに贈り物をし、ヴァンと個人的なお茶会をすること。
・婚約者となったら週に一度は二人きりで会うこと。
・婚約期間中、行事の同伴者はヴァンを優先すること。
・結婚後、ヴァン以外の人間を床入りさせないこと。
・産まれた子供は王太子またはラティッチェの継嗣とする。

まだある……この時点で頭痛がしそうですわ。

……明らかに、わたくしの権利を超えたものもある。

どうしようもないわ。こんな要求されても、確約できない。

この紙……魔力を感じるわ。僅かですけれど普通の契約書ではない。よくよく見れば、模様のように縁を模《かたど》っているのは魔法陣だ。

「無理よ。わたくしの立場では必ず貴方の息子を婚約者や夫にすることができるとは限らないわ。これは王家と、そして元老会の決めることだわ。貴方も高位貴族ならそれを判っているでしょう」

　高位貴族と言われたことに気を良くしたのか、不愉快な男は不承不承に頷いた。

　わたくしの一存で決められるものではないのだ。色々なところで権謀術数が始まっているのです。

「もし婚約者になったとしても、最終的に夫としての誰がなるか分からない。子供だって……そもそも、授かるかもわからないわ。できない約束をするには、ハイリスクすぎます。なにより、要求が多すぎます。……紙から魔力を感じますけれど、条件を破ったらなにかあるのではなくて？」

「アルベルティーナ殿下、そのように怖い顔をなさらないでください。もし破ったら、ラティッチェ公の亡骸《なきがら》が無事に戻るか分からなくなるだけですよ。特殊な魔法を組み込んだスクロールです。殿下がちゃんと約束を守ってくだされば、何ともありません」

「答えになっていませんわ。できないことをやれというのが間違っているのです。この権限はわたくしにないと言っているの。不確定要素が多すぎるし、越権事項が多すぎる……破綻した契約なんて結べないわ。お父様が無事で帰ってこないと知っていて、署名するわけがないでしょう。わたくしにわざわざお父様を傷つけ、失わせる契約をしろというのが間違っているのよ。分からないの？」

　マクシミリアン侯爵の顔が歪《ゆが》んだ。

　不愉快そうに怒りが滲《にじ》むが、同時に焦っているようでもあった。苛立《いらだ》たしい顔だが、この男の感情からこちらに優位に進めなくてはならない。

間違いなく、わたくしに不利な契約を結ばされると分かり切っているのならば、少しでも条件を減らしてしまったほうがいい。

この男は、上位貴族――それも本家の当主という、遥か上の立場の墓を漁ったのだ。当然、厳罰に処されるべきである。

だが、もしこの場で男が凶行に走れば、お父様の亡骸はさらなる辱めを受けることとなる。

互いにラティッチェ公爵の墓が荒らされたということは進んで公表したくない。

ぐぎぎ、と子供のように歯を剥《む》き出しにするオーエン・フォン・マクシミリアン。

これが分家とは……お父様がわたくしに会わせないはずだわ。

情けない。ノーブレス・オブリージュを履き違えた典型といえるわね。特権階級の権利だけ振りかざし、それに伴う倫理観や自律精神を持っていない。誇りと驕《おご》りを履き違えている。

譲らないわたくしと、頭に血が上り始めている侯爵の間に入ったのは魔法使いだった。

「オーエン様、やはりその条件は……」

「ええい！　うるさい！　役立たずめ！　もっと巧《うま》く書けなかったのか！」

「け、契約書の不明確さは、こちらにとって不利になり得ます。こちらを」

どうやら、魔法使いのほうもこの契約書が色々と問題あると思ったようだ。

次に出した契約書は、ヴァンを婚約者候補として推すこと、月に一度は贈り物をして離宮に招くこと、婚約期間中は週に一度は二人きりで会うこと――比較的マシだった。

だが、やはりというかこのことは他言してはならないとあった。相談することも、密告することもできないということですわ。

誰かが気づいてたどり着くか、この男がぼろを出すかしてくれないといけないのね。

「喪が明け、公務が入ることとなれば遠出するかもしれません。場所によっては、ヴァンを連れていけませんし、傷病に伏す可能性だってあります。わたくしの望む、望まないにかかわらず契約不履行が起こってしまうことになりますわ」

「夫となる男を拒絶するというのですか!?　殿下、それはあまりに冷たいですぞ！」

未婚の王太女がそう易々と寝乱れたまま、私室のかつ寝室に男性を招くほうがおかしいですわ。醜聞になりますし、そんな男も不躾《ぶしつけ》だと批判の的ですわ。

依怙贔屓《えこひいき》がすぎればマクシミリアン侯爵家は嫉《ねた》みに晒され、痛いお腹《なか》や裏を探られますわよ？

そういうところに頭が回らないのかしら、この男は。

わたくしがそこまで指摘してやらねばならないの？

呆れのあまり開いた口が塞がらない。

魔法使いはまだわかるのか、マクシミリアン侯爵を宥《なだ》めた。

「あくまで平均です。オーエン様、その場合はなにか手紙や贈り物をすることで手を打っては？」

「……仕方あるまい。アルベルティーナ殿下のご配慮に期待しますぞ」

不遜ですこと……自分が何をしているのかお分かりなの？　不相応なものを請求されそうですわ。

仕方ないといわんばかりのマクシミリアン侯爵ですが、その手にお父様があると思えばこれ以上の交渉は危ういかもしれません。

この方、かなり頭の血の巡りがよろしくなさそうですわ。突飛なことを、後先考えずにやらかしそうですもの。普通に考え、まともな人間が墓荒らしなどしないでしょう。

渡された契約書の細かい文字や裏までしっかり確認した。

知っていましてよ。サインさせたがる書類というものは、大抵小さく分かりにくいところに、そちらにとっての都合のいい条件を入れることが多いのですわ。

「裏にあるラティッチェの権限についてとはどういうことですの？　わたくし、このような話、存じておりませんわ」

「殿下！　殿下は知らないのです！　あのキシュタリアめが殿下の目を盗んで、ラティッチェ公爵家で当主面をしてのさばっているのです！」

わたくしが許可を出しているということを、この男は都合よく忘れてらっしゃるのね。

そもそも、分家の当主と本家の公爵子息では違いましてよ。ましてや、キシュタリアは次期公爵として期待され、一粒種といえるほど教育された令息ですもの。

「……法律的には問題ないはずですわ。それこそ、勝手をすれば火傷《やけど》をするのは貴方のほうです」

「私は殿下とラティッチェを思っての諫言《かんげん》ですぞ！　下賤《げせん》な小倅がラティッチェを名乗るなど……！」

怒りにふるえながら、サインを書いた。

「わたくし、もう疲れましたの。失礼してよろしくて？」

腕を掴《つか》んできたので、とっさに振り払います。

掴まれたところから、腕が腐るんじゃないかというほどの悪寒が走ります。

「アルベルティーナ殿下！」

「離宮への招待状については、追って送ります。いきなりのことで、準備や根回しが必要なの。貴方も貴族なら、当然……解るわね？」

わたくしの言葉に、喜色満面に頷く。

悔しい。わたくしがあの男と交わした契約があるから反抗できないと分かっている。

業腹ですが、お父様という人質がいる以上、わたくしは露骨なことなどできない。確定的なほどに追い詰めるか——あの男が満足するまで、付き合うか。

あの男が、あの契約だけで済ませる気などしない。

きっと、婚約者に内定したら新しい契約書を持ってきて、厚顔無恥にも要求をしてくるのでしょう。

あの男から逃げるように、わたくしは足を動かす。

手に持った、借りるつもりもなかった本をお守りのように握りしめて。

どうやって離宮に戻ったかは覚えてない。

気づいたら、ベッドに沈んでいました。

アンナやベラが一生懸命声をかけてきた気がするけれど、とりあえずはマクシミリアン侯爵宛の招待状を書かなくてはいけないということで頭がいっぱいだったのです。

契約書を突き付けられていた時はなんとか奮い立たせていたけれど、今は後悔と恐怖に震えていた。

お父様があんな卑劣な者の手で傷つけられるなんて耐えられない。

死んでしまった体にさらに鞭《むち》を打つような辱めを受けさせることなんて許せない――あの男と契約を結ぶことは本意ではない。

悔しくて、怖くて、情けなくて――そして腹が立った。

わたくしが図書館に最近通っていたのが漏れていた。そして、あの男はそれを嗅ぎ付けていたのでしょう。離宮に籠《こも》っている間は手出しできないから、図書館の関係者を抱き込んだ可能性が高い。

こんなところにまで役人の腐敗が蔓延《はびこ》っているなんて、本当にこの国はおかしい。

わたくしがサンディスとラティッチェに深く関わる人間であり、ラティッチェではキシュタリアに従わない分家の存在は格好の噂だと聞いていた。

まさか、ここまで悪辣な手を使ってくるなんて……人間が腐っているにも程がある。キシュタリアを下賤だと扱《こ》き下ろすあの男の性根こそが最も卑しい。

お父様がいなくなったことにより、箍《たが》が外れているのかもしれません。

（……でも、お父様を助けられるのは私だけだわ。わたくしだけなのよ）

だから、あの気に食わない男と約束もある程度は飲まなくてはいけない。

少なくとも現状でラティッチェの関係者の中ですら、王配候補になれるか際どいようなのだ。

ヴァンという青年は突出して秀でているようではないらしい。結界魔法の応用の情報収集での範囲でも、憧れられるタイプの令息として話を聞いたことはない。というより、話題自体少ない。

……だからこそ、わたくしを嵌めてきたのでしょうけれど。

これはキシュタリアたちに対する裏切りだ、ラティッチェに害悪を与えることとなると心が叫びます。ですが、もう一方でお父様を見捨てるのかと喚《わめ》きます。

どちらにせよ、大好きな人を裏切り、選ばなければならなくなる。

液体の中で浮かぶお父様。あのような辱めを受け続けさせるのは許せなかった。お父様が受けるべきものではない。あの無粋な容器は、お父様が眠るべき場所ではない。

お父様が眠るべきはラティッチェの霊廟《れいびょう》。ラティお義母様とキシュタリアが用意してくれた棺《ひつぎ》の中で、安らかにあって欲しい。

震える手でペンを取る。

引きつった汚い文字が、無様に便箋を引っかく。

あんな奴の息子を離宮やラティッチェに近づけたくない。会いたくない。死んでしまえばいいのに。

呪うような拘泥たる感情が溢れてくる。真っ黒でドロドロしたものが溜《た》まっていく。

そんな思いとは裏腹に、何度も書き直して……ついにできてしまった手紙。こんなもの、今すぐ窓の外に捨ててしまいたい。暖炉にくべてしまいたい。

ずきずきと痛む頭を押さえながら、緩慢な動きで椅子から立ち上がった。

アンナに渡す？　それともベラ？　セバスやジュリアスはきっと忙しい。

誰かに相談したいし、泣き縋《すが》ってしまいたい。そんな自分の弱さが情けない。

ドアを開けると、目の前に壁があった。

……なにかしら、これ。

ぺたりと触ったあと、下に大きな靴があって、足が生えていることに気づいた。それをたどっていくと、壁だと思っていたのは筋骨隆々たる壮年男性の胴体だと気づいた。上には広い肩幅やぶっとい首、もしゃもしゃの髭と傷痕が目立つ厳《いか》つい顔がある。相変わらず凶悪なほど眼光が鋭い隻眼《せきがん》。

「……フォルトゥナ公爵、何か御用ですか」

「様子がおかしいと聞いた。何があった」

「お話しできることは何もありません」

今まで人生ワーストワンに嫌いな人に輝いていた熊公爵ですが、今は別の分家の侯爵が塗り替えております。

何も話せることはないのです。何も、話せないのです。

「……何か、できることはあるか？　して欲しいことは――」

「この手紙をマクシミリアン侯爵へ」

「……これは？」

「不幸の手紙ですわ……わたくしにとっては、どんなものより、なによりもっ!!」

封筒をフォルトゥナ公爵の胸に叩きつけて、わたくしは部屋に戻る。

完全に八つ当たりだ。あの熊公爵は大嫌いだけれど悪くない。ただ、あからさまに様子がおかしくなったわたくしをメイドや護衛たちから聞いたのでしょう。

心配をしているのだ、あの男は。

嫌いだけれど、だんだんわかってきた。あの男は、わたくしに嫌われていることをわかっている。

だから、あの手この手で遠回しに人を用意している。わたくしが、できるだけ自由に動けるようにしてくれている。

何も言わず、わたくしのために動いている。

部屋の前にいたのも、いつものように声はかけられないけれど様子を見に来たのでしょう。

熊公爵がわたくしの離宮をこっそり訪ねてはひっそりと帰っていくのは知っていました。

だって、部屋にぬいぐるみや花が増えるのよ。

小さな子供が好みそうな、お人形やぬいぐるみばかり。柔らかくてふわふわの、抱き心地のよさそうなものばかりを持ってくるの。

クリフ伯父様はお花系が多いのです。生花以外にも匂い袋やアロマオイル、そして花の形のお菓子などもありました。

この差はきっと、わたくしとの関係性の浅さ。

フォルトゥナ公爵の中でアルベルティーナという孫娘は、泣き虫で怖がり。わたくしは小さな女の子のままなのでしょう。

ずっと会っていなかったから、彼の中でアルベルティーナは成長していないのです。

五歳の時のお茶会で、やっと会えるはずだった孫娘の偶像を引きずっているのかもしれません。

事実、わたくしは権力の使い方もろくにわからず振り回されているだけの幼女のままだ。

お父様の亡骸の前に、冷静さを失って契約してしまった。

今思えば、突っぱねればよかったのだ——偽物だといって知らぬふりをすれば、マクシミリアン侯爵はむしろ窮地に立たされたはずだ。偽物だと証明されても、本物だと証明されてもあの男にしてみればそれが明るみに出れば致命的。

（わたくしは愚かですわ……なんで、なんで……っ）

結局、お父様の前では必要な嘘すらつけずに、相手の策に嵌《はま》った。

漏れた笑いは自嘲だった。

子供扱いされるはずだ。

ふらふらと吸い寄せられるように目に映る可愛らしいぬいぐるみに手を伸ばす。それに紛れるように顔を出したチャッピー。不思議そうにこちらを見ているチャッピーに手を伸ばし、抱き上げる。

そのまま座り込んで、声を殺して涙を流す。膝に重みを感じれば、ハニーが手をついて見上げていた。じいっとこちらを見ていた。

大きな瞳に映るわたくしの顔は、憔悴《しょうすい》と絶望の色が濃い。負け犬の顔だ。歪んだ笑みを模る。

愚かなアルベルティーナは、このまま傀儡になるしかないのだろうか。

王太女なんて大層な肩書を持っていても、分家の侯爵風情に利用されているのだから。

幕間　ジェイルの憂鬱

　珍しくご機嫌なレナリアを伴い、ジェイルはオークション会場に来ていた。

　その会場は取り扱っている商品も高額なだけあり、非常に高級感溢《あふ》れる場所だった。

　すり鉢状に一階席があり、二階にも席がある。舞台に一番近い一階席と二階席は特別席らしく、設《しつら》えが少し違う。間隔が置いてあり、専任の給仕付きのテーブルセットがあった。二階席はアンティークな作りの遠視魔法がかかったオペラグラスを貸出ししている。

　希望すれば、購入もできる。こういったオークションの常連は持っていることが珍しくない。

　どの椅子も一つ一つは臙脂《えんじ》の天鵞絨《ビロード》張りで、ゴユラン独特の幾何学的な刺繍《ししゅう》の施された掛け布がある。スポンサーや商人の意向もあって装飾されているのだろう。

　出品は盗掘した魔道具や宝石、古文書と多岐にわたるが今回の目玉は奴隷だと聞く。

　一応、ジェイルは護衛ということにはなっているが、大体は予算を大幅にオーバーして買い漁るレナリアのお目付け役に近い。

　富裕層の特別会員しか招待されない特別な催しであるため、来場者は一見すると紳士淑女といわんばかりの衣装が多い。その中で、雑な振る舞いと派手な露出のドレスで浮いているレナリア。

「ねえ、セルケーはいるかしら？　オッドアイ、好きなのよね。できればねぇ、それぞれの目が全然違う色がいいわ。赤と青とか、金と銀とかがいいわね。あとね、若くなきゃイヤ！　男で絶対十代後半から二十代よ。商品カタログとかないの？」

少数民族セルケー。セルケー人、セルケー族とも言う。

色白で左右の目の色が違う端正な顔立ちの多いセルケーは、高級奴隷の一つである。

セルケーは少数民族なので謎が多いが、薬学や錬金術、魔法学、新しい技術などに興味を示して集落から出て街で生活していることが稀《まれ》にある。

奴隷商業国家ゴユランが近いとはいえ、奴隷制度がないサンディスにはやってくることが比較的多い——といっても、かなり稀少《きしょう》であるが。

セルケーを求める人間は完全に観賞用や愛人や愛玩としての購入目的が多い。

労働や戦奴などの目的は獣人や月狼族が多い。

彼らは一般的な人間とは一線を画した筋力や瞬発力、五感を持っている。

耳や尻尾といった動物を思わせる身体的特徴を持った獣人を嫌う人間は月狼族を購入する傾向がある。また、珍しい金色に輝く瞳のコレクション目的で購入するのもいた。

「ピンクと水色とか、オレンジと黄緑、紫と緑、あ、真っ黒と真っ白か銀の瞳もいいわね」

「あのな、生きているセルケーは高いぞ。色違いを収集したいなら頭部でも競り落としておけ」

「いやよ。ほとんどがホルマリン漬け状態じゃない。綺麗《きれい》に目が開いていなかったり、あんまり明るいところに出しちゃダメとか管理が面倒なのよ。ずっと飾ってられるならいいけど、暗いところじゃ魅力半減じゃない」

人間の生首を陳列するのはいいのか。

レナリアにとっては美しい鑑賞物でしかないのだろう。確かにそういった趣味のコレクターは一定数存在する。レナリアは蒐集《しゅうしゅう》家というより価値あるもの、美しいものを好むのだ。そして、それを手に入れるためならモラルや常識などすぐに投げ捨てる女だ。

金銭感覚はイカれているが、付け込む人間を見定める目は確かだ。

こういった催しを含めて裏の社交界でふらついては上客を引っかけて、骨の髄まですすり上げる。

レナリアはアルベルティーナを悪女だと謗《そし》るが、はたから見れば彼女のほうがよっぽどのものだ。

最近聞いたアルベルティーナの報で目ぼしいものは、義弟キシュタリアを擁護するために、商会や使用人、職人たちといった伝手《つて》に直筆の手紙を送ったというものだ。

レナリアによればキシュタリアはアルベルティーナに長年虐《いじ》められており恨んでいると言っていたが、むしろ姉弟の親愛や友愛を超えた恋慕を持っているというのがもっぱらの噂《うわさ》である。

多忙を極める合間を縫って、離宮に足しげく通っては歓迎されていると聞く。

それ以外にも薔薇《ばら》の騎士や紅伯爵と呼ばれる、異性関係にはかなり潔癖なミカエリス・フォン・ドミトリアスも何度も足を運んでいることもまた話題になる理由の一つだ。

アルベルティーナの交友関係はかなり狭い。だが、そのミステリアスさが王宮雀《すずめ》をはじめとする噂好きたちの格好の話題だった。

王太女の離宮へ足を運べるのが未婚なうえ美麗な貴公子なのも理由だろう。

「はあ、奴隷もいいけどたまには貴族のいい男がいいのよね。スマートにエスコートしてくれる、あの仮面の方みたいな人いないかしら？」

仮面の方とは、最近レナリアがお熱な男だ。

マスカレードパーティや仮装パーティに熱心に足を運ぶのは、それが理由の一つだろう。その手の催しによく出てくるのだ。

そのたび「同じドレスを二度着ろっていうの!?　なんでそんな恥ずかしいことしなきゃなんないのよ！　あの方に貧乏人だと思われたらどうするのよ！」と新しいドレスを新調するのは嫌気が差す。レナリアの甲高い絶叫はよく響くのだ。

貧乏人も何も、犯罪者でダチェス姓を名乗れなくなったレナリアはただの平民だ。男爵令嬢ですらない。外を歩けば立派なお尋ね者。そんな女を、まともな貴族が相手にするはずはない。

それすらもレナリアは分かっていないのか、平気で不相応なことを要求する。

今日のレナリアの装いを見ればわかる。

高級なビスチェとバッスルスカートのワンピースドレス。目が覚めるようなネオンブルーは艶やかな生地で黒いレースとフリルが胸元や裾で揺れている。

それだけならまだいいが、かなり独特な形をしていた。剥《む》き出しの両肩に半端にかけられた白ミンクのストールが申し訳程度に肌を隠している。しかもスカートが前の部分が太ももの半ばで終わっている。後ろはそれなりの長さがあるが、一応はフォーマルファッションが基準のこの場であそこまで足を露わにするなんて奴隷か娼婦《しょうふ》くらいだ。おまけに、履いているのが太い網目の黒タイツと、凶悪なピンヒール。品がないにも程がある。

ジェイルは生粋の貴族ではないものの、ある程度の知識はある。少なくともサンディス王国でははしたないといって過言ではない。特に肩と足。

未婚の女性の服装ではない。

レナリア曰《いわ》く『ゴシックパンク風のドレス』らしい。

恐らく、ローズブランドのドレスが手に入らなかった腹いせに作らせたのだろう。

欲しがったのも確かビスチェ風のベストとバッスルスカート風の乗馬ドレスが似たようなデザイン――といっても、あれは下がパンツスタイルなのでドレッシーな燕尾服《えんびふく》風とも言えた。

少し薄手のパンツと華奢《きゃしゃ》な編み上げのブーツを合わせることによりカジュアルでありながらフェミニンで上品だった。

乗馬服として使えるがモノによっては騎士服風でもあり、狩りや乗馬をする婚約者や恋人がいる場合はお揃《そろ》いコーデでデートをするのもトレンドらしい。

とても人気で、夫婦や婚約者同士、恋人同士、友人同士でも贈り合ったりする。

他の店も似たような服を出しているが、ダントツでローズブランドが人気だ。あそこのトップデザイナーは謎に包まれている。社交界に茶会や夜会、小規模なサロンですら顔を出したことがない。

「あら、今日はバレンシュタットの元貴族が目玉商品なの？」

周りの顰蹙《ひんしゅく》や失笑の気配に気づかないレナリアは暢気《のんき》に品目を見ている。

一部、若い女の肌に鼻の下を伸ばしているのもいる。

「なんでも王族の隠し子だと。魔法の研究の素材にするからそれを落とすのが仕事」

「ふうん、研究前に遊んでいい？　生きてればいいでしょ？」

「薬漬けにするつもりだろう。ダメだ。この辺の王族は特殊な魔法持ちが多いんだ。使える可能性は低くても、劣化したモンじゃ話にならないんだよ」

もしその王族が女ならレナリアは薬漬けにしなくとも、男奴隷の嬲《なぶ》り者にする。

美しい容姿をしていれば一層悲惨な目に遭うだろう。

可愛らしい見た目をしているが、レナリアは非常に苛烈で冷酷な人間だ。

そして、自分の利益のために平気で誰でも蹴落とすし陥れる。悪辣に富んだそんな性質が好まれ、死の商人の幹部たちに面白がられて身を置くことが許されている。

「そういえば、グレアムはどうした。最近見てないが」

「あんまり暴れるから、実家に戻したのよ」

「は？」

なにを考えているんだ、この女。

ジェイルは耳を疑いレナリアを見た。

「ちゃんと袋に入れて、猿轡《さるぐつわ》もかませて勝手に死なないようにしたわよ？　最近、本当に正気じゃなくて困っていたのよ。アイツ、私のお気に入りの奴隷を殴ったのよ？　しかも顔！　ちょっとグレイル様に似てたからすごく気に入ってたのに捨てる羽目になったわ！」

「おい、金蔓《かねづる》だろ。あれは宰相子息のれっきとしたお坊ちゃんだぞ？　余計なことを話したらどうする!?」

「平気よ。ほとんど正気じゃないし、最近お金の出が悪くなってたんだもの」

レナリアは「ちゃんと家に帰してあげる私って優しい」と信じている。

ジェイルには意味不明だが、時々レナリアは『優しくて素敵な自分』と言わんばかりに振る舞う。

いい人ぶった言動は、大抵はレナリアの自分勝手な独善を晒《さら》すだけとなっている。偽善にすらなりきれないお粗末なものだ。

レナリアの悍《おぞ》ましさは己を善であり、正義だと微塵《みじん》も疑っていないことだ。

狂信者のように、己の正しさを主張して周囲にも求める。

オークションが始まると、盛り上がる前からガンガン競り落としていくレナリア。

これではきっと本当に欲しいものは手に入らないだろう。レナリアの資金は限られている。本命一本に絞れば行けたかもしれないが、そんな考えなど最初から持っていない。

生憎、今日のジェイルは任務があるからビタ一文貸すつもりはない。

結局、ジェイルの踏んだ通りレナリアは後半に出てきた美麗なセルケーを競り落とせなかった。支払うべきものがなく諦めることとなった。

繊細で端正な美貌とけぶるような銀髪に青と緑の双眸が印象的な青年だった。

飛び入りの目玉商品だったらしくあっという間に競売額は吊り上がっていき、王都の一等地に屋敷を建てられるほどの金額となった。

「ジュリアスに似てたから欲しかったのにーっ！」

ぶすくれているレナリアだがジェイルは首を傾《かし》げた。

ジュリアスとは、ジュリアス・フラン子爵のことだろうか。

年齢は近いが、ジュリアスは漆黒の髪と紫の双眸だ。端正な顔立ちは知的であり、時折だが野心家のその性質の滲《にじ》む表情をする。使用人に徹している時は、精密で冷徹な人形を思わせる。

その本質はあの奴隷のようなお人形ではない。獰猛な肉食獣だ。

大事な姫君の前では礼儀正しいお人形をしているが、裏で何をしているかわかったもんじゃない。

あんな危険な男を欲しがるレナリアの気が知れない。

手に入れられないものほど欲しがる悪癖。レナリアの欲しがり癖は収まる気配が全くない。

「ねえ、ジェイル」

「なんだ？」

「アンタ、殺しが得意なんでしょ？　競り落とした奴殺して、さっきの奴隷を持ってきてよ」

「まだ荷物を納品してねえんだから無理。お前も買った奴をちゃんと部屋に入れておけよ」

「はいはい。あーあ、なんだか競り落としたら急につまんなくなっちゃった」

レナリアに競り落とされた奴隷は絶望の表情を浮かべてびくびくと身を寄せ合っている。

長くはもたないだろうな、とそっと嘆息したジェイルは『納品』するために御者を呼んだのだった。

飽きたレナリアによって懇意の貴族や仲間に下げ渡されるなら、まだ希望がある。

変態趣味の輩《やから》も多いがレナリアが気まぐれに見せる加虐的な性質にずっと付き合い続ければ、薬漬けや虐待死が待っているだけだ。

きちんと『納品』を終えたジェイルは、煙草《たばこ》をふかしながら夜空を見る。

くゆる煙越しでも分かる星空。

「はぁ……とっとと仕事を終わらせて『ひぃさん』んとこに行きてぇな。『旦那』からの指示はまだこねえぇし、さっさとこの仕事を終わらせてずらかりてぇ」

満天の星すらジェイルの心を癒《いや》さない。

かつてを思い出して腹が一瞬くちくなるような気分になったが、現実を思い出すと一気にスカスカと虚《むな》しいものが去来する。

煙草をぐしりと石床に押さえつけて火種を潰し、立ち上がる。

緩慢であるが隙のない肉食獣を思わせるしなやかさで移動していく。驚くほど物音を立てない。

遠くからヒステリックな声が途切れ途切れに響いているのに気づき、ジェイルはげんなりする。

部下や奴隷が粗相をしたか、はたまた思い通りにいかないことがあったのか。レナリアの激怒のスイッチはそこら中に転がっている。

知らずに眉間にしわが寄る。もとより近寄りがたいきつめの顔立ちが、その端正さを失うほど凶悪になりつつあった。

「兄貴ぃ……」

「あ？　って……ビーンかよ。なんだ」

「例の女が、ベルナ姐《ねえ》さんの男に手ぇ出したみたい」

「で、この騒ぎか？　あの女は何度言ったら乱痴気騒ぎをやめんだよ」

ビーンと呼ばれたそばかすの少年は「あとこれ」とメモを渡す。ビーンは痩せてみすぼらしい体躯《たいく》であり、その辺によくいる平民の子供だ。その特徴のなさと勘の良さ、耳聡《みみざと》さを買って情報収集や、ちょっとした小間使いとして使っている。

ジェイルはメモを受け取って一瞥《いちべつ》した。深いため息とともにジェイルは女の修羅場に足を踏み入れる羽目となる。

七章　ヴァン・フォン・マクシミリアンの襲来

それから数日もしないうちに、先触れもなくヴァンはやってきた。ヴァユの離宮にいきなり突撃してきたのです。

わたくし、お手紙では予定をお伺いしただけのはずでしたが？

フォルトゥナ公爵はあんな叩《たた》きつけた封筒を、ちゃんと届けたのですね。

あんな失礼な渡し方をしてしまったのに……ちょっともやっとしたのは罪悪感でしょうか。

わたくしがぼんやりと庭を眺めていたら、メイドたちの制止を振り切りながら大柄な男がずかずかと入ってきたのです。

背が高い、まあ美形といえなくもない雰囲気イケメンみたいな、やたら分厚く暑苦しい感じでした。

我の強そうな顔立ちと大声が、マクシミリアン侯爵とよく似ています。

騒動の気配に身を固くしていたら、何故《なぜ》か騎士よりも早く庭師の二人がさっと立ち上がって前に出ました。あれ？　庭師のいつものおじいちゃまが心なし目が怖い気がする。

「アルベルティーナ様！　ヴァンです！　マクシミリアン侯爵が子息、ヴァンです！　ああ、愛《いと》しい我が姫よ！　あの日、城でまみえた時から！　俺は貴女《あなた》の虜《とりこ》になったのです！」

大きな声量と勢いに、体が硬直します。しかも訳の分からないことを叫ぶので呆然《ぼうぜん》としました。

脳みそお花畑ってこういうのを言うのでしょうか。

頭に響くような大声がわんわん聞こえてきます。吠《ほ》え癖のある駄犬のようですわ。

極めて訝《いぶか》しんでいる庭師や騎士たちを一瞥《いちべつ》すると、ヴァンはわたくしの前に膝をついていきなり手を取ってキスをします。

思わず背筋が凍り付き、掴《つか》まれた手を振り払います。アンナがさりげなく拭いてくださり、新しい手袋まで嵌《は》めてくれました。わたくしのメイドが優秀すぎる。

「……なんですの？　いきなり」

「なにではなく、貴女を心より愛する一人の男が会いに来たのです！　おお、なんとつれないのでしょう！　我が姫よ！」

三文芝居以下の王子様ごっこは他所《よそ》でおやり。

ねっとりと欲にまみれた視線がわたくしの顔から首、肩、そして胸に止まります。大体顔と胸、そしてたまに腰を凝視している。

招かれざる客は逞《たくま》しいといえば聞こえはいいけれど暑苦しく圧迫感があります。この男の額をもう少し広くして、でっぷりと太らせて縮めて、年齢を重ねたら、そのまま父親ですわね。

躾《しつけ》のなっていない駄犬は嫌いよ。遠慮というものを知らないの？

「アルベルティーナ様よりいただいたこの手紙！　貴女の心が伝わってきました……まだ恥ずかしいでしょうが、ご安心を！　このヴァン！　アルベルティーナ様のすべてを受け入れ、すべてを分かち合う覚悟はできておりますとも！」

ただのお茶会への招待状ですわ！　社交辞令だけの！

なにをどう、こんなに飛躍していますの⁉

言葉は通じているはずなのに、理解はされていない。意味の分からない人間が急激に近づいてきて、かなり畏縮します。

「ん？　なんだ、この小汚い使用人たちは。シッシッ、散れ！　折角の逢瀬《おうせ》の邪魔だ。気の利かない奴らだな。解雇されたいのか？」

主人面というか、亭主面が酷《ひど》い。数分でこれだけ好感度を下げまくれる人もすごいですわね。

世の中には強引な俺様系？　オラオラ系？　がお好きな方もいるそうですが、わたくし嫌いだわ。

「さあ、姫様！　あっちの東屋《あずまや》で我々の未来を話し合いましょう！」

腕を掴まれて、強引にぐいぐい引っ張られる。こちらの歩幅を考えない歩き方に引きずられる。

護衛よりなにより、アンナがすっとんできてヴァンの歩みを止めようとする。

「おやめなさい！　姫様が嫌がっておいでですよ！」

「ん？　何だこの侍女の癖に……へぇ、やっぱり王宮の侍女ってレベルも高いんだな」

「アンナはわたくしの腹心よ。何かしたら許さないわ」

わたくしの大事な侍女を汚い目で見ないで！

だが、何を勘違いしたのかヴァンなやけにきざな笑みを浮かべて、ウィンクをしてくる。控えめではなく鳥肌が立ちましたわ。気持ち悪い。

「おや、我が姫。嫉妬をなさっているのですか？　可愛《かわい》い人だ」

「それよりも手を離してくださる？　マクシミリアン侯爵家では、レディのエスコートの仕方は腕を掴んで引きずることなの？」

「え？　おっと！　失礼失礼！　柄にもなく緊張してしまいまして！」

やっと手を離しましたわ。鈍い痛みと熱さのような違和感。きっと、二の腕は痣《あざ》になったでしょう。

周りの使用人や護衛たちに目配せをして、下がらせる。騎士などは殺気立っており、いつ剣を振り下ろしてもおかしくなかった。明らかに納得していませんが、これも契約の一つ。今日を我慢すれば、ひと月呼ばずに済むのですから。

蔓《つる》薔薇《ばら》の見事に咲き誇るアーチの向こうにあるガゼボまで行くと、その男は向かい合うのではなくすぐ隣に腰を下ろしてきた。

「近くてよ、まだまともな挨拶すら交わしておりませんのよ」

「恥ずかしがらないで。愛しい人。俺たちの結婚は運命だ。二人で国を、公爵家を盛り立てていこう！」

「飛躍しすぎではなくて？　わたくしたち今日会ったのが初めてですわ」

「冷たい人だ。知らないふりをするつもりかい？　最初は城の階段で！　次は謁見の間で！　あんなにも俺を見つめていたじゃないか！」

全く覚えがない。両方とも私にとってはトラウマ級の嫌な思い出の場所ですわ。

そんなことをわざわざ口にするなんて……。

少し離れている護衛も使用人たちも「何言ってんだコイツ」「頭にウジでもわいてんじゃねーの」みたいな顔をしていますわ。一応露骨には表情は出ていませんが、雰囲気に歓迎が微塵《みじん》もない。中には「もうぶっ殺していいんじゃねーか、コレ」と思っている過激派もいたそうですが、そこは割愛します。

「いましたの？　覚えがないわ」

正直に事実を言うと、ヴァンはかなりショックを受けたようですわ。あの時、どれだけの数がいたと思いますの。わたくしは目立っていたかもしれませんが、わたくしから見れば知らない人間ばかりで恐ろしい限りの場所でしたのよ、謁見の間は。お父様に会えると最初は浮かれていましたが。

その大仰な言葉や身振り手振りも鬱陶しいのでやめて欲しいのですが。

そして、いちいち距離を詰めながらわたくしの腰に手を伸ばすのも、手を重ねるのもやめて欲しい。セクハラです。気持ち悪い……キシュタリアたちには、こんなこと一度も感じなかったのに。

ヴァンの中では運命的な出会いで一目ぼれし合った仲ということになっているらしい。

どれだけ頭がフラワーフェスティバルですの。火の魔法か除草剤をまき散らして差し上げたいわ。

あのマクシミリアン侯爵が無駄に話を盛ったという可能性もありますが。

「こんな恋文をくれたというのに、なんでそんなつれない態度なのですか？」

「それは恋文ではなく、離宮への招待の打診ですわ。返事もなく、先触れなく来るなんて……わたくしの不興を買いたくて？　例の話はおやめになるのをご希望かしら」

最後の扇で口元を隠し、それでいて小さな声で。一応の確認でした。

この男は、どこまで父親から話を聞いているのかしら。わたくしが、どういう立場の人間か分かっての所業なのかしら。

「そんなことを言って！　ですが貴女の気持ちはもちろん分かっていますとも！　ああ！　美しき人！　我がファム・ファタール！　君が俺の運命だ！」

そんな運命、くたばればいいのですわ。

この男の耳はどうなっていますの？　都合の悪いことは自動消去するフィルタリングでもされていますの？

顔を近づけようとするので、開いた扇で隔てます。わたくし、貴方《あなた》の貴族としてのあり得ない不作法も咎《とが》めているのですが、それすら分からないのかしら。

「ならば、もう少しマナーを学んできてくださる？　――お客様がお帰りよ。案内して差し上げて！」

ティーセットのワゴンを持ってきてくれたアンナだが、わたくしの言葉にすぐさま隠して「殿下は来客のご予定がありますので、お引き取りを」と粛々と頭を下げますが、その頬っぺたには『一昨日《おととい》来やがれクソ野郎』と書いてある気がします。激しく同意ですわ。

こんな男を夫なんてあり得ない！

サンディス王国？　ラティッチェ公爵家？　国主でも当主でもあり得ないバカボンじゃない！

こんな男に、お父様のいた場所が汚されるの？　キシュタリアたちが排斥されようとしているの？

――それは、わたくしがあの契約書にサインをしてしまったから。

あの時、破り捨ててでも逃げれば――また何度でも接触してこようとする。でも、マクシミリアン侯爵にとって、お父様の首は最後にして最強の切り札。諸刃《もろは》の剣でもあるが、絶大な威力を持つ。しかし、その最強の手札を使ってまであのヴァンという馬鹿息子を宛《あて》がう意味はあるのかしら。いえ、あの侯爵もあまり頭が良くない。

あの非常識はレナリアに通じるものがある気がします。

こちらでもコントロールが難しい。もう少し常識を覚えている人間なら、まだ何とかなりそうですが……あの男、喪が明ける前にわたくしと契りたいとか言い出しそうですわ。

誰かが裏で糸を引いている？　確かにあの愚か者であればいくらでも揚げ足の取りようがある。いらなくなれば捨てればいいという扱いであれば、使うかもしれない。

ヴァンの俗物そのものの視線を思い出す。あんな不躾な視線は受けたことない。恐怖にぞわりとして身を震わせていると、アンナがショールを持ってきてくれました。

一人、部屋に籠る。

夜になれば静寂が一層広がる。

みんなが心配してくれていると分かっていても、その気づかいすら煩わしさを覚える。

どうして、上手《うま》くいかないのだろうか。

どうして、大切なモノがなくなってしまうのだろうか。

どうして？　どうすればいい？　自問自答を繰り返す。

ずっといい子にしてきた。聖人君子のような完全な『善人』とは言えないけれど、人に優しく朗らかであろうとしていました。

未来が怖いという下心が大いにあったのは否定できない。ヒロインのグッドエンディングに伴う制裁が怖かった。だから『悪い子』にならないように気をつけた。『悪役令嬢』と同じ轍《てつ》を踏まないようにしていました。

キシュタリアを虐《いじ》めませんでした。

セバスやジュリアスやアンナといった使用人の扱いも気をつけました。

ジブリールやミカエリスに優しくしました。

お父様に嫌われないように努力しました。

勉強や習いごとも真面目にやったし、我儘《わがまま》だって控えていました。

本当は外で駆け回りたいし、馬車で遠くに行きたい、パーティで綺麗《きれい》なドレスを着てダンスを踊ってみたいし、お友達はいっぱい欲しいし、恋だってしてみたい。

わたくしの言葉で、行動で誰かが迷惑をするし、時には死に追いやられることが安易にあると理解していたから。

ニコニコ笑っていなきゃ。

怒ってはダメ。

悲しみすぎてはダメ。

辛《つら》い顔なんてしてはいけないの。

幸せなのよ。本当よ。でもちょっと息苦しい。

『悪役令嬢』になってはいけない――そうすればきっと、わたしくしだって幸せになれるわ。

大好きなお父様、ラティお義母《かあ》様、キシュタリアやジュリアス、ミカエリスやジブリールとも一緒にいられるの。

嘘《うそ》つきなアルベルティーナ。みんなの望む虚像の令嬢はこうやって作り上げられた。

私の中に白と虹色に輝くきらきらしたものなんてない。赤黒くてドロドロしたものを、きつく強く閉じ込めているだけ。

だって、そうすれば、そうしなければみんないなくなっちゃう。

何もないアルベルティーナなんて見向きもされない。だって、誰も気づかないのだから。

時折、お父様がアクアブルーの瞳に狂気を宿して私の目を覗《のぞ》き込む。

自由に、勝手に、奔放に心のままに生きればいいと――アルベルティーナは特別なのだから。

でも、わたくしの体はアルベルティーナでも、心は違う。別のナニカ。

あの狡猾《こうかつ》なほど賢いアルベルティーナですら、最後は失墜した。己の罪に沈んでいった。

愚かなアルベルティーナもどきはどうすればいいか分からない。

だれも、本当の意味で愛してくれることはないのだと突き付けてくる気がする。でも、それはわたくしが誰にも本当の意味で心を開かなかったからでもある。

前世の記憶があることについて口を噤《つぐ》んだ。

お父様にすら――打ち明けることができなかった。

お父様の傍《そば》は恐ろしい。居心地が良くて、優しくて、その罪悪感を拭うようにもっといい子であろうとした。

わたくしは、お父様に依存していたのです。

お父様は『アルベルティーナ』にとても甘かったから、こんなポンコツ娘でも許されたのです。

でも、お父様はもう死んでしまった。どこにもいないのです。

……『いい子』なんてもうしなくていいじゃない。

お父様はわたくしに幸せになれと言いました。

お父様がいないのに、どうやって幸せになれというの？

わたくしの願いは、本当の夢はとっくに腐り落ちた。あの日、あの場所で。

お父様に認められた方とともに、お父様に祝福されて、好きな人と結婚したかった。そして、お父様とクリスお母様のように愛し合い、ラティお義母様のように協力し合って人生をともにできる人が隣にいたら……。

現状はどう？

好きでもない、それこそおがくずでも頭に詰まっているような男を選ぶのを余儀なくされている。

あの男の横暴さは、きっとどこかでわたくしが言葉以上の反抗ができないと嘲笑《あざわら》っている――だからこそ、こちらの都合も顧みずに粗暴で浅はかな言動をしているのでしょう。

王家なんてどうでもいい。あんな男に、わたくしの大事なラティッチェ家を、残された家族や使用人たちを損なわれるのは許しがたいこと。

マクシミリアン親子は、わたくしに横柄な態度は取れてもどこかに捕らえたりすることはできないでしょう。まだ、婚約者候補でしかないのですから。

わたくしは魔力を練り、気配を探る。

薄い気配を感じる。良く知ったそれは、常に一定の距離を保ちながらついてきていた。

たまにいなくなることはある。……恐らく、気取られることを危惧して影に徹するためにも行ける場所と行けない場所があるのでしょう。

この前の王宮図書館はいなかったのかしら？

「……レイヴン、来て」

静寂にすら飲まれそうな、わたくしの声。

「貴方にしか頼めないの――ただし、わたくしのために死ねる覚悟があるなら姿を現しなさい」

思いのほかあっさりと、するりと出た言葉。

音もなく、毛足の長い絨毯《じゅうたん》に黒い靴が踏み出された。

ベッドに転がった状態で、魔石のライトのうすらぼんやりとした明かりに照らされた部屋を眺める。

闇夜に紛れてしまいそうなほど暗い一人分の人影は、恭順を示す。

膝をついて深く頭を垂れる。

「魔法の契約……スクロールに使う紙と、その契約魔法に関する書物を持ってきて。王宮魔術師が持っているわ。そうね、ヴァニア卿《きょう》とか忙しそうですし、今研究していない分野なら管理も甘くなっているわ。契約用の紙は多めにもってきて。明日までには用意できる？」

こくり、僅かに動く頭。

「レイヴン、こちらにおいでなさい」

そういえば、少し躊躇《ためら》ったあと真っ黒な人影は立ち上がってこちらに踏み出す。

レイヴンだと思っていたそれは、背が高かった。おや、と思ったが光を吸い込むような黒髪と暗闇に溶けるような浅黒い肌、そして少し彫りの深い顔立ちはレイヴンだった。

ほぼ無表情だが、目だけはやや戸惑ったようにこちらを見ている。

上半身を起こし、ネグリジェのままでさらに傍に来るように促す。ベッド際まで来たところで、すっかりと少年から青年に変わっていた顔を両手で挟む。

その黒い瞳を覗き込む。真っ黒な瞳は赤子のように澄んでいる。この目を恐れる人もいるらしいが、わたくしは恐怖よりも巻き込むことの罪悪感を飲み込むのに苦心する。

「大事なお使いだから、誰にも気づかれないようにちゃんとやるのよ？」

「……はい」

「いい子ね」

額にキスを落として、少し硬めの髪を撫《な》でる。少しだけ、質が悪くなったような気がしますわね。

辛い生活をさせていたのかもしれない。わたくしにずっと張り付いていたはずだ——護衛はこの子以外、結界の中に入れなかった。結界がなくなったあとも、フォルトゥナの護衛をはじめとする者たちに気取られずに動き続けてきたのだ。

一人で、ずっと。

何度か呼ぼうと思ったが、レイヴンは『影』なのだから呼べるはずもない。本当に、危ない時の最終手段。レイヴンはわたくしのよりどころだった。

アンナは信頼しているし、信用している。でも、アンナとレイヴンのできる仕事と得意分野は違う。

「マクシミリアン侯爵家を潰すわ」

「はい」

「あの愚か者たちだけは許さない。どんなことをしてでも、地獄の底へと叩き落としてやるの」

「仰せのままに」

「殺すだけじゃ足りない。殺しても殺し切れないほど憎い。憎くて、憎くて仕方がない。許せないわ。謝ったって許さない。容赦しない。死んだって許さない。私は、わたくしは何だってするし、何にだってなってやるわ」

誰に嫌われてもいい。

どうなってもいい。

悪魔にだって魂を売る。

悪役令嬢アルベルティーナにだってなってやる。

お父様を貶《おとし》めたことを、後悔させてやるわ。

わたくしの可愛い黒猫さんはちゃんとお使いをしてきてくれました。

やはりお父様のつけた護衛や使用人は優秀なのね。王城の、しかも王宮魔術師の元から持ってきた

のよね。本当にその日のうちにこなしてきてしまったわ。

目が覚めると枕もとに魔導書が数冊置いてあった。手を伸ばし、ベッドに入ったまま目を通す。

魔法による契約のやり方は、大体は予想通りだった。そして、わたくしの契約させられたのも間違いなく同種のモノ。

読み込んだ魔導書を確認する。いくつか魔法紙が置いてある。契約書用のものだ。魔力を込めた指で撫でると、ジワリと色が浮き出る——感熱紙のようなものだ。この場合は感魔紙でしょうか。

魔法で気配を探すと部屋の隅にいた。姿が見えないのは、姿を眩《くら》ませる何かを使っているからでしょうか。今まで、どちらかというとバルコニーや屋根といった屋外にいることが多かったのですが——わたくしの命令待機でしょうか。

「レイヴン」

「はい」

「いい子ね。もう少しお使いを頼んでもいい？　この紙に書いてあるものを用意して欲しいの。あと、こちらをキシュタリア、ミカエリス、ジュリアスへ渡してください。わたくしの名を出して構わないわ。必ず、彼らに直接渡すのよ」

「御意に」

「なにも聞かないのね」

レイヴンに無表情のままで怪訝《けげん》そうな顔をされた。なんとなく、ですけれどね。随分身長は伸びたけれど、本質的なものは何ら変わっていない。

きょとんとした目がこちらを見ている。表情よりも言葉よりも解りにくいという人もいるかもしれませんが、そういった者は取り繕えるのです。その真っすぐな眼差《まなざ》しが好ましくて、わたくしはレイヴンを気に入ったのです。

ふふ、そうしているとやっぱり可愛いレイヴンのままだわ。

急変したわたくしの態度に、何も思わないのね。レイヴンは少し人の機微に疎いのもあるけれど。

「アルベル様の望みが、私の望みです」

どこからそんな言い回しを覚えてきたの、レイヴン。お父様の教育が行き届きすぎではありませんこと……？

レイヴンは我欲のない子ですもの、おかしなことは考えないでしょう。こういっては何ですが、薄い夜着のままベッドの傍に呼んでも、ただ静かにわたくしの声にのみ集中している。黒い瞳は、欲望がなく相変わらず子犬のように澄んでいる。

わたくしはこの外見は魔性といいますか、傾国級だと思っていましたが……存外そうでもないのかしら。いつだったかジュリアスが人を狂わすうんぬんを言っていたけれど、そうでもないようね。下半身馬鹿はいましたけれど。

まあいいわ。わたくしの血筋が、今この国において非常にもてはやされているものだというのは事実。使わせていただきますわ。

利用できるものは、なんだって利用する。そう決めたのです。

あれもこれも欲張るから身動きが取れなくなるのです。

立ち上がって、クローゼットルームの脇の壁に触れる。大きなモザイクの絵がある。細かいタイルを張り合わせた美しい壁画だ。ここの裏には、隠し通路がある――恐らく、位置的にこの絵が一番ありうる。このすぐ後ろに、通路があるのです。非常に美しい絵なので、これをわざわざ隠したりはがしたりというのは考えないでしょう。事実、模様替えがあってもここには一切手が入らなかった。だからこその、触れさせないようにとの配慮。

この宮殿はリフォームが入りましたが、カーテンの取り換えや一部の壁紙の張り替えや補修。調度品の入れ替えがメイン。奥の壁や柱には直接大きな変化はない。

魔石のランプで絵を観察し、目を凝らす。そして、王家の盾のモザイクタイルが少し違うことに気づきます。これは、サンディスライト？

「これね」

手を伸ばすが少し届かない。

いつの間にか後ろに来ていたレイヴンが、そっと手を伸ばして宝石部分に触れる。

「こちらですか？」

「……ええ」

「押せません」

「……まさか。いえ、もう少しよく見てみたいの。台を――」

レイヴンは無言でわたくしを抱きかかえる。ひょこひょこ背伸びをしていたので、簡単に持ち上げられてしまった。

急に高くなった視界に驚いたが、これであれば軽々とサンディスライトの部分に手が届きますし、観察もしやすいです。

サンディスライトに手が触れると、僅かにカチリと音がして滑らかに壁が動きます。モザイク絵の部分の壁が丸々回転扉になっており、人が通れるくらいの幅があります。ドレスでも通れますわ。

隠し扉ね……わたくしに反応した？　サンディスライトは宝石であり、魔石でもあります。魔力の波長には血筋が現れると聞きますし、そういった認識システムがついている？

あり得ますわ。カルマン女史も、魔導遺跡や古代王朝の霊廟などその手の術式をシステムとして導入して選別し、侵入者を防いでいたと聞きます。

「レイヴン、下ろしてくださいな。必要なものができましたわ」

レイヴンはコックリと頷《うなず》くとわたくしを下ろす。

鍵付きの引き出しに隠していた、ラウゼス陛下からいただいたサンディスライトを取り出す。

わたくしの魔力と相性がいいのは、サンディスライト。ちょうど良かった……これで別の魔石だったら使えなかったわ。掌に簡単に転がるサイズですが、品質は一級品。この魔宝石に魔力を込める。

サンディスライトが熱を帯びるほど魔力を込めます。手を開けばサンディスライト自体がうっすらと内側から輝いていました。

良かった。成功したわ。大切なモノだけれど……うん、必要だから仕方がないわ。わたくしが急にサンディスライトを取り寄せたら目立つに違いない。

……後先考えずにやってしまったのは、反省ね。

「アルベル様、お体が冷えます」

レイヴンにかけられたのはお気に入りのカーディガン。柔らかくて、軽くて、温かい。夜の空気に、すっかり体が冷えているのに気づきます。

「ありがとう。レイヴン、これを持ってあの絵の前に」

「はい」

レイヴンは頷いてサンディスライトを受け取ります。

そして再びあの壁の前に立ちます。わたくしが離れたから自動で閉じたのか、最初と同じようになっている壁。レイヴンがサンディスライトを絵に近づけると、隠し通路への道が開きます。

「行くわよ」

「アルベル様、危険です。先にいって私が調べます。安全の確認が取れたあとに……」

「いえ、わたくしもこの通路をいつ使うことになるか分からないわ」

「……解《わか》りました。私が先行しても？　これだけは譲れません。お許しを」

「ええ、お願い」

通路は魔石のランプだけしか光源がないと思ったら、しばらく歩いたらぽつぽつと壁にはめ込まれているらしい魔石が輝き出す。

時折僅かな物音に反応し、レイヴンが歩を止め、確認してから進みます。レイヴンのほとんどしない足音と、わたくしの部屋用の布製の靴のぺたぺたとした足音が響きます。靴裏の部分は滑り止めのついた鞣革《なめしがわ》なのです。

時々どちらに行こうと迷うところもありますが、わたくしに確認します。

何度もこの宮殿周囲を魔法で下調べしていた成果が表れます。わたくしには分かるのです。

どれくらい歩いたか分からないほど歩くと、何やら拓《ひら》けた場所に出ます。

扉が複数あります。そして、そこの大陸の公用語と何やら文字が刻まれています。

「宝物の間と……自由の間？」

古めかしいその文字を見ると『倉庫』『玄関』と書いてあります。

つまり、何か物を保管した場所と外に繋がる扉ですね。

……何故読めるのでしょうか。この文字、すごく懐かしい感じがしますわ。

「日本語？」

「にほぅご？　これはニホーゴというのですか？」

「いえ、その……レイヴン、内密に。まだ確証ではないのよ。とりあえず、外に出ましょう」

「外に繋がっているのですか？」

「恐らく、そうだと思うの」

レイヴンはコクリと頷くとまた静かに歩いていきます。

その足取りは初めてのはずなのに、全く気負いなく頼もしいです。だけれど、わたくしも苦労なくついていけるので……だいぶ気を使ってペースを落としているのよね。

ヴァンで思ったけれど、男の人って足の歩幅が大きいから歩くのが速いのよ。

……本当、わたくしって本当に生粋の紳士しか相手をしたことがなかったのね。歩調やペース、言葉や話題、笑顔や仕草一つでも洗練された方ばかりだったと痛感しましたわ。あの男はわたくしの話は聞かないし、乱暴で本当に不愉快でした。人と対面して、あれほど不快になったのも珍しい。いえ、それどころか初めてかもしれません。あのような初体験要りませんわ。

お風呂に入る手伝いをしてくれたアンナが、二の腕や手首の痣に憤慨しておりましたもの。

「アルベル様」

声をかけられて顔を上げると、月明かりを背負ったレイヴンが立っていた。

外には草原が広がって、人の手の入っていない岩肌が見える。見たことのない植物は、自然のものだから。青さを含んだ少し冷たい風が頬を撫でる。

「外……」

「はい、外です」

「ここは？」

「恐らく城外の打ち捨てられた教会です」

岩だと思ったのは壊れた石像でした。

建物らしきものはあまり見当たらないのですが、本当に教会なのでしょうか？

かなり前に打ち捨てられたのか、草原と見間違えるほど広い敷地にもかかわらずあまり建物の形跡は見られません。そのおかげで、隠し扉の周囲に鬱蒼《うっそう》と茂った背の高い雑草、灌木《かんぼく》や蔦《つた》が出入り口を巧妙に隠すようになっています。

「曰《いわ》く付きの教会で、百年以上放置されています。取り壊しや再開発をしようにも、行方不明者や事故が後を絶たず……過去に王位継承争いに負けた王子や王女が数多く幽閉された場所。いくつか併設された修道院があったと聞きます。還俗《げんぞく》を許さず、しかし王城の見える場所で悔い改めろと収容されたと聞きます」

「な……!?」

これを作った方はかなり意地悪ですわね。

ですが、その手の建物を時の権力者たちは大なり小なり利用していたのでしょう。そうでなければ、王城からほど近い一等地をこれほどの広さのまま放置するわけがない。利用価値があったから残されていたし、それ以上に隠してコソコソやりたかったといえば納得できる。

よくよく目を凝らして見れば、まだ建物の名残はいくつか残っています。

「石碑は建てられているそうですが、忌場としても有名ですのでこの近隣には貴族どころか平民すら寄り付かない……ですが、この通路を考えるとどこまでが本当なのでしょうか」

その通りですわ。

隠蔽や密会が行われていたことは容易に想像がつきます。王家の血筋——王家の魔力が揃《そろ》っていれば、通れるのですから。

この通路を知った王族は、他に知られないために口封じをするのは容易に想像がつきますし、子供やきょうだいとはいえ王位簒奪《さんだつ》をされないために本当に必要な場合ですら、渋る者もいるはずです。

「レイヴン、内密にしたいの。あの三人に会うのは、わたくしが本当に信用している人に、必要な人にしか言わない。いいわね？」

「はい……この道をご案内するということですね」

「ええ、他に気取られてはいけないの。わかるわね？」

頷くレイヴンだが、わたくしが小さくくしゃみをするとひょいと抱き上げた。

変わらないのね。小さな虫でも、小石でも、気づいたら遠ざけようとしているのがわかります。

もっと、危ないことをしようとしているのに。

レイヴンは淀《よど》みない足取りでサクサクともと来た道を歩いていき、あっさりとわたくしのクローゼットにたどり着きます。

……早い。わたくしが後ろを歩いていた行きの三倍、いえ、それ以上かもしれません。

調べながら、確認しながらとはいえレイヴン一人のほうが早く済んだかもしれません。人を抱き上げたレイヴンの足取りに迷いがないです。覚えたのですね。

わたくしをベッドに入れると、しっかりと布団を被《かぶ》せて首の上のほうまで温かくさせられました。

「眠れないのですか？　湯たんぽをお持ちしますか？　それとも湯浴みの用意をしますか？」

「いえ、大丈夫よ。その、できればもう少し起きてもう一つの部屋を調べたかったのですが」

ぴたりと不自然に体を硬直させたレイヴンが、きゅっと眉根を少し寄せてフルフルと首を振ります。

「お嬢様、体が冷えすぎているうえ睡眠時間を削れば、間違いなく熱が出ます。そうすれば、自由に動ける時間が減ります」

「……解りましたわ。おやすみなさい、レイヴン」

「おやすみなさいませ」

その姿は、どんなに大きくなっても前のレイヴンと変わりがなくて、少し安心してしまいました。

目を少し丸くして、首を傾げるレイヴン。

「……ありがとう」

数日後、性懲りもなく先触れなくヴァンはやってきた。

もちろん招待などしていない。それでも通れたのは、彼の横暴な強引さ、前回のわたくしの様子から邪険にしきれない理由がなにかあると周囲も察してしまったのでしょう。

そして、ヴァンは全く空気も読まないポジティブシンキングのようで、何故か嫌がっているわたくしが『恥ずかしがっている』や『素直になれない』などと解釈しているようです。

どの世界でも、勘違い男は絶滅しないのですね。

「……体調が良くないの。お引き取り願えるかしら？」

ですが、少し待たせている間にメイドの中でも若く可愛らしいフィルレイアが目を付けられてしまったようです。

あまり仕事もできず、しょっちゅうキシュタリアたちの来訪に浮き立っていますが……何か大それたことをできるような肝胆の持ち主ではありません。様々な面目を立たせるために、一応は置いているそうです。

ここは娼館《しょうかん》でもないし、メイドは娼婦ではないのです。なのに相手をしろとふんぞり返っているヴァン。わたくしが先日した忠告は、意味をなさなかったようですわ。

よくもまあ、こんな男をわたくしに差し向けようとしましたわね、オーエンは。

女性軽視が分かりやすい男尊女卑の典型のヴァンは、メイドや女騎士の顰蹙《ひんしゅく》の買い方が凄《すさ》まじい。

隣に座らされて半泣きのフィルレイアと、ヴァンの前に立ちふさがるベラ。

「アルベルティーナ殿下は体調がすぐれません。またの機会に。今日はお帰りくださいませ」

「ん？　では見舞うとしよう。なんだ、なにか出ないのか？　小腹が空《す》いたんだが」

「ご理解ください。先触れを出すようにと、前回もお伝えしましたが」

「俺はマクシミリアン侯爵家の人間だぞ⁉」

騒がしいヴァンの声はよく響くし、ベラの芯のある声も通る。

近づいてはいけないと周囲はいうのですが、心配なので少し距離のある場所から覗き見中ですわ。

ベラの訴えは常識的だ。義弟のキシュタリアや、クリフトフ伯父様ですら守っている当たり前のこと。わたくしの身分を考えれば、当然です。

「身分を称すならば、それに見合った言動を伴いなさいませ。まるで殿下の婚約者や恋人のように振る舞っているとお聞きしますが、勘違いもここまで来ると不愉快です。殿下の瑕疵《かし》になるようであれば排斥するのもわたくしたちの役目です」

「あ⁉　ババアごときが俺に指図するのか⁉」

簡単に言えば『このドラ息子一昨日来やがれ。てめぇの妄言のせいでウチの姫様に余計な噂《うわさ》がついたらどうしてくれる』ってところでしょうか。

確かに、着ているものは貴族風ですがやっていることはチンピラ。

……もう見ていられない。

アンナたちは出てはいけないと言っていましたが、このままでは使用人を殴るのも時間の問題よ。

わたくしの宮でいつまでも不作法を働くあの男には、いい加減に頭にきておりますわ。

「何しているんだ？」

踏み出そうとする直前、ヴァンが振り上げた腕をねじり上げられて呻《うめ》いていた。

かなり大柄なヴァンではあるが腕を取られてそれ以上動けないのか、顔を真っ赤にして相手を睨《にら》みつけていた。

「キシュタリア！」

「マクシミリアン侯爵家のドラ息子が、殿下の離宮で不作法を働いていると聞いてね。ラティッチェ公爵家の分家を名乗って暴れるのならば、それを諌《いさ》めるのも私の役目だからね」

「ふざけるな！　娼婦の息子が、何が公爵子息だ！　穢《けが》らわしい下民を継嗣などと認めるものか！　お前なんて今に追い出してやる！」

「へえ、その割には金がないってしょっちゅう援助の願い出をしているようだけれど……父様の次は、母様に。相手にされないってわかったら、次は王太女殿下？　都合のいい話ばかり信じて、現実を見ない。恥という言葉を知らない連中だな」

「ハハハ！　そういっていられるのも今のうちだ！　アルベルティーナ様を呼んでこい！」

「気でも触れたのか？」

公爵令息仕様のキシュタリアは冷然と吐き捨てます。そしてちょっとだけ腕を動かすと、ヴァンは悲鳴を上げて床に転がった。大袈裟《おおげさ》なほど叫び暴れる姿に、周りから失笑が漏れます。

アクアブルーの瞳には氷のように冴《さ》え冴《ざ》えとした冷たさと鋭さがある。

そうしていると、やはりキシュタリアはますますお父様に似ている。……わたくし、あのようになれますかしら。いいえ、ならなくては。

ですが、身を乗り出してしまったわたくしにキシュタリアは気づいた。

何を言っていいのか一瞬まごつくが、なんとか笑みを作る。

「いらしていたのね。来てくれてありがとう……余計な方もいらしていたようですが」

「これはお騒がせしてすみません、王太女殿下。登城しましたので、是非ご挨拶をと思いましたら……この恥晒《はじさら》しがいたのでお灸《きゅう》をすえていました」

とても優雅で洗練された一礼。ヴァンがいるからか、慇懃《いんぎん》で他人行儀のキシュタリア。

その態度に、家が変わったという事実がズシリと今更のしかかる。キシュタリアの行動は間違っていない。正しいのです。

「ええ、わたくしもキシュタリアの顔が見られて嬉《うれ》しいわ」

よくできました、といっているような笑みを返されて複雑ですわ。

義弟が優秀すぎて辛いですわ……。

「我が君！　コイツを追い出してください！」

「ヴァン・フォン・マクシミリアン侯爵子息……でしたかしら？　誰の許可を得て、口を開いていますの。目上同士の会話に割り込むのは、あまりに不躾ではなくて？」

コイツって誰よ。このどこに出しても恥ずかしくない自慢の義弟のことを言っていますの、この脳みそ筋肉は。一度入れ替えて出直してくださいませ！

キシュタリアの笑みがわたくしへの親密なモノから、酷薄なモノへとすっと変わります。

わたくしはそっとヴァンとキシュタリアの間に立つ。

「俺と姫の間に割り込んできたのはこいつです！　俺を助けるならもっと早く……」

「使用人に暴力を振るう貴族がいると聞き、様子を見に来ただけですわ……まさか、貴方がそこまで品位のない方とは」

「使用人の癖に、俺に楯《たて》突《つ》いたんですよ！　この女をクビにしてくれ！」

「冗談も過ぎれば不愉快でしてよ。ベラは仕事に忠実であっただけですわ」

「なんだよ！　話が違う！」

どんな説明をしたの、オーエン・フォン・マクシミリアン！

ヴァンは言葉も選ばずわたくしに食ってかかります。かなりの興奮状態で、今にもわたくしに掴みかかりそうです。

キシュタリアは相変わらず笑みを浮かべておりますが、聞こえていないはずがない。

「お話になりませんわね……一度お引き取り下さいまし」

「なっ!?　どうして！　どうしてですか、姫！　俺は貴女に会いに来たというのに！　貴女を救えるのは俺だけなのに！　この前だってそうだ！　すぐに帰れと……！」

「……キシュタリアも一度帰ってくれるかしら？」

「ええ、承知いたしました……お大事に、アルベル」

最後だけ落とした声で囁《ささや》く。

心配そうな瞳が覗き込んでいた。非常識に散々晒されたあとの、キシュタリアの真心が酷く染みる。

キシュタリアは子供のように暴れるヴァンを引きずって帰ってくれました。

その後、わたくしの体調はもっと悪化して部屋に籠ることとなりました——キシュタリアが黙って引いてくれたのは、わたくしの体調を優先してくれたからなのだと理解させられます。

二人が帰るのを見送ると、どっと疲れが出た。

思わずため息が漏れてしまう。周りから心配そうな視線が刺さりますわ……そうよね、今までヴァユの離宮の来客は厳選しまくっていたもの。その中に、いきなりアナーキーすぎる分家の小《こ》倅《せがれ》がぎゃーぎゃーと……わたくしが嫌いそうなのに、わたくしから手紙を出して、入るのを許可している。しかも、わたくしが会うたびに判りやすく疲れ切って困っているのだから、訝しがらないほうがおかしいでしょう。


一礼をしてアンナは下がっていった。代わりにベラが部屋までついてくれます。

肘掛椅子に身を委ねていると、ベラが「お手紙が来ています」と持ってきてくれた——あの馬鹿息子の親からですわ。

顔が歪《ゆが》むのをこらえきれず、ベラに「ありがとう、下がりなさい」と不機嫌に言ってしまいました……ベラは悪くないのに。ベラは特に何も言わず下がってくれました。

「姫様、飲み物をお持ちいたしました」

「ありがとう」

ベラと入れ替わりにやってきたアンナが持ってきたのは、ホットチョコレートでした。

芳醇《ほうじゅん》な独特の香り。舌の上に甘さと温かさが広がると、強張っていた力が抜ける。

こういう時、必要なものを用意してくれるアンナって本当にすごい。アンナがわたくしの侍女でよかった。

「アンナ」

「はい」

「わたくし、詳しくは言えないけれど、あの男の家に懇意にならなければならないかもしれないの」

「はい」

「でもわたくし、あの男もあの男の親も嫌いよ。だから、抵抗するし、やり返すつもりよ」

「はい」

「そのためには、人の道に悖《もと》ることだってするわ。許せないの。憎んでいるの」

「アルベル様」

契約の詳細――お父様の首がマクシミリアン侯爵の手にあることは言えない。違反したら、お父様が無傷で帰ってこないかもしれないのだ。

でも魔法の契約書には穴がある。明記したこと以外はやって大丈夫なのだ。

その境界線の見極めがみそだが、恐らくオーエンはど素人の部類。確かに許しがたい約束をさせられたが、まだ手の打ちようがある。ならば、できうる限りの復讐《ふくしゅう》をしてやる。

「私は、アンナはアルベルティーナ様の僕《しもべ》です。ご命令を。私にアルベル様からの言葉をください。あの男たちを殺してきます」

「それはダメ……まだダメよ。アンナ、危ないことをしないで。貴女は女性だし、替えはいないのよ。わたくし、貴女以外のメイドに寝顔や肌を見られるのは嫌ですわ」

「……その言い方はずるいです、アルベル様」

　事実ですわ。アンナ以外に手伝われるくらいなら、すべて一人でやったほうがましです！

　着替えもお風呂も一人ではできないですが、アンナ以外に頼るなら誰もいないほうがましです。ヴァユの離宮にいる使用人は、比較的信用できる。だけど、アンナの足元にも及ばないのです。元々露出は好きではないのです。それに……背中の傷は、特に見られたくない。

「アンナほど信用できる者はいないのよ。貴女はわたくしの右腕よ。だから、貴女には話しておくべきだと思ったの――おいでなさいな、レイヴン」

　音もなくバルコニーからやってきたのは真っ黒な衣装を着た長身の人影。

　夜中は目立たなかったけど、真っ昼間ですと異様ですわね。

「……レイヴン？」

「ええ、ずっと守ってくれていたのよ。日中や、目立つところでは出てこないようにしてもらっているわ。フォルトゥナ家も知らないだろうから、本当に最後の砦《とりで》のような護衛よ」

　ぺこり、とアンナに頭を下げるレイヴン。アンナは何とも言いがたい顔です。

意外と驚いていないというか、むしろ納得したような複雑な顔をしています。

「……やけに素直にパシリになると思ったら、レイヴンでしたか……」

レイヴン、知らないところでアンナに使われていたのですね。

周囲に影がいたのは知っていたのですね。この様子だと、その影であり護衛がレイヴンであると知らずに使っていたのですね。

「わたくし、マクシミリアン侯爵家を潰したいの。完膚なきまでに、徹底的に。今まで、わたくしは自分が温厚な人間だと思っていたけど違うようね。あれほどに人を憎んで、殺してしまいたいと思ったのは初めてでした」

アンナが目を見張る。茶色い瞳がまん丸く見開かれるのがよく見えます。

その瞳に映るわたくしは、きっといつものように微笑んでいる。人を呪う言葉を吐き散らしながら、花のように、淑女のように、少女のように——愛されるために、望まれるために微笑み続けた笑みを浮かべている。

「許せない、だから殺したい。わたくしの手で、できるだけ残酷な死を与えてやりたいの……それでも、わたくしについてきてくれる？」

「もちろんです。この命、アルベル様と共に」

一切迷わず、アンナは言い切った。

引くどころか使命感に燃えて、昂然《こうぜん》と顔を上げるアンナ。まっすぐ見つめてくる眼差しに嘘は感じない。そのことに酷く安堵《あんど》する……。

この作戦には、アンナは必要不可欠な協力者です。

王太女になったあとでも、アンナはわたくしの一番の侍女。男性を怖がるわたくしの影響で使用人にメイドは多いのは、男性の従僕を補うためであります。数いる中でも、アンナは特に近い存在です。

お金や地位をちらつかせて巻き込んだ人間は、より大きい利益の前に尻尾を振ります。また、事が終わったあとに、色々な要求をするかもしれません。危機的状況になれば、あっさり裏切る可能性だって高い。リスクがありすぎる。

それに、大好きなアンナが離れてしまうのはとても辛い。

「ちょっとくらい、幻滅してもいいのよ？」

「あんな男、今すぐ油をかけて火を放つくらいがちょうどいいです」

アンナ、思った以上に過激だったでござる。真顔のアンナには一切冗談の気配がないのですわ……レイヴンも頷いている。

思わず宇宙を感じた猫ちゃんになってしまいそうですわ……。

レイヴンやアンナは否定や拒絶をするどころか、すごく乗り気で協力してくれると言っていましたが……こんなに上手くいっていいのでしょうか。

二人とも、お父様の件は知らないはずなのに。ありがたいけれど、少し釈然としませんわ。

あと必要な、主要協力者は三人。こちらが本番ですわ。

一番わたくしが酷い要求をし、過酷な立場を願い出なければなりません。

でも、躊躇ってはいられない――そうすれば、こちらが不利になるだけなのです。時間との勝負。

一年という絶対的な期限がある以上、なるべく早く手立てを打たねば。

ちらりと手元の手紙を見る。マクシミリアン侯爵家からの手紙。

ペーパーナイフで封を切り、中を確認すれば挨拶もそこそこに今回の要求内容が書いてあります。

次のお父様の月命日に贈る青百合《ゆり》を、マクシミリアン侯爵家宛に用意しろとあった。

前回はキシュタリアにお願いをした。その役目を奪い、名代として振る舞いたいのでしょう。

お父様の瞳に合わせたあの独特の透明感のある青百合は非常に稀少《きしょう》かつ高価です。

ですが、上位貴族が入手できないというのもおかしな話。

あの侯爵家は花を入手する手立てすらないのかしら？　仮にも侯爵家が？　もしかして資金繰りに余裕がないのでは、と思ってしまうのは考えすぎ？

キシュタリアはかなり財政がきついとは言っておりましたが、花くらい……確かに、少し値の張るお花だとは思いますが。

「とにかく、アルベル様はお休みください――酷い顔色です。朝からよくありませんでしたが、真っ青です」

「でも……」

「レイヴン、アルベル様がちゃんと寝るまで見ていてください。夜中はと・く・に！　最近コソコソしているのは知っていますよ！」

「やーんっ」

さすがアンナ……長年わたくしの専属侍女なだけあります。お見通しでしたのね。

ですがやることがいっぱいあるのです。やらねばならぬことが……時間はいくらでも欲しい。

嫌々と首を振りますが、アンナは頑として許してくれません。

「ダメです！」

無情です。

……でも、このやり取りに安心してしまうのです。やっぱり、アンナが味方でよかった。

幕間　玉座にて

以前の襲撃などなかったように整えられた謁見の間。

破壊された入り口の扉は新調され、白亜の壁は新たに設《しつら》えられた。印象的な古代遺跡から発掘されたという、色鮮やかなガラスは陽の光を取り込みながら、一段高い玉座の荘厳さを引き立てている。入り口から玉座まで、真紅の絨毯《じゅうたん》がまっすぐ敷かれている。よく磨かれた大理石の白床とのコントラストが眩しい。

あの襲撃から王妃の席は空いていることが多い。だが、国王のラウゼスは謁見の間が直ってから、一日も欠かさずにいる。メザーリンは襲撃時の恐怖もあるだろうが、王子や王女、側妃も押しのけて国王すら差し置いて、自分を逃がすために通せと騒いだ醜態から身を隠したいのだろう。

だが、その陰で自分の利となる人間に接近することに自重はない。

（メザーリンの生家は伯爵家であれ、二十年以上王妃としているというのに……）

王籍すらなかった、まだ『ラティッチェ公爵令嬢』であった王太女アルベルティーナが、血涙が流れる寸前まで結界魔法を使い周りを守ろうとしたこともあり、余計に風当たりは強かった。

目的は戦闘をしていた父親たちのためかもしれないが、その尽力を見ていた者は多かった。

様々な噂《うわさ》のあったアルベルティーナだが、その一件で他の王族とは違うと期待した者は多くいる。特に、騎士やメイドといった使用人階級などの期待は大きい。

はっきり言ってしまえば、現在の王家の人気はアルベルティーナ一人に集中している。

（そういえば、王太女として支給されている費用で、なにか事業をする動きがあると聞いたな……あの子は柔和で聡明であるし、周りには信頼のおける者を置いた。問題は起きないだろう）

レナリアに篭絡される前のルーカスやレオルドはそれなりに支持があった。それに伴い、メザーリンとオフィールの勢力も強かったが、今はかなり落ちている。

それ故に対立を繰り返していた正妃と側妃は、それぞれの王子の争わせ方を変えた。息子を王太子にするのは限りなく不可能になった——その代わり、王配にするチャンスが来たのだ。アルベルティーナにそれぞれの息子を送り出そうとしたのだが、現在それは失敗している。

先日の茶会でメザーリンの娘であるエルメディアが暴れまくったからだ。そして、その責任の一端はオフィールにもある。

メザーリンだけが招待されたはずの個人的なお茶会に、強引にエルメディアを介入させることによりオフィールは自分の席を取ろうとし、見事に失敗した。

今まで領地に籠《こも》りきりで、人見知りが激しくか弱い——はっきり言ってしまえば薄弱ではないかと言われるアルベルティーナに、長年王族としている立場でマウントを取ろうとしたのだが、それどころではなくなってしまったのだ。

ただでさえ遺恨のある二人の王子の売り込みは、売り込む前からケチがついた。

ともにとっかかりの段階で破綻してしまったのだ。

社交慣れしていないアルベルティーナだけなら誤魔化せたかもしれないが、その場にはフォルトゥナの狂犬といわれるパトリシアがいた。

（エルメディアの教育係を変えたはいいが、ずっと拗《す》ねて燻《くすぶ》っている。声をかけたが、聞く耳も持たぬ……メザーリンは自分の娘を腫れもののように扱っている。アルベルティーナに触発され、王女としての自覚を持つと期待したが芽生えたのは敵愾《てきがい》心か……一度、パトリシア夫人に鍛えられたほうが、危機感を持つか？）

あの小柄でぽっちゃりと愛らしい雰囲気に騙《だま》されてはいけない。

外見小型犬、中身はケルベロス。

フォルトゥナの女主人であるそのケルベロスはアルベルティーナが大層お気に入りだ。

アルベルティーナは王族になることに抵抗感を拭えない様子はあった。そこまでの道があまりに急激であったのを考えれば致し方あるまい。それでも、最近は前向きに王家について学ぼうという姿勢があると聞く。

そしてパトリシアは亡き親友にして義妹の面影を偲《しの》ばずにいられない義理の姪《めい》っ子のために、張り切っている。今のところ、王妃たちは次の手を打つこともできずコテンパンにやられている状態だ。

そして、ラウゼスはそのすべてを静観している。

メザーリンたちを取り成そうとはしない。王妃たちは薄情だと騒いでいるが、学園の事件を考えればレオルド、ましてやルーカスを宛《あて》がおうなどとは厚顔無恥にも程がある。

それが潰し合いに発展しようとも、それは王妃たちの器量がその程度だということだ。

最も優先すべきは王太女。婿についてはルーカスやレオルドに限らなくていい。

現在、アルベルティーナの婚約者候補選びは難航している。

競争が熾烈《しれつ》で、至る所で攻防が繰り返されている。四大公爵家、王族、元老会、その他の貴族が水面下で争っている。

中には先走った婚約破棄や離婚騒ぎまで起きているのだから頭が痛い。

現在十七歳であるアルベルティーナ。来年の喪が明けてすぐに婚約と結婚と考えても十八〜十九歳である。どうしても婚約期間に最低半年は置かなくてはならない。結婚相手となるのは、十代半ばから二十代後半ほどが理想だろう。

できれば婚姻歴がなく、婚約者がいない伯爵家以上が望ましい。格式を示す『フォン』の称号があればさらにいいだろう。

王配は人脈があるのが望ましいし、政治や経済や国際情勢などにも最低限の知識は有していて欲しい。当主かそのスペアくらいの教養は必須。

そう考えると、二十代半ばを超える目ぼしい家柄はほぼ消える。高貴な家柄は、幼少期には婚約者が付き適齢期になれば婚姻をするのが普通だ。

結婚の経歴は消せない。結婚前なら最悪、婚約を白紙にすることはできる。破棄では遺恨が多く残るだろう。相手の女性も適齢期近い状態が多いので、違約金が発生する可能性も十分ある。

しかし、三男、四男となると実力が伴わない者がほとんど。

アルベルティーナの持つ影響力を考えると、並みの男では振り回されて踊らされるだけだ。

（……家柄、能力、人脈ともに申し分ない。経歴に瑕疵《かし》もなく、アルベルティーナとの相性も問題な

い相手）

ちょうど、まさにそれに該当する青年が目の前にいる。

鮮やかな真紅の長い髪に、漆黒の鎧《よろい》が映える。よく鍛えられ均等の取れた肉体は、鎧越しでも分かる。片膝をつき、頭を垂れている姿にさえ気品があり、育ちや教養を感じさせる。

つい先日、国境沿い紛争から戻ってきたドミトリアス伯爵、ミカエリス・フォン・ドミトリアス。その容姿の華やかさから薔薇《ばら》の騎士、紅伯爵と呼ばれる美青年だ。

ドミトリアスの領主でもある彼は、僅かにきな臭いと見回りに行った。その砦《とりで》にはゴユランから逃げ出した奴隷や賊が、武装勢力となって襲いかかっていたのだ。

近年のゴユランの治世の悪さは、隣国であるサンディスにも影響が出ている。国境沿いなどでは密入国が起こっているし、僻地《へきち》の町村などは襲撃されて乗っ取られ、その集落ごと財も人も略奪されてしまったという報告が最近になって増えている。

大きな人身売買の摘発は成功したがすべて消えたわけではない。

もし砦が、そういった者たちの手に落ちていれば非常に厄介なことになっていただろう。

ミカエリスは迅速にして的確な指示を飛ばした。怯《ひる》むことなく先頭に立ち剣を振るった。そこから密売組織のアジトを引っ張り上げて、少なくない数の賊や奴隷商やそれに関連する犯罪者を捕らえた。

それらの規模は大きく、決して侮ることはできない。全体を見ればかなりの勢力だった。

その功績を称《たた》え、彼は勲章と褒賞を与えられることとなったのだ。

もともと、ドミトリアス伯爵家は彼の代になって一気に勢力を増したこともあり、陞爵《しょうしゃく》の内定も決まっていた。

「此度《こたび》、其方《そち》の指揮により我が国は多大な損害を退けることができた。よって、ドミトリアス伯爵に褒賞として、勲章と陞爵の権利を与えるとする。他に報奨金、もしくは新たな領地を与えるとしよう。候補地は後に通達する」

ざわりと周囲が騒ぐ。

彼の功績の噂が駆け巡っていたが、改めてラウゼスの口から出ると一段と重みが増した。

ドミトリアス領はもとより狭くない。肥沃な大地から齎《もたら》される恵みは多く、ヴィンツなどはワインの名産地である。また、一線を画したブランド力を持っているため、他の土地よりも作物が高値で取引される。かの有名なローズ商会も、ドミトリアスにある農場で専属契約を結んでいるところも少なくない。多岐にわたり品質と信頼が高いのだ。

「一人の貴族として、臣民として当然の責務を果たしたまでです。恐れ多くも、ありがたく存じます。ラウゼス国王陛下の御心に報いるべく、一層の精進をいたします」

ラウゼスの言葉に、浮かれる様子もなく滔々《とうとう》と口上を述べるミカエリス。その声は、深みがあり耳に心地よく響く。

中には大きく出すぎて傲慢な要求をしてくる者だっている。非常にできた青年だ。

ラウゼスはふと思い出す。

アルベルティーナは、もうあのサンディスライトを誰かに渡しただろうか。

今のところ、それらしき噂はない。

分家のマクシミリアン侯爵家が強引に取り入っているらしいが、何か事情がありそうな気配がする。

ラウゼスも信頼できる私兵はいるので、その筋から情報を集めているのだ。

恙《つつが》なく勲章の授与は終わり、皆の羨望と期待、そして嫉妬を一身に浴びながらミカエリスは下がっていった。


陞爵は辺境伯か侯爵になるか、彼に選べるようにした。あとで返事を待つことにしよう。

ラウゼスが一方的に命ずることもできるが、できれば望むものを与えてやりたい。

辺境伯であれば特別な武器の下賜、名馬や馬具、武器や防具等軍備の増強など、領地をより治めやすいよう取り計らうことにした。侯爵であれば貴族としての箔《はく》付けとして一等地に大きな庭付きの屋敷と宝石を下賜し、王室御用達《ごようたし》の名店に口利きがされる。

不自然にない程度に色を付けたのは、エルメディアの一件もある。

婚約者はいないが、明らかにミカエリスには愛する女性がいた。

そして、ミカエリスほどの器量をもってしても迎え入れるのが至難の業といえる立場の女性。だが、その思慕を持っていても傍《そば》にいることが黙認される程度には許されていた。

ミカエリス・フォン・ドミトリアスは四大公爵家でも王家の分家でもないが、婚約者候補に挙がっている男性の一人だ。ミカエリスの父、ガイアスも健在である。妹として同腹のジブリールもいる。

もし王家に婿へと取られても最低限の保険はある。資産も潤沢であるし、事業も好調。家柄もしっかりとしており、歴史もある古い貴族の血筋だ。後ろ盾として問題ないと言えよう。

元老会たちは問題視していないようだが、ラウゼスにとっては一番の問題と言える、アルベルティーナの拒絶しない稀少《きしょう》な異性だ。

王配の座を巡る争いは熾烈だが、彼はかなり優遇された位置にいる。

ラウゼスの長年の勘が、アルベルティーナの意思を尊重しなくてはならないと囁《ささや》いている。それは親類としての情もある。

（あの子は次代が育つまで、間違いなくサンディスの守護役となる。王位を継がなくとも、あれほどの結界魔法の使い手などいない。私と比べるべくもないだろう。歴代の王族中でも、一流の魔法使いだ……だが、あの子はサンディス王家を、この国を厭《いと》う可能性は十分ありうる）

老い衰えた古い王などより、ずっと価値は高い。

現在、国境間には緊迫した空気が流れている。ゴユラン国からきな臭い噂が絶えない。

戦争になり、各国の秘術や魔法や魔道具が行使されたら、それを防げるのは王家伝来の結界魔法くらいだ。

万が一の話ではあるが、ない話ではない。

危機感が薄いというべきか、今まで危険な部分はグレイルが排除し尽くしていた。グレイルはそれができる男だった。彼一人いれば、すべてを成せる視野と能力を持っていた。

それがいなくなり、国内外の抑えが効いていない。

新たなる王族に喜んでいるとは聞こえがいいが、浮ついているようにしか見えないのだ。何か、重要なものを見落としている気がしてならない。

フォルトゥナ公爵をはじめ、勤勉な者たちは目を光らせている。だが、最も目端の利く勘の鋭いグレイルがいない不安はぬぐい切れない。
注意深く観察はしているが、ラウゼスは嫌な予感がしてならなかった。

エピローグ　一時の安らぎ

豪奢《ごうしゃ》だが落ち着きのある室内で、ペンを滑らす音だけが響く。

サラサラと流麗な筆運びで、いくつものデザイン画を仕上げていく。描いているのはドレスではなく、男性向けの貴族服だ。

昨日までは女性が好みそうな帽子を描いていた。

オーエンやヴァンからの連絡が来るたびに、鬱憤を晴らすように描いている。

マクシミリアン親子と関わるとどうしても苛立《いらだ》つので、大好きな人たちを思い描くことによって何とか怒りを中和しているのだ。

「姫様。そろそろ休憩をなさってください」

アンナがトレイにティーセットを載せてやってくると、アルベルティーナはようやく我に返った。

「あら……？　そんなに夢中になっていたかしら？」

「もう二時間以上は」

アンナが苦笑して時間を伝えると、アルベルティーナは「まぁ」とおっとりと声を上げた。

「すっかりお茶の時間でしたわね。今日はなにかしら？」

「朝摘みのカモミール入りの紅茶です。今回のは特に薫り高く、アップルティーにも似たフルーティーさが堪能できますよ。茶菓子はミニマドレーヌと三種のクッキーになります」

「どれも美味《おい》しそう。ありがとう」

にこやかに笑う姿は、いつも通りだ。

その『いつも通り』に違和感がある——ヴァユの離宮に多くいる使用人の中でも、気づいているのはアンナくらいだろう。

内心は怒り狂い、張り詰めている。鬱屈した感情を見事にしまい込み、天使の笑みで周囲を魅了するアルベルティーナ。

(気づきそうなジュリアスは事業を預けられ、忙しそうですしね)

彼は鋭いので、すぐに気づくだろう。長年従僕をしていただけあり、アルベルティーナの機微に敏感だ。感情であれ、体調であれ異変にすぐ気づく。

彼だけでなく、ラティッチェでの本当のアルベルティーナの笑顔を知っている人間なら、何かしら引っかかりを覚えるだろう。

だが、ここにはそんな人間はほとんどいない。

アンナが気を引き締めて、アルベルティーナを見守らなくてはならない。

より一層、職務に邁進《まいしん》せねばと意気込みを新たにするアンナ。その気迫に気づいたのか、アルベルティーナはちょっと首を傾《かし》げつつ見つめている。

あの性悪ジュリアスもやれることをやっているのだ。アンナも自分だけができることをする。

人事を尽くすのだ。アルベルティーナの覚悟を無駄にはしない。

アルベルティーナの言う今後の協力者とやらも、全力で取り組んでもらう。

「大丈夫ですよ、姫様。言うことをきかないのがいたら、私が押さえつけてでも従わせますから」

「え？　アンナがそんな力仕事しなくていいのよ？」

ティーカップを手に、ぱちくりと大きな目を瞬《しばたた》くアルベルティーナ。

言葉通り、腕力で押さえつけると思っているらしい。

どこかずれてぽやんとしたところは、以前のまま。こっそりと安堵《あんど》する。

「いいえ、姫様。人間は力より頭で押さえつけたほうがいいのです。メイドの情報網を侮らないでください。後ろ暗い過去や危ない趣味の弱みの一つや二つ……」

アンナは専属侍女として長らく仕えているから、当然ながらアルベルティーナの人間関係は把握している。

その三人の重要協力者も、見当がついてた。

彼らがアルベルティーナに知られたくない秘密だって知っている。

「ジュリアスは刺してでも頷《うなず》かせます」

「それはダメじゃなくて？」

若干、私情が入っていなくもない気合と勢いである。

アンナの言葉をアルベルティーナは冗談だと思っているのか、くすくす笑っている。

早くこの笑みが屈託のないあの頃に戻ればいい。アンナは切に願うのだった。

特別書き下ろしＳＴＯＲＹ　お嬢様の推し活

壁を半分覆うほどの大画面テレビを前に、一人の少女がピンクのペンライトを振りながら頬を紅潮させていた。

テレビに映るのは、可愛《かわい》らしい衣装をまとった少女。彼女は人気の清純派アイドルのレナリア・ダチェスである。

小動物を思わせる可憐《かれん》な顔立ちに、華奢《きゃしゃ》な体。笑顔で歌とダンスを披露している。危なっかしく、たどたどしいまでいかないが、初々しい姿が売りの一つだ。

「レナリアちゃん！　新しいステップができるようになりましたのね……」

感激を隠そうともせず、ペンライトを小さくフリフリ、目はウルウルなのはアルベルティーナである。本人が画面に映るアイドルなんて目じゃないくらいに可愛かった。

「お嬢様、そろそろお出かけのご用意を。旦那様からやっと了承を得られた握手会に行けなくなってしまいますよ」

時間を忘れているアルベルティーナに、呆《あき》れながら声をかけるのは住み込み使用人のジュリアスだ。

アルベルティーナの専属護衛兼世話役、系列子会社の経営にも携わっている。

ジュリアスは若いが有能で経営手腕も相当だが、彼はアルベルティーナを気に入っているので世話役を頑なに辞めない。

アルベルティーナの実家は裕福だ。ラティッチェ家は財閥を持つ、世界有数の富豪の一家だ。使用人といえど、その辺の正社員の倍は簡単に超える給料が与えられている。それもあり、ジュリアスの身なりはシンプルだが上品だ。

「え？　もうそんな時間でしたの？　……きゃーっ！　本当だわ！」

ジュリアスに促されて時計を見たアルベルティーナは飛び上がるようにして立ち上がった。

しかし、どこから手を付けようと右往左往している。

それ見て、同じく専属使用人のアンナがしずしずとやってきた。あたふたしているアルベルティーナの髪を整え、薄化粧を施し、上着を羽織らせて愛用バッグをジュリアスに預けた。

「どうしましょう!?」

くるりと振り向いた姿は完全にお出かけスタイルだ。アルベルティーナの気持ちだけ整っていない。

「おもてに車の用意ができていますので、靴を履いて外に出てください」

そんな主人を生ぬるい目で見守りながら、ジュリアスはさっさと最善を選ぶ。

憧れのアイドルに会える。アルベルティーナは気持ちが盛り上がっているのか、乗車中もずっとそわそわしていた。

握手会場につくとジュリアスはボディーガードに列に並ばせた。

直前になったらアルベルティーナに交代させるためだ。

アルベルティーナは順番を待つのも握手会の醍醐味《だいごみ》なのに、それを止められてちょっと拗《す》ねている。

「駄目ですよ。過去にそれで男性ファンたちに囲まれてめちゃくちゃになったではありませんか。ストーカーが何人出たと思っているんですか？」

「変装するわ！　この帽子と眼鏡で！」

そう言って、アルベルティーナはニット帽と度なしの眼鏡を出して得意満面だ。

だが、ジュリアスは完全に呆れ顔だ。残念なものを見る目をしている。

「その程度で貴女《あなた》の美貌が隠れますか。また握手会を潰すおつもりで？」

「かけらも思っていないわ！　わたくしはレナリアちゃんに会いたいんですもの！」

この残念なお嬢様はドルオタである。しかも美少女アイドル大好きである。

自分の顔面偏差値がトチ狂ったレベルで高いのに、最近はあの清純派アイドルを「可愛い可愛い」と入れ込んでいる。

「会いたいなら、旦那様に頼めば食事会でもパーティに招待でもしてくれますよ」

「それは違うと思うの。わたくしは陰ながら、一人のファンとして応援したいの」

アルベルティーナがきりっとした顔で言っているが、レナリアが売れたのはアルベルティーナが気に入っているため父親のグレイルが仕事を回してやっているからだ。

売れれば関連グッズやコラボ商品が出る。アルベルティーナが推し活や投げ銭をしやすくなる。娘の趣味のために、ぱっと見ではばれないように子会社を使って宣伝キャラクターに起用しているのだ。

それを知っているジュリアスは微妙な顔をする。

だが「ファンレターも書いてきたのよ！」とふんすと鼻息荒く興奮しているアルベルティーナになんも言えない。彼女は一ファンにして、実質巨大スポンサーであることに気づいていない。

ちょうどその時、ジュリアスのインカムから、握手の順番が近いと告げられた。

「さぁ、行きますよ。帽子はニット帽ではなくてつば付きにしましょうね」

子犬のように喜んで、アルベルティーナは会場へ向かうのだった。

握手会場で並んでいたＳＰとジュリアスとアルベルティーナは入れ替わる。

本来ダメなことだが、裏で話を通しているので黙認される。アルベルティーナは憧れのアイドルにもうすぐ会えると落ち着きがない。

順番がきて営業スマイルを浮かべたレナリアは、ジュリアスを見て内心テンションが上がった。

（インテリイケメ～ン！　ずっともっさい芋男ばっかりだったから目の保養だわー！）

だが、ジュリアスは握手しようとせずさっとアルベルティーナに変わったので、一気に気分は駄々下がりだ。

（チッ！　彼女持ち……つーか、ファンが彼女のほうか）

しかも、自分より可愛い女子が美形彼氏連れで来たものだから無性にムカついた。

ジュリアスは彼氏ではなく護衛兼色々だがそんなことレナリアが知るはずもない。

「レナリアちゃん！　応援して――」

差し出されたアルベルティーナの手を、握手して触るというより払うようにして押しやった。

「はい、終了。アリガトーゴザイマシター」

ジュリアスがそれなりの時間分の握手チケットを係員に渡しているのに気がつかず、レナリアは適当にあしらった。

憧れの女の子にされた露骨でなげやりな態度に、ショックを受けるアルベルティーナ。

しっしっと手をひらひらと動かすレナリアは、そんな彼女にさっさとどっか行けと言わんばかりだ。

握手時間はまだまだあったが、笑顔もなければ視線も合わせず迷惑そうにされる。

色々と衝撃すぎて、箱入りお嬢様は抗議の声を上げられない。呆然《ぼうぜん》とし、トボトボと歩くアルベルティーナの背にレナリアのとどめの一撃が放たれる。

「女のファンって迷惑。いらないのよねー」

憧れとの邂逅《かいこう》は最悪なものとなった。真っ白に燃え尽きたアルベルティーナは、推しに迷惑とすら言われて消沈した。

後日、もそもそと集めたファングッズをしまい、ファン卒業をしたのだった。

推しアイドルからの塩対応すら生ぬるいツンドラ、もしくはジョロキア対応。

落ち込むアルベルティーナを見かねた義弟のキシュタリアは、あまり詳しくないもののアルベルティーナの好きそうなアイドルを探した。

失恋から立ち直るには新しい恋が良い。推しを失った心には、新たなる推しが一番の薬だ。

「じぶりーるちゃんかわいい……っ」

そんなキシュタリアの努力の甲斐《かい》があってか、アルベルティーナは新しいアイドルに嵌《はま》った。

家中に推しカラーの赤が溢《あふ》れかえったが、先日までの落ち込みを知っていた周りは何も言わない。


アルベルティーナがジブリールに入れあげ始めた頃、元推しのレナリアはスキャンダルが発覚した。

男性アイドルとの熱愛が週刊誌にスッパ抜かれ、夜の密会やキスシーンが世に流出したのだ。しかも一人ではなく、数人との関係が報道され、何股もかけていたのがばれた。

清純派を売りにしたレナリアには大きなイメージダウンである。ファン層も男性が多いので、その爛《ただ》れた異性関係にファンは幻滅し、一気に離れていった。広告塔をしていた企業からは、商品や企業イメージを損なうと損害賠償まで請求された。

レナリアに今まで恋愛関係のゴシップ報道がなく、クリーンなイメージだったのもあり、それはもうバッシングが酷《ひど》かった。

トップアイドルの一角といわれていたのが、今やもう堕《お》ちたアイドルだ。

これだけダーティーなイメージがついてしまえば、もう清純派では売り出せないだろう。

「いい加減、この小娘の火遊びを隠滅するのも面倒だったし、アルベルが飽きてくれてよかったよ」

グレイルが冷ややかな艶笑とともに手にしていたものをテーブルに投げる。

パサリと落ちたのは、謝罪会見をするレナリアを報じたゴシップ誌だ。

「しかし旦那様。また新たなアイドルを応援し始めておりますが……」

「好きにさせなさい。まだ弱小なようだから、今度は日陰からではなくわかりやすく応援させてあげるといい。馬鹿の二の舞で、またあの子が傷ついたら可哀想《かわいそう》だ」

「仰せのままに」

グレイルの言葉に、ジュリアスは粛々と頷《うなず》く。

ラティッチェ財閥の力で、ずっとレナリアのゴシップを潰し続けていた。そのバックボーンを失ったレナリアは、今までの分を含め暴露され集中砲火を受けている。

知らぬはアルベルティーナばかりなり。

それから数日後、精力的にジブリールの情報収集に勤《いそ》しんでいたが、イベントやグッズがないとアルベルティーナが嘆いていた。

彼女はまだまだ駆け出しのアイドルだ。固定ファンも少なく、知名度も低い。

レナリアはアルベルティーナに内緒でグレイルが仕事を回していたこともあり、かなり知名度があったのでコラボ商品も多かった。

ちなみにアルベルティーナはファン辞めをしたと同時に、別のファンにレナリアの関連グッズを譲っている。空っぽになった推しグッズ用の部屋をせっせと埋めようとしているが、現在はかなり物悲しい状態だ。

「そうだわ！　ないなら作ればいいのよ！　わたくしがファンクラブを作り！　グッズを作り！　お父様のお眼鏡にかなうようなコラボ企画を考案すればいいのよ！」

娘に激甘なグレイルだ。アルベルティーナが望めば、どんなゴミ企画でも通すだろう。

だが、ジュリアスは黙っていた。レナリアの暴言から消沈気味だったアルベルティーナが、いつになく燃えているのだ。

（面白そうだし、様子を見てみよう）

後日、アルベルティーナの企画書（という名の嘆願書に近い）は無事通り、弱小アイドルに億契約のＣＭやイメージキャラクター起用が決定されたのだった。

グレイルに許可をもらったアルベルティーナはご機嫌だ。

通った企画書を持ってくるくる回っている。

「ご機嫌だね、アルベル」

通りすがった義弟のキシュタリアが声をかければ、アルベルティーナはふんすと胸を張る。

「迷惑にならない、役に立つファンになるのよ」

ぴくりとキシュタリアの笑顔が僅かに引きつったが、アルベルティーナは気づいていない。

優しい声と微笑のまま、キシュタリアは「そっか、頑張ってね」と応援した。

「は？　あのアイドルもどき、アルベルに何言ったの？」

アルベルティーナの気配が完全に消えたところで、がらりと雰囲気を変えたキシュタリア。

青い目は爛々《らんらん》として、殺意が点滅している。

バッシングがやっと落ち着いてきたレナリアであったが、時間差で敵意の爆撃が行われると決定したのだった。

契約が次々と打ち切られ、時に損害賠償まで請求される。

最近では、レナリアのメディアの露出はスキャンダルばかりになりつつあった。

アルベルティーナの地道――というには影響力のでかすぎる努力が実ったのか、ジブリールの握手会が開催された。

アルベルティーナの容姿は目立つので、帽子と大きめの眼鏡で顔を隠している。

手にはグレイルに承諾を得て作成されたオファー契約書を持ち、うきうきと握手会の列に並ぶ。

知名度が上がり始めたジブリールは、ファンが増えた。にこにこと嬉《うれ》しそうに握手に応じている。

ジブリールのファン層は男性が多い。そこに若い女性がいると気づいたジブリールは、一層笑みを深めた。

「じ、じぶりーるちゃん！　おうえんしてまふ！」

カミッカミのアルベルティーナは震える手で、握手をする。

「嬉しいです。女の子のファンは本当に少ないので。頑張りますね！」

快い対応に、アルベルティーナは感激で震えている。だが、はっとして封筒を差し出した。

「あ、握手会が終わったら見てくれると嬉しいです！」

「ありがとうございます」

なんだろうと疑問に思いつつも受け取るジブリール。ファンレターにしては簡素な封筒だったし、分厚かった。少し薄めの本かもしれない。お薦めの書籍だろうか。

ふと、ジブリールはアルベルティーナの隣にいたジュリアスに視線をやった。ファンにしては冷めているし、淡白な眼差《まなざ》しでジブリールを見ている。

差し出されたのは手——ではなく名刺だった。

「お嬢様に親切な対応をありがとうございます。問い合わせを希望の際は、こちらに連絡を」

『株式会社　アンダー・ザ・ローズ　専務　ジュリアス・フラン』

アンダー・ザ・ローズ。アパレル、美容、食品、雑貨を手広く手掛ける大手ブランドだ。

大企業ラティッチェ商社の傘下にあり、富裕層のオーダーメイドから庶民のファストファッションまで幅広く取り扱っている。

ジブリールも母親に誕生日で財布を買ってもらったことがある——が、逆を言えばちょっといいものは自腹で買えないハイブランドだ。

ジブリールが受け取った名刺を目を真ん丸にして見ている間に、ジュリアスはアルベルティーナに付き添って移動していた。

マネージャーも名刺を見てひっくり返りそうな勢いで驚いている。

その後、名刺ショックを受けても何とか握手会を終わらせたジブリール。

「本物かしら？　さっきの人、どう見ても二十代前半ってところよね？」

もしジュリアスだけだったら、悪戯《いたずら》や新手のナンパともとれた。だが、その前に来ていた『お嬢様』は明らかにジブリールのファンだった。

しばらく名刺を隅から隅まで見て、書いてある以上の情報は得られないと諦める。

封筒を開けると、中には数枚の企画書と契約の条件が記載された冊子があった。冊子にはがっつりとローズブランドのロゴがあり、ラティッチェのロゴもある。

一つの契約で今のジブリールが一年どころか十年働いても稼げない金額だ。

ジブリールは混乱し、困惑し、一周回って極めて冷静になった。

「…………もしかして、あのファンの女の子ってガチで本気に真面目にお嬢様!?」

専務が恭しく接していたくらいだ。社長令嬢以上なのは確定だろう。

自分が興味のない駆け出しアイドルの小娘に頭を下げて、名刺を差し出すレベルである。

「マ、マネージャー！　電話！　連絡！　メールでも何でもいいから、早く返事！」

ジブリールが催促するが、マネージャーは衝撃すぎて泡を吹いてぶっ倒れている。

善意の爆撃をしたお嬢様は「ジブリールちゃん、やってくれるかなぁ」と暢気《のんき》に考えている。

一つでも引き受けてくれたら嬉しいと思っていたが、ジブリールどころか事務所を上げてこのビッグウェーブに乗ってみせるとやる気を燃やしていた。

数か月後、実家の恩恵で真っ先にコラボグッズを手に入れたアルベルティーナはうっきうきだ。

「見て！　アンナ！　ジブリールちゃんがCMに出るコンディショナーよ！　しかも数量限定コラボデザインなの！　こっちはラグジュアリーローズで、こっちがハニーシトラス！」

ちなみに香りを監修したのはアルベルティーナだ。圧倒的な熱意で「ジブリールちゃんにふさわしい、可憐でフレッシュかつ華やかな香りを！」と吟味を重ねていた。

本人、かなり凝り性なタイプなうえ、繊細な嗅覚を持っている。社内でも前評判が良かった。

現在、若い女性を中心にじわじわと人気が出ており、リピーターも多いと見込んでいる。

「来月はヘアパックとボディソープも出るの」

「それはようございますね、お嬢様。本日はこれをお使いになりますか？」

「うん！」

笑顔の花が咲き誇る。アンナもつられて目を細めた。

敬愛するお嬢様の笑顔ほど、アンナの心を幸福で満たすものはない。

ご機嫌なアルベルティーナにすすす、と静かに寄ってくる男性が一人。ジュリアスだ。

「お嬢様、新しいコラボ企画なのですが」

「次はね、スイーツを考えているの。ジブリールちゃんの好きな果物を使って作ろうかなって。でも、旬を考えると時期が難しいわね」

「素材を厳選すると更にかかるでしょうから、それも余分に時間をみておきましょう」

「でも、素人のわたくしの意見を参考にしていいのかしら？」

「ええ。もちろん、お嬢様が味を監修してくださるのですよね？」

「当たり前よ。プロには劣るでしょうけれど、わたくしが良いと思えないものをジブリールちゃんの名前を使って売り出せないわ！」

ふんすふんすと興奮気味に言い切るアルベルティーナに、ジュリアスは笑みを深める。

ローズブランドの影のヒットメーカーが気合を入れて手掛けた物が売れないはずがない。

普段、アルベルティーナは商売っ気がない。積極的に開発に介入しようとしないし、良いものを考えても製品化を渋ることが多い。

だが、今はジブリールに夢中なので彼女が絡むとポンポンと案を出して、積極的に意見を述べて商品化も惜しまないのだ。

「やりやすくて大変結構。ジブリール様様ですね」

小さくジュリアスが呟くと、アルベルティーナが首を傾《かし》げて覗《のぞ》き込んできた。よく聞こえなかったのだろう。しっかり聞こえていたアンナの表情は苦々しい。

「ジュリアス。お嬢様を利用するのも大概になさい」

「おや。この件に関してはお嬢様も了承していますよ？」

鼻で嗤《わら》うジュリアスに、アンナの冷ややかな視線が刺さる。

漂う不穏な空気に、アルベルティーナがきょろきょろと不安げにしているのに気づき、二人は慌てて笑みを取り繕う。

「お嬢様、大変なのであればジュリアスの頼みなど後回しでいいのですよ？」

「別に大変じゃないわ。少しでもジブリールちゃんの力になれるなら、こんなに嬉しいことはないわ」

心配するアンナに首を振り、両手を組みうっとりと目を閉じるアルベルティーナ。

その入れ込みようにアンナは一瞬口ごもる。アルベルティーナが夢中なのは知っていたが、改めてその熱意を思い知らされた気分だ。

「少しどころか、ニトログリセリン並みの威力ですけどね」

ジュリアスが冷静に突っ込んだ。

アルベルティーナに好かれているうちは、途切れない契約オファーとどんなスキャンダルももみ消す権力がついているようなものだ。

その時、アルベルティーナのスマホが鳴った。

「あ、ジブリールちゃんが出演するバラエティーの時間だわ。録画はするけど、リアタイしたいから急がなきゃ」

アルベルティーナにとって、最も重要な予定であることは言うまでもない。先ほどまでの空気など忘れ、そわそわしている。

「では、お茶の用意をいたしますね」

「リビングでご覧になりますか？　シアタールームになさいますか？」

「キシュタリアも一緒に見るから、リビングにするわ」

慌て出すアルベルティーナを見て、アンナとジュリアスはそれぞれに動き出す。

ジブリールは真面目なアイドルだし、レナリアと違ってアルベルティーナを傷つける真似《まね》はしない。

アルベルティーナが楽しそうに推し活をしている。ならば、外野は野暮なことはすべきでない。

うっかり虎どころか、魔王の尾を踏むことになる。

ジブリールが画面に映るたびに、赤のペンライトをフリフリするアルベルティーナ。

楽しそうなアルベルティーナを微笑《ほほえ》まし気に見つめるキシュタリアとグレイル。ラティーヌも、すっかり元気になったアルベルティーナに安心していた。

番組が終わると、満足げなため息をついて「衣装が可愛くて似合ってる」、「食レポを頑張っていた」と感想をとめどなく流している。

「お嬢様、余韻に浸っているところ申し訳ないのですが……例の配信が本日では？」

「あ、そうだわ！　今夜はライブ配信もあるんだったわ！　その前にお風呂に入らなきゃ！」

アンナの忠告にハッとしたアルベルティーナは、いそいそと楽しそうにしている。浮き立つのが隠せていない姿に、家族はほっこりしていた。

「そういえば、以前アルベルが気に入っていたアイドルはどうなったのかしら？　最近見ないけれど」

「スキャンダルが酷くて清純派が無理だから、グラビア系のセクシー路線で売ろうとしているみたいだよ」

ラティーヌの何気ない呟きに、キシュタリアが答える。

今では大手のメディア露出がすっかり減ったレナリア。好感度や需要が駄々下がりしまくり、以前のように仕事が選べない状態だ。

「数年は上がってこれないだろう。アルベルの目に入らせたくないからな」

あっさりと告げるグレイル。愛娘《まなむすめ》の寵愛《ちょうあい》がないレナリアは、グレイルにとってゴミ同然だ。

ましてや、暴言まで吐いたのだから美味しい仕事は回さないようにしている。あまりに制裁をすぎても、悪目立ちをする可能性があるので僅かに逃げ道は用意していた。

今のレナリアの仕事は、アルベルティーナの視界に入らない。

アルベルティーナはグラビアが載るような青年誌を見ない。当然といえば当然だ。

「まあ、芸能界を続けたいなら続ければいいさ。もう元には戻れないけどね」

下層でとどまるか、転げ落ちるかどちらかだろう。

優しげで冷酷な笑みを浮かべる魔王――その顰蹙《ひんしゅく》を買ったのだ。それも、一生のレベルで遺恨を残す怒りだ。

自分への無礼より、娘への無礼のほうが許されない。グレイルはそういう男だ。

その時、ぱたぱたと足音がリビングに近づいてきた。勢いよく扉を開け放ったアルベルティーナは、真っ赤になった顔で息を切らしている。だが、手に持った何かを掲げて目をキラキラさせた。

「お父様！　こ、これ！　サイン色紙っ！　これ、ジブリールちゃんの！」

「おや、気づいたかい？　会社の催しで会ってね。娘が大ファンだからと言ったら快く対応してくれたよ」

「お父様、大好き！　ありがとうございます！」

ソファに座っていたグレイルに、歓喜のハグをして全身で喜びを表現するアルベルティーナ。

娘の反応に大満足なグレイルは、ついさっきの冷酷な表情が嘘のように優しい。

その頃、ジブリールが「ファンの女の子、ざいばつれいじょう……大スポンサーのところの」と胃をきりきりさせていたりするが、アルベルティーナは知らないのである。

あとがき

お久しぶりでございます。藤森フクロウです。

『転生したら悪役令嬢だったので引きニートになります』四巻を手に取っていただき、誠にありがとうございます。

発売されているのは夏ですが、原稿作業中の冬～春はワクチンの副反応や花粉症で何度も悶えていました。

なんと、今年はついに花粉症の薬が効かないという異常事態に。

花粉の飛散量が毎年増えているような気がする中、今年は特に多かったので地獄でした。年を追うごとに、杉の木が絶滅してほしいと切実に願っています。

夏は夏で暑くて大変ですが、それを理由に引き籠っています。

夏の直射日光に長く当たるとすぐにへこたれるので、空調のある部屋で過ごしています。きっと前世は苔です。

さて、今回は王宮陰謀編でどっぷりシリアスです。

様々な思惑や陰謀に巻き込まれ、振り回されるアルベルティーナ。

今回は本編のシリアスムードが強いので、書き下ろしではじけています。書いていてとても楽しかったです。

そして表紙はジュリアス！　相変わらず八美☆わん先生の描くイラストは美しいですね！　ジュリアスの不敵な笑みがたまらんのです。

彼には出していないエピソードが多いので、いつか掘り下げて書きたいものです。

コミカライズは二巻も発売しました。炬とうや先生には感謝です。可愛い絵で丁寧に場面を描いてくれるので、読んでいてワクワクします。

最後に、読んでくださった皆様、編集に携わってくださったたくさんの方々、感謝を申し上げます。

また次にお会いできる日を楽しみにしています。

藤森　フクロウ

転《てん》生《せい》したら悪《あく》役《やく》令《れい》嬢《じょう》だったので引《ひ》きニートになります4

～エリートな従《じゅう》僕《ぼく》子《し》爵《しゃく》の執《しゅう》着《ちゃく》が激《はげ》しすぎる～

2023年6月5日　初版発行

初出……「転生したら悪役令嬢だったので引きニートになります」
小説投稿サイト「小説家になろう」で掲載

著者　藤森フクロウ

イラスト　八美☆わん

発行者　野内雅宏

発行所　株式会社一迅社
〒160-0022 東京都新宿区新宿3-1-13 京王新宿追分ビル5F
電話　03-5312-7432（編集）
電話　03-5312-6150（販売）
発売元：株式会社講談社（講談社・一迅社）

印刷所・製本　大日本印刷株式会社
ＤＴＰ　株式会社三協美術

装幀　ムシカゴグラフィクス

ISBN978-4-7580-9555-6

おたよりの宛て先
〒160-0022 東京都新宿区新宿3-1-13 京王新宿追分ビル5F
株式会社一迅社　ノベル編集部
藤《ふじ》森《もり》フクロウ 先生・八《はち》美《び》☆《す》わん 先生